君が異端だった頃

島田雅彦

集英社文庫

目次

君が異端だった頃

第一部

縄文時代

ふさぎ虫

誰にでも少年時代はあるが、誰もがそれに呪われている。もう一度少年時代をやり直せれば、容易に栄光を重ねることができると思う。しかし、時間を巻き戻すことは叶《かな》わないので、ついそれを否定したり、美化したり、捏造《ねつぞう》したり、復讐《ふくしゅう》したりしてしまう。

まだ君が何者でもなかった頃、周期的にふさぎ虫に取り憑《つ》かれ、ため息などついていたが、そんな時を見計らったかのように、裏山からこんな声が聞こえてくるのだった。

ここは何処《どこ》？　ここは何処？

疑問形ゆえ、誰かに語りかけていたのだろう。その声はしきりに君を森に誘っているようにも聞こえた。声の主の正体を確かめようと何度か、庭に出て木々の間を覗《のぞ》いてみたものの、なかなかその姿を確認できずにいた。ある日、珍しく父が家にいる時にその声がしたので、「あれは何？」と聞くと、「山鳩《やまばと》だろう」といった。君の知っている鳩はあんなふうに呻《うめ》いたりはしない。君はその低い物憂げな呻き声から、子泣き爺《じじい》のような妖怪を想像していた。

——町や公園とかにいる土鳩《どばと》と違って、山鳩は田舎の鳩だ。こっちに引っ越して来たばかりの頃、おまえも山鳩みたいに「ここは何処？」と泣いていたな。

確かに君が眠っているあいだに引っ越しが行われていて、目覚めると、土ぼこり舞い上がる殺伐とした郊外の一軒家にいた。君は川の対岸にあった元の家に戻りたがって泣いたのだ。それまで君は近所の児童公園を独り占めしていたが、引っ越し先にはそんな気の利いたものはなく、代わりに薄暗い雑木林があった。戦争は二十年も前に終わっていたので、疎開する必要などなかったが、高度成長真っ只中《ただなか》の都心部は何処もが工事中で落ち着かないし、狭い間取りのアパートで隣人の顔色を窺《うかが》いながら暮らすことに両親は疲れていた。都心から電車でわずか三十分の場所で軽く開拓気分を味わえるというのも、三十歳になったばかりの夫婦には魅力だったし、君と、生まれたばかりの弟の養育にも最適と考えたのだろう。

福岡県太宰府《だざいふ》で生まれた父は筑紫丘《ちくしがおか》高校在学中の十六歳の時、ボイラー焚《だ》きのアルバイトに嫌気がさし、また生来の放浪癖を抑え難く、もらったばかりの給料で東京行きの片道切符を買い、靴を新調し、残りのカネで自分の送別会を開き、友人たちに飲み食いをさせ、博多《はかた》駅から見送らせたのだった。東京駅八重洲口《やえすぐち》に立った父を出迎えたのは警官だった。家出少年として補導され、丸《まる》の内《うち》署に連れて行かれ、国許《くにもと》に送り返されそうになったが、運良く研修で東京に来ていた高校の歴史教師が身元引き受け人になり、また当座の生活費を融通してくれ、そのまま東京に居着いたのだった。

九州訛《なま》りが抜けず、親切で、陽気で、人なつこい好人物と周囲からは見られていたが、傑出した物は何もなく、通行人の役しかもらえない俳優といったところだったが、悪目立ちし過ぎて、監督からたしなめられる迷惑な通行人だった。標準語で喋《しゃべ》る生意気な子どもが嫌いで、電車を降りる時、笑顔で子どもの足を踏む奇妙な癖があった。

母は神田《かんだ》生まれの江戸っ子と秋田おばこのハーフで、目黒《めぐろ》育ちの都会っ子だが、戦時中、秋田に疎開していた頃、東京のコトバで話すのをからかわれたことがトラウマになっていて、田舎を毛嫌いしていた。小柄な女だったが、君が生まれる直前、巷《ちまた》ではトランジスタグラマーというのが流行《はや》っていて、母はその典型と見做《みな》され、四人の求婚者たちが列を作っていた。高給取りのエンジニアや画家、大学教授を差し置いて、最も生活力の低い父を選んだのは、病気で自宅療養している時に足繁《あししげ》く見舞いに来たその誠実さに惹《ひ》かれたからだった。普段は温厚だったが、気に入らないことがあったり、みっともないものを見ると、べらんめえ口調で文句をまくしたてる。一度切れたら、誰にも止められない。元々、タイピストだったので、子育てしながら、手に職をつけたいと、ドレスメーキングの教室に通い、洋裁を始めた。

君の血統のブレンド比は福岡二分の一、江戸っ子四分の一、秋田四分の一だ。君が父の種で、しかも病院で取り違えられておらず、養子でも捨て子でもなければ。

新居は、丘陵からの地下水と生活排水を集めて流れる限りなくどぶ川に近い一級河川三沢《みさわ》川に面し、背後に多摩《たま》丘陵の森が控える造成地に建っていた。ついこのあいだまで山林だった場所なので、関東ローム層の赤土が剝《む》き出しで、テニスコート一面ほどの庭には雑草が伸び放題。遠目には開拓者の家みたいだった。同じ区画には二軒の民家があり、川の反対側には茅葺《かやぶ》き屋根の農家と畑、その敷地内にアパートが一棟建っていた。舗装されていない道は雨になれば、水溜《みずたま》りとぬかるみができ、川には柵もなく、近所の犬は放し飼いで野犬も同然だった。木の電柱には橙《だいだい》色の街灯が灯《とも》りはするが、月が顔を見せない夜に懐中電灯なしで歩くと、闇が背後から襲いかかってくる気がした。

裏山には、鳴き声の種類から察するに山鳩以外にも最低十種類以上の鳥がおり、カラスの群れも潜んでいた。虫の声が止《や》むことはなく、時々、酒焼《さかや》けした婆《ばあ》さんの呻き声そっくりのタヌキの唸《うな》り声も聞こえた。ここは鳥や虫や獣《けもの》たちの領分であり、君たち家族はその一画に間借りしているようなものだった。裏山には立ち入り禁止の立て札も注連《しめ》縄《なわ》もなかったが、家族の誰一人として、その中に踏み込もうとする者はいなかった。

物心がいつ付くかは人それぞれ、解釈次第だが、君の場合は、ふさぎ虫との相性がよくなった小学四年生時、九歳の頃と思われる。ふさぎ虫にはラテン語の学名はなく、その特徴、生態も不明だが、人に寄生することで人類文化に奇妙な貢献をした。捌《は》け口《ぐち》のない苛立《いらだ》ち、模糊《もこ》とした不安、慢性的な倦怠《けんたい》がはびこってきたら、確実にその虫に寄生されている。もともと実在しない虫なので、駆除のしようもなく、うまく折り合いをつけるしかなかった。

ふさぎ虫の餌には事欠かなかった。三月生まれの君は運動能力、学習能力、狡猾《こうかつ》さ、いずれにおいても同級生より劣っていた。四月生まれからはほぼ一年遅れている。十歳に満たない者にとっての一年は五十歳の五年以上に匹敵する。追いつくのはなかなか厄介で、おのずと薄のろ、いじめられっ子、弟分、パシリといった役回りに追いやられるのだった。しかし、いつまでも野蛮な同級生たちの後塵《こうじん》を拝するつもりもなく、近いうちに君を虚仮《こけ》にした奴《やつ》らに一泡吹かせてやるべく、その機会を窺っていたが、具体的なプランは何もなかった。君を不愉快な立場に追いやる同級生は君の苗字《みょうじ》をひっくり返した田島《たじま》というチビだった。当時の君よりも小さいくせに、また成績がいいわけでもないのに、いや、だからこそなのかもしれないが、弁が立ち、すばしこく、同じ地域に住む乱暴者たちを従えるカリスマとしてクラスに隠然たる影響力を及ぼしていた。同級生たちも田島の専制を黙認し、クラスの中で安定的な地位を保つために島田とは距離を置いていた。薄のろのお調子者というレッテルが貼られた君は満場一致で締め出しを食らわされた。

――一人でいるのは楽しいな。

君が帰宅途中に独り言を呟《つぶや》くと、「バカな奴らと付き合わずに済むからね」と君の最良の理解者である影がいう。孤独を強いられた者は影との絆《きずな》を深める。雨の日はその影が行方をくらます。だから、雨の日は憂鬱なのである。ところで、孤独には毒が含まれている。この毒は吸収しているうちに病みつきになる。孤独は君を様々な場所へと誘《いざな》ってくれる。

山の縁《へり》にある我が家の子ども部屋の窓から毎日眺めていた裏山に踏み込む決心をしたのは九歳になって間もない頃だった。商店街や駄菓子屋に行けば、どうせ田島とその不愉快な仲間たちが君を獲物と見做すゲームを始めるに違いない。森は虐げられた者をかくまってくれるはずだった。

君は草刈り鎌で笹《ささ》や灌木《かんぼく》の枝を刈り、森への入口を作ることから始めた。道のないところには魑魅《ちみ》魍魎《もうりよう》が出る。少しずつ踏み跡をつけて、人が通える道を切り開かなければならなかった。雑多な草木と格闘しながら、一山を越えると、そこにはけもの道らしき踏み跡があった。登るのに手頃なクリの木を見つけ、幹にまたがって、下界を見下ろしながら、おやつのかっぱえびせんを食べたりした。けもの道を辿《たど》ると、開けた谷間に出た。小さなせせらぎに沿って、小径《こみち》ができていたが、そこを辿った先には湧き水が出ていた。周囲には野芹《のぜり》や土筆《つくし》が茂り、カエルやカタツムリがやけにフレンドリーに君を出迎えた。谷間の小径は時々、人が通るのだが、君は木陰や茂みに隠れて、その様子を観察していた。長靴を履き、片手にシャベルを持っているのは自然薯《じねんじょ》を掘りに来た人で、明確な目的がある分、態度に疚《やま》しさが感じられないのが特徴だ。煙草《たばこ》を吸いにくる中学生やキスをしにくる高校生の姿も見かけたが、こちらはコソコソしている。森に用のある人は大抵、ひと時我が身を隠そうとしている。そういう連中は自分たちの疚しさを隠すために、すれ違いざま君にちょっかいを出そうとする。君は目つきの悪い中学生にパンツを脱がされそうになったことがあるので、森を徘徊《はいかい》する時は彼らから隠れなければならなかった。

多摩丘陵の森はクリ、ナラ、クヌギなどの広葉樹がほとんどで、針葉樹は少ない。森を徘徊しながら、君は特徴的な枝ぶりの木に「大魔神」とか「ゴジラ」といった名前を付けた。外国人が「Why?」と肩をすくめ、両手を広げた姿そっくりのシイの木もあり、それは「アメリカ人」と呼んでいた。木に名前を付けると、森の地理が頭の中に入り、迷わずに済む。こうして森は少しずつ君の体の一部になってゆく。

ゴールドラッシュ

しばらくのあいだ、森の徘徊には何の目的もなかったが、君に特別な使命を与えてくれた人がいる。担任を持っていない新任の先生が時々、社会科の授業をしに四年三組に現れた。ずんぐりとしたキャッチャー体型の西原《にしはら》先生は活力に溢《あふ》れ、授業中、よく鼻血を出した。鼻の穴にちり紙を突っ込んで仰向《あおむ》けに授業を続ける様子が可笑《おか》しくて、ゲラゲラ笑っていたら、「何が可笑しい」と怒られ、「鼻に花が咲いたみたいだからです」と答えて、小突かれた。その西原先生は考古学が専攻で、多摩丘陵の麓の小学校に赴任したことで縄文遺跡発掘調査に積極的に関わっていた。

——君たちが暮らす多摩丘陵は、都心がまだ海の底だった時代から人が暮らしていたところなんだ。ちょうど今、宅地造成が行われているところでは縄文土器がよく出る。場所を教えるから、君たちも土器を掘りに行け。

ブルドーザーが丘陵を崩し、起伏をならし、十年後には大規模なニュータウンが出現する予定になっていたが、そこが縄文遺跡の宝庫であることを初めて知った。博物館でしか見たことのなかった縄文土器が拾えると聞いて、真っ先に行動に移したのが君だった。多摩丘陵は君の裏庭であり、君の植民地であった。その森からの恩恵を最も受けるべきは君だった。西原先生に書いてもらった地図を辿り、すでに地固めの段階に入っている一画の赤土を園芸用のスコップでほじくり返してみた。すると、実に簡単に縄の文様がついた土器の欠片《かけら》が見つかった。そこは古代のゴミ捨て場だったのか、小一時間夢中でスコップを繰り出すと、十三個もの欠片が手に入った。

早速、それを学校に持ってゆくと、クラスの注目を独占した。今まで君に冷淡だった田島とその不愉快な仲間たちも土器の発掘に加わりたがった。君はチヤホヤされることに慣れていなかったが、くすぐったいような快感を味わい、気前よく、発掘ポイントを同級生たちに教えると、ゴールドラッシュさながらに誰もがスコップ片手に造成地を目指した。のちに工事関係者から小学校に、立ち入り禁止の工事現場に小学生が侵入してくるので何とかしてくれと苦情が寄せられたらしい。西原先生は確信犯として、教え子たちを工事現場に送り込み、ブルドーザーが遺跡を荒らすのを阻止する作戦に打って出たのであった。

高度成長の真っ只中、古代の文化財の保存などは資本の原理と真っ向から対立する。四千年前の住居跡の保存より現在の住宅需要が優先という時代だった。しかし、ブルドーザーが丘陵を掘り起こしたお陰で、日本の考古学が一歩前進したのも事実だ。縄文人がもっぱらクリなどの堅果《けんか》類やヤマイモなどの根菜類を食べ、雑穀の栽培も行っていたという調査結果が出たのがちょうどその頃である。

小学校はにわかに縄文ブームに沸いた。ブームの前から野山を徘徊していた君には一《いち》日《じつ》の長があったとはいえ、誰もが土器の欠片のコレクションを充実させてゆくのは面白くなかった。その頃、君の周囲では土器の欠片が貨幣と同じ役割を果たしていた。コレクションをより多様にするための取引が活発に行われた。縄の文様が鮮やかな欠片、こんもりとした装飾部分の欠片は価値が高く、のっぺりとした欠片三つ分、四つ分の価値があった。初めのうちは土器と土器の交換に留《とど》まっていたが、やがて、土器と鉛筆、土器とノート、さらには土器とチョコレート、あるいは駅前の屋台で売られている焼鳥との交換までなされるようになり、最終的には文様鮮やかな欠片を一つ百円で売買するところまで発展し、朝礼で校長先生がそれをたしなめるまで続いた。

君は小さな段ボール箱一つ分のコレクションを持っていて、土器の欠片経済で有利な立場にはあったものの、ブームの火付け役の自分がないがしろにされ、不貞腐《ふてくさ》れていた。思いつきで自分の腕や脚、腹を縄できつく縛り、肌に縄目をつけて、文字通りの「縄文人」になるという遊びも開発したが、それも誰かにお株を奪われると思って、流行らせることは慎んだ。

ある時、スコップを握ると反射的に穴を掘ってしまう習性に任せて、通い慣れた谷間の一画を漫然とほじくっていたのだが、そこにはすでに何者かの手で掘られた形跡があった。腐葉土で埋まっていたが、それを取りのけると、赤土をすり鉢状に掘った古い穴が出現した。誰が何のために掘ったのか？　不貞腐れると穴を掘る君のようなひねくれ者が前にもいたのか、宝物、あるいは死体を埋めるために掘られた穴なのか？　その謎解きの協力を西原先生に求めることにした。

君に案内された先生はその穴を一目見るや、興奮気味にこういった。

――これはたまげた。島田君、すごいものを発見しちゃったね。これは「けもの穴」といって、縄文人がイノシシやシカを捕まえるために掘った落とし穴だよ。穴の中に尖《とが》らせた竹や鏃《やじり》を付けた槍《やり》を仕込んで、獲物を仕留めていたんだ。これで君の将来は決まりだな。考古学者にならないか？

早過ぎるリクルートではあったが、この考古学上の発見に君は有頂天になった。西原先生はすぐにこの穴の発見を発掘調査委員会に報告し、発見者として君の名前も書き添えてくれたようだが、家にテレビや新聞の取材が来たわけでもなく、また賞状や賞金がもらえたわけでもなかった。しかし、この発見は君が最初に行った存在証明にはなるだろう。君はようやく三月生まれのハンディを克服した。

滅亡に備えて

君は四千年の年月を超えて、縄文人が残した痕跡と向き合うことになったが、森の中に分け入ったそもそもの動機は「心身の鍛錬」だった。何処ででも生きて行けるように自分を鍛え、来るべき危機の時代に備えるつもりだった。縄文土器ブームが去り、君は五年生になったが、相変わらず野山の徘徊を続けていた。ちょうどその頃、グアム島で旧日本軍兵士が発見され、二十八年ぶりに帰還するという出来事があった。「恥ずかしながら生きて帰ってまいりました」といった男はジャングルに掘った穴に籠《こも》り、人目につかないよう自給自足のサバイバル生活を続けていた。水筒を改造してフライパンにしたり、パゴの木から繊維を取って布を織り、服に仕立てたり、ヤシの繊維で草履やロープを編んだりして、それこそ縄文人のように暮らしていた。君はその創意工夫に満ちた生活術をテレビで見て、自分もその真似《まね》をしたいといい出すと、父は家出直後、東京で野宿を余儀なくされていた頃のことを思い出し、「夜露を浴びるにはしのびないから」とテントを買ってくれた。そのプレゼントは完璧に息子のニーズに合っていて、ローラースケートや人生ゲームや野球のグラブをもらった時より数倍嬉《うれ》しかった。君は早速、裏山にテントを張り、一晩を過ごしてみた。夜九時までは弟も一緒だったが、「やっぱり蒲団《ふとん》がいい」といって、子ども部屋に戻った。

後に『ノストラダムスの大予言』が世間を騒がすことになり、大抵の小中学生がナイーブにそれを信じ、自分は四十歳まで生きられないという諦念を育んだものだが、君はサバイバルの素養があるので、自分だけは滅亡を免れることができると思っていた。とはいえ、大震災も空襲も火山の噴火も津波も経験したことのない君は、滅亡とは何がどうなることか具体的なイメージを結べず、ただ漠然と、縄文人の暮らしに戻ることだと考えていた。文明の発祥地が森ならば、文明の滅亡後に向かう先も森である。

森に落ちているのはクリやドングリや土器ばかりではない。君は六年生になっても野山の徘徊を続けていたが、それは森が絶えず君の好奇心と冒険心を満たしてくれるからだった。森は我が家の裏庭にぽっかりと開いた別世界だったが、森の中にも別世界への入口があった。君は土器やけもの穴を通じて、古代につながる入口を発見したが、別の少年は昆虫や草花を通じて、別世界に導かれただろう。多摩丘陵を徘徊していると、突然、目の前に神社や遊園地が出現したりもする。丘陵の斜面全体にジェットコースターのコースや水族館やゴーカートコースやモノレールの軌道を配置した遊園地は、君がこの町に移住して来た頃に開業していた。君は時々、この遊園地に遊びに来たが、入園料を払って正面ゲートから入ることは滅多になかった。遊園地の敷地はフェンスで囲まれていたが、君が徘徊する森と地続きで、金網の破れたところが三ヶ所あり、こちらの無料ゲートから入場できるのは徘徊者の役得だった。

　戦時中は都心を空襲するＢ29を照射するサーチライトが多摩丘陵の一画に設置されていたらしいが、戦後、丘陵の上空は米軍の領空になり、横田《よこた》基地と厚木《あつぎ》基地のあいだを軍用プロペラ機やヘリコプターが我が物顔で飛び交っていた。君はしばしば竹筒をバズーカ砲のように構え、その迷惑な飛行物体に照準を合わせ、撃墜する儀式を行った。

竹藪《たけやぶ》ハーレム

君は森に自分の喜怒哀楽を捨てにも来ていた。森に通う者の心にはわだかまりがあり、それは町では晴らしようもない。森は安易に人の欲求を叶えてはくれないが、恨みや悲しみを忘れさせ、何事もなるようにしかならないという諦めの境地に導いてくれる。何かが足りないと感じたら、それは森が足りない時である。谷間を通り抜ける風には草木から漂い出した精気が含まれていて、それを吸い込むと、君の中の邪気は振り払われ、清涼な気分が満ちてくる。森の中にはとりわけ精気が強く流れる場所があり、そこは大抵、風通しがよく、見晴らしもいい。森はそのような浄化の場ゆえ、そこにやってくるのは穢《けが》れた人や弱った人が多かった。

ある時、君は通い慣れた小径脇の竹藪に何か見慣れないものが潜んでいることに気づいた。目を凝らして、その正体を見極めようとすると、それはヒモで縛られた状態で打ち捨てられており、君の助けを待っているようでもある。勇者はここでひるむわけにはいかない。竹藪に分け入り、その四角いものに接近し、ポケットに忍ばせている切り出し小刀でヒモを切る。囚《とら》われの身になっていたのは裸のヴィーナスたちであることがわかる。やや湿り気を帯びたその体は笹の葉の間から漏れる光を受けて、輝いている。君は無意識に呼吸を止めて、その姿態に釘付《くぎづ》けになっていた。やがて、君の股間は張りつめ、ズボンがこんもりと盛り上がる。まだ、オナンの神話を知らない君は自分の体に今起きている異変と今まで味わったことのない陶酔感に戸惑う。もしかして、竜宮城に案内された浦島太郎《うらしまたろう》が味わったのはこんな気分だったのではないかと想像してみたりもする。君はしばしのあいだ、竹藪の中に突如出現したハーレムでヴィーナスたちの裸身に囲まれ、背中と腰に走るくすぐったさに耐えていた。

このヴィーナスたちは近隣に住む独身男のアパートの押し入れにかくまわれていたのだろう。でも彼女たちに出ていってもらわなければならない何らかの事情が生じ、近所の主婦の目に触れるのをはばかり、わざわざ彼女たちを緊縛して竹藪に置き去りにしたのだろう。君は彼女たちを救い出したものの、家に連れ帰ることはできず、彼女たちが夜露に濡《ぬ》れないよう、笹の葉を集め、覆いをかけてやるのがせめてもの情けだった。

君はいつまでも一人ぼっちではなかった。九歳時の存在証明の後、君は少しずつ同級生たちの信頼を集め、学級委員に推薦されるまでになっていた。放課後の校庭でのドッジボールや駄菓子屋での社交にも一通り付き合うようになったが、長年にわたる影との友情を反故《ほご》にはできず、時々、一人になるために森に逃げるのだった。ある日、君が「横井庄一《よこいしょういち》」と名付けたクリの木に登り、幹に小刀で自分の名前を彫っていると、その下を同じ六年四組の平泉《ひらいずみ》が通りかかり、君の靴底を見上げ、「島田、ここで何してるんだ」と声をかけてきた。平泉は勉強がよくできる人気者で、誰とでも分け隔てなく付き合う学級委員だった。君はマイツリーから下り、「おまえこそ何処へ行くんだ」と訊《たず》ねると、「塾」と答えた。全然方向が違うので、こいつも自分の喜怒哀楽を捨てに来たなと君は思った。類は友を呼んだのか、引き寄せの法則が働いたのかは知らないが、平泉は母親お手製の布バッグからココナッツサブレを出し、君に勧めた。丸々一袋持っていたので、遠慮なく食べた。

――やっぱり外でおやつ食うとうまいよな。

何気なく呟いた平泉の一言に君は共感し、ココナッツサブレの返礼にこっそり彼を竹藪ハーレムに案内してやることにした。このあいだよりももっと湿り気を帯びたヴィーナスたちは顔色がくすんでいた。平泉は細い目を見開き、小鼻を膨らませ、しきりに自分の唇を舐《な》めながら、物憂い眼差《まなざ》しでこちらを見つめる女と対面すると、その斜視気味の乳首におずおずと手を伸ばし、汚れた指でかるくこすってみるのだった。

そこには「週刊プレイボーイ」、「平凡パンチ」、「週刊実話」、「SMマニア」といったエロ雑誌があったが、平泉は「これ、おまえのイニシャルだ」といい、「SMマニア」を手に取り、開いたページを、難読漢字は飛ばしながら声に出して読み始めた。

……バレエで培ったその柔軟な股間を開くと、まだ誰にも見せたことのない陰部を鏡に映して、恥ずかしがる弓子に見せた。陰毛を分け、土手を左右に押し開くと、充血して熟柿のように変色し、腫れた性器があらわになった。麻薬に酔ったような目で弓子は哲也を見つめていた。だらしなく開いた口からは涎が一筋垂れ、股間の唇からもねっとりとした淫らな汁が湧き出していた。


――これもらってもいいかな。

それは君のものではないが、「別にいいんじゃね」と答えると、平泉は「ＳＭマニア」を布バッグにしまった。「家に持って帰るのか」と心配すると、「漢字の勉強になるから」と答えた。別れ際、平泉は君に奇妙なことをいった。

――実はオレ、おまえのこと尾行してたんだ。一人で森の中に入って行くから、悪い予感がしたんだよ。

――悪い予感って何だよ。

――放火したり、首を吊《つ》ったりするんじゃないかと思って。

自分の背中にそんな邪気が張り付いていたとは全く気づかなかった。

美しく負ける

本能が健全に働いているならば、人は不気味なもの、卑猥《ひわい》なもの、わけがわからないものに引き寄せられる。もしかすると、それは自分の生存を脅かすことになるかもしれないが、近づかずにはいられない。恐怖を克服し、それに最大限接近した時、陶酔の瞬間は訪れる。

十歳までの君は、不気味なものに向かい合ったら、迷わずUターンをして家に帰っただろうが、十一歳になると、もう一歩近づこうとする好奇心が勝るようになる。それに伴い、君の行動範囲は広がり、野山から多摩川の川べりへ、近隣の町へと徘徊のフィールドが移り変わっていった。多摩川リバーサイドのサイクリングロードも整備され、河口付近まで片道十八キロの道のりをこれまでに何度も往復した。近隣の暗い夜道を自転車で暴走したりして、余剰体力の消費に努めた。

その頃、同級生たちの間では剣道を習うのが流行っていて、平泉も道場に通っていた。森田健作《もりたけんさく》主演の『おれは男だ！』という青春ドラマの影響だが、桜木健一《さくらぎけんいち》主演の『柔道一直線』というドラマも放映されていて、こちらの方が技術論中心で君の興味をそそった。調べると、自転車で二十分くらいのところに柔道場があり、君は初めて自分の意思で習い事をしたいといい出した。それまで習い事で長続きした例《ためし》はない。母親に勧められて、ピアノを習おうとしたが、「女っぽい」と同級生にからかわれ、やめてしまった。代わりに書道教室に通ったが、ふざけてばかりいて、いっこうに糸くず書体は改まらなかった。ある日、月謝を入れた封筒をなくしてしまい、歩いて来た道を何往復もして探すうちに行きそびれてしまい、そのことを母に黙っていたら、こっぴどく叱られ、「そんな了見ならやめちゃいな」といわれ、それに従った。算盤《そろばん》教室にも通ったが、算盤をローラースケートにして遊んでいるうちに壊してしまい、それがきっかけで離脱してしまった。書道も算盤も五級止まりだった。

その道場は柔術の流れを汲《く》む大友《おおとも》流という、今は廃れた流派で、五十ある型をひたすら覚えさせる古風な指導法を守っていた。弓道場と接骨院も兼ねていて、自転車や灯油缶や竹箒《たけぼうき》などが無造作に置かれた庭には俵の的があり、稽古場の壁には担架が立てかけてあった。館長はかなり年を食っていて、普段は茶の間に引き籠って、テレビを見ており、時折、骨折した人や脱臼した人が運び込まれて来ると、骨接《ほねつ》ぎをするものの、道着姿は見たことがないし、滅多に畳にも下りてこなかった。入門時に昔の入門者たちの血判状を見せ、偉そうな訓示を垂れたわりに怠惰な館長だなと思った。師範はサラリーマンや体育大学の学生で、彼らが道場に来るのは五時半過ぎで、それまで小学生たちはひたすら受け身と形の練習に励む。道場に対角線上に立った攻め手と受け手が真ん中で向かい合い、緩やかなテンポで攻め手が「ヨー、エイ」のかけ声とともに手刀を振り下ろすと、受け手は「ヤー」のかけ声とともにその手を摑《つか》み、ひねり倒す。これが五十パターンあるのだが、格闘技というよりは舞踊に近く、ほとんど実戦には役立ちそうもなかった。剣道、柔道、茶道、華道、どんな道にも形がある。野球でいえば、キャッチボールや素振りがそれに当たる。形があれば、それを崩すこともできるし、破ることもできるし、また形通りにすることもできる。

入門初日、君は前後左右、回転それぞれの受け身の取り方の手ほどきを受けると、いきなり学生師範の手荒い洗礼を受けた。相手は黒帯なので、手加減してくれると思ったが、容赦なく、執拗《しつよう》にノルマをこなすように君を投げ続けた。入門初日の小学生相手にムキになる未熟者なのか、あるいは生意気そうな小学生をつぶすのが趣味なのか、五十回は畳に叩《たた》き付けられ、最後には絞め技をかけられ、意識が遠のいた。君の首や胸には痣《あざ》が残り、その夜は三十九度の熱を出して寝込んでしまった。「習い事は長続きしない」のジンクスは柔道にも適用されることになるのかと思った。熱が下がった頃、絞め技をかけられた時の感覚をまざまざと思い出した。耳が遠くなり、視界が暗くなってゆくとともに、体が浮き上がる心地がしたのだが、それは君が漠然と追い求めていた陶酔に近いかもしれないと前向きに受け止めることができた。

次の週も懲りずに道場に出向くと、学生師範はちょっとしごき過ぎたことを悪びれているようで、妙に君に気を遣っていた。帰り際、君にたこ焼をおごり、それで仲直りに持ち込もうとした。君はたこ焼を食べながら、ふと目についたポルノ映画のポスターの宣伝文句を指差し、「これなんて読むんですか?」と訊ねた。そこには「尼僧の赤裸々な告白」という文言が並んでいたが、学生師範は「どろそうのあからなこくはく」と読んだ。君はあえて訂正せず、「どろそうのあからら」と周囲に聞こえよがしにいい、「こいつバカだ」と内心であざ笑い、しごきへの返礼とした。

学生師範のしごきを耐え抜き、五十ある型の半分と受け身をマスターすると、体が一回り大きくなり、痛みへの耐性が身についた気がした。それまでは不良中学生に絡まれることを恐れるあまり、盛り場の徘徊には及び腰だったのだが、いざ二、三発殴られるような事態になっても、反撃に打って出る自信が備わった。

君の得意技は自分より大きい相手の懐に入り、袖と襟にぶら下がりながら体勢を崩して投げる背負い投げと、相手の内股に足を絡ませ全身を預ける大内刈りだった。途中から受け身の練習をさぼるようになったが、それには理由がある。受け身を取るのは投げられた時なので、わざわざ負ける練習をする意味などないと思ったからだった。それを学生師範にいっても通じそうもなかったので、君に模範的な受け身を教えてくれた会計士の師範に話してみると、こんなふうに諭された。

——敗北の美学というのはわかるかな？　受け身は潔く、美しく負けるための練習なんだよ。

私的縄文時代

君は平泉と様々な競い合いを繰り広げていた。二人とも辞書や百科事典を読むのが好きで、気紛《きまぐ》れに開いたページから雑多な知識を吸収するという共通点があった。憂鬱とか爛熟《らんじゆく》とか霹靂《へきれき》とか魑魅魍魎といった画数の多い漢字の読み方、書き方をどれだけ覚えたか、学級文庫の本を何冊読んだか、世界の都市や川や山の名前をいくついえるか、偉人の名前と業績をどれだけ知っているか、相撲の決まり手をいくつ挙げられるか、そんな知識のひけらかし合いをしながら、下校するのである。ほかの同級生が給食袋を振り回して殴り合うのを横目に、君たちは一応知的なじゃれ合いを重ねていた。平泉は私立中学を受験し、君は最寄《もよ》りの公立中学に進む予定だったので、小学校を卒業したら、会う機会は減る。この類友と過ごす時間も残りわずかだと思えば、おのずとじゃれ合いにも力が籠るのだった。

六年四組の担任の岡松《おかまつ》先生は教え子たちに日記を書くことを熱心に勧めた。それぞれの日記帳は毎朝、先生の机の上に積み上げられ、先生はそれに目を通し、赤ペンで感想を書き込む。それは相当の労力を要したと思うが、生徒たちの不平不満を掬《すく》い上げたり、家庭環境やいじめの有無などを窺い知るのに最適な通信手段だっただろう。先生は毎週、ガリ版刷りの「多摩っ子通信」なる学級新聞を発行し、自分からのメッセージを発信し、誰かしらの生徒の日記を転載していた。国語や道徳の時間にその新聞を読み、みんなで話し合うのだが、折々のテーマは同級生の悪戯《いたずら》の告発だったり、少女の秘めたる欲望の吐露だったり、読書感想文や闘病記や奮闘記だったり、ファミリー・ヒストリーだったりした。学級新聞に日記が掲載されれば、けなされることはなく、基本褒められるので、承認欲求や自己顕示欲が適度に満たされる。それは出版という営みの基本を学ぶ経験になり、未来の物書きの揺籃《ようらん》にもなった。今まで自分の喜怒哀楽はもっぱら森に捨て、時々、川に流してもいたが、日記が感情処理センターに取って代わる。折々の怒り、悲しみ、愉《たの》しみはコトバを介し、処理されることになる。

君はよく岡松先生の印刷作業を手伝った。蠟引《ろうび》きした原紙をヤスリの下敷きにあてがい、鉄筆の手書きで版下を作り、それを謄写版にセットし、インク付きのローラーでわら半紙に転写する。途中から輪転機が導入され、作業効率は上がったが、インクまみれの手作業は労働の喜びを教えてくれた。

君は「多摩っ子通信」に触発され、自分の意見を知らしめるビラをばらまく欲求に駆られた。あの頃、巷には街頭詩人というのがいて、ガリ版刷りの自分の詩集を一部百円で売っていた。君はその実物を見たことがないが、詩人が美女だと売れ行きも上々だったと聞いた。自分が書いた詩を印刷して配りたいという思いつきを母に話すと、それが祖父に伝わり、年賀状の印刷に使っていた葉書サイズの謄写版を君に譲ってくれた。君は勇んで原紙を買い、葉書サイズに切って、「山鳩の鳴き声」という自分と多摩丘陵の深い関わりを謳《うた》った詩を刻みつけ、四十枚印刷し、それを同級生と岡松先生に配った。それが記念すべき君の最初の出版物である。

卒業式の後、岡松先生は君たちの先輩に当たる二年前の教え子数人とともに、平泉と君を奥多摩《おくたま》の御岳山《みたけさん》登山に誘った。一学期と二学期の学級委員を務めた平泉と君に対する褒美だったのだろう。多摩丘陵の徘徊に飽き足らなくなっていた君はこの経験を境に、すっかり登山の魅力に目覚めてしまった。ぜいぜいいいながら、険しい山道を小刻みに五十センチずつ進み、額の汗を拭い、生温《なまぬる》くなった水で喉を潤し、何でこんなところに来てしまったのか後悔するのだが、ふと見上げると、彼方《かなた》にあるかと思われた山頂がすぐ目の前に迫っている。いよいよ山頂に立ち、息を整え、下界を見下ろすと、今までの労苦を一瞬にして忘れ、口角が自然にほころんでくる。ここまで辿り着いた褒美は母が握った鮭《さけ》とおかか入りのおにぎりと甘い卵焼である。それはパンダにとっての笹、コアラにとってのユーカリのように君の主食だったが、普段より三割増で旨《うま》くなるのは高山の精気が加味されるからだった。

なぜ山に登るのかと聞かれて、そこに山があるからと答えたマロリーはエベレスト頂上直下で俯《うつぶ》せに凍死したが、同じ問いを多摩丘陵に暮らしていた縄文人に投げかけたら、こんな答えが返ってくるだろう。

海辺や平地は生きている者の領域。海岸の洞窟や丘陵の横穴は他界への入口。祖先の霊や神は高山の頂上に住んでいる。山に登るのは祖先の霊や神と出会うため。

むろん、君はそんなことを思いもしなかったが、古代から山頂を目指す者は人一倍、別世界への憧れを募らせるのである。今いる場所と異界、他界との間を自在に往還していた縄文人の心を君は無意識に受け継いだのだろう。それは、現在なら「多動」といわれかねない君の落ち着きのなさに如実に現れていた。

君の牧歌時代、心の縄文時代はそろそろ終わろうとしていた。自分の進むべき道はまだよく見えていなかったが、考古学者よりも物書きになりたいと思っていた。裏山で山鳩の誘いに応じ、森に踏み込み、縄文土器を見つけ、竹藪ハーレムで裸のヴィーナスに囲まれ、平泉と出会い、柔道で受け身と型と自信を身につけ、学級文庫を貪り読み、画数の多い漢字マニアになり、日記を書き始め、また日記の素材になるような小さな冒険を重ね、詩を印刷配布し、本格的登山を始める。その帰結として物書きを志向することになったとつい考えてしまうが、そうともいえない。もし、君が土器の代わりに昆虫に興味を持っていたら、生物学者に憧れただろうか？　君が夜空を見上げ、星の数を数えていたら、天文学者や宇宙飛行士を目指しただろうか？　たぶん、そうはならなかっただろう。少年時代の経験と職業選択のあいだには因果関係はない。平泉は竹藪経由でS

M小説の世界に誘われ、剣道に打ち込み、日記を書き、画数の多い漢字の書き取りを君と競ったが、君とは全く別の道を辿った。君が物書きになるまでには、限りなく偶然に近い必然的な出来事をまだいくつも積み上げなければならなかった。

『未完成』

我が家にステレオが導入された時、かけるレコードがなかったので、最寄りのレコード店に駆け込み、一時間の逡巡《しゅんじゅん》の末、買い求めたのがフルトヴェングラー指揮ウィーン・フィルハーモニー演奏のシューベルト『未完成』だった。この最初の選択が後の君の音楽の趣味嗜好《しこう》を実質、決定してしまったことになる。なぜ当時の流行歌の『女のみち』や『学生街の喫茶店』や『喝采』でなく、『未完成』だったのかというと、演奏時間と価格を比較した結果、一番長く安く聴いていられるからだった。歌謡曲はわざわざレコードをかけなくても、テレビやラジオ、商店街のスピーカーから自然に耳に入って来る。七〇年代初頭に流行った曲ならば、前奏を聴いただけで歌詞もメロディもところてんのように出てくる。そういう人間ジュークボックスみたいな子どもの数は今よりよほど多かった。

家には『未完成』しかないので、毎日、そればかり聴いている。近所の小学生は夏休みに祖母の家に預けられ、毎日般若心経《はんにゃしんぎょう》の読経に付き合わされ、全文を暗記してしまったらしいが、君もいつしか『未完成』のメロディを全曲、口ずさめるようになっていた。ロ短調交響曲はコントラバスの低音から厳かに始まる。弦のピアニシモが続き、オーボエの憂鬱なメロディへと展開してゆく第一楽章は暗い森に迷ったヘンゼルとグレーテルの不安をあぶり出す。リフレインが多いのだが、静かに熱く盛り上がってゆく。野山や町を歩行する時はタータラタッタタターのリズムが君を鼓舞してくれた。『未完成』は君の散歩のBGMであり、内なるふさぎ虫のライトモチーフであり、中学一年時に恒常的に感じていた閉塞感をも表していた。しかし、人の気分は『未完成』の楽想のように刻一刻変わる。喜怒哀楽の起伏があるうちはまだ大丈夫だが、感情がのっぺりと平板になり、薄ら笑いなど浮かべるようになると、危ない。実際、表情が読めない奴は危なかった。君はその点、意識的に気分の転調を行っていたので、平静を保っていられた。

レコード・コレクションを充実させたいのは山々だが、新譜は高価なので、手を出せず、小遣いと綿密な相談をしながら、廉価版を買い求めるのが関の山だった。もっとも、廉価版には往年の名演を復刻したものが多く、君が主に聴いていたのはすでに故人となった巨匠たち、トスカニーニ、ワルター、フルトヴェングラー、メンゲルベルク、クレンペラー、ミュンシュらの遺産だった。カラヤンやベーム、バーンスタインらはバリバりの現役だったが、彼らの若かりし頃の演奏も安く聴けた。ちょうどその頃、限られた小遣いを廉価版レコードに注《つ》ぎ込んでいた少年が同じ県内にいた。後の指揮者大野和士《おおのかずし》で、彼の指揮者修業はすでに始まっていた。

刑務所に入る

それまで放し飼いにされていたひよこはケージの中に入れられた。小学校で謳歌《おうか》していた服装の自由、行動の自由、表現の自由は極度に制限され、軍隊式の教育を仕込まれるようになったが、すぐに適応できるはずもなかった。伸ばしていた前髪を切られ、ピンク色のソックスを脱がされ、体操着にはゼッケンをつけられ、校則違反者には容赦ない体罰が待っていた。

生徒の中には将来、刑務所に入る者も出てくるかもしれない。その時、模範囚になるような教育をあらかじめ施しておくのが中学校の使命である。

こんな定義をひねり出したのは君だが、それを冗談とはいい切れない殺伐さが中学にはあった。古参教員の中には戦時中、代用教員を務めていた人がいて、親子二代にわたり、教え子になったケースもあった。東条英機《とうじょうひでき》を思わせる口髭《くちひげ》、眼鏡、丸刈り頭に、蝶《ちょう》ネクタイをつけた音楽教師は朝礼の時、軍事教練のような号令をかけ、若手教師の失笑を買っていた。戦時中からタイムスリップして来たような小西《こにし》先生を毛嫌いしていたのが、数学の三池《みいけ》先生だった。噂《うわさ》では大学院卒業後、企業の研究所に勤務していたが、高価な機材を壊してしまい、解雇され、やむなく中学教師に甘んじているのだった。べらんめえ口調で、ところ構わずあくびをし、「かったるい」とぼやき、授業を十五分も早く切り上げたりと素行が悪かった。その態度を改めるよう小西先生にたしなめられると、「育ちが悪くてすいませんね」と机に俯せになって寝た振りをする。そのやさぐれ方がサマになっていたので男子生徒には人気があった。落語口調で歴史を講じる品川《しながわ》先生はいつもにこやかで飄々《ひょうひょう》としており、英語の白山《しろやま》先生は度の強い眼鏡をかけ、授業中、教室を落ち着きなく歩き回り、何処を見ているのか、何を考えているのかよくわからず、挙動はレゴの兵隊のようにぎこちなく、人間離れ、浮世離れしていた。英語の歌が得意という噂を聞きつけた同級生が何か歌って欲しいとリクエストすると、ゴスペル・ソングを続けざまに五曲も歌い、生徒たちをドン引きさせた。

クラブ活動は何をやるか、あれこれ迷った挙げ句、帰宅部に落ち着いた。山岳部は中学にないし、柔道の道場通いを続けていたので、これ以上運動しても筋肉バカになるだけだし、ブラスバンドにはやりたい楽器はなかった。

三時十五分に黒板と教師を見つめる時間が終わると、三時四十分くらいから自分にかまける時間が始まる。音楽を聴く。テレビドラマの再放送を見る。駅前書店で文庫本を物色する。市立図書館に本を借りに行く。自転車で町を徘徊し、多摩川の河原で石を投げる。河川敷の「たぬきや」に焼鳥を二本食べに行く。そんな暇つぶしをしているあいだも君はずっと待ち続け、探し続けていた。新たな陶酔の瞬間、崇拝の対象を。それらは何処に転がっているか、埋もれているかわからない以上、あらゆる場所に探知のアンテナを張り巡らせておく必要がある。

君がなるべく混雑している時間を選んで散髪をしに行くのは、もちろん漫画を読むためだった。君の幼稚な破壊衝動を程よく満たしてくれたのは、小学校に空前のスカートめくりブームを引き起こした『ハレンチ学園』、排泄物《はいせつぶつ》中心の世界観を炸裂《さくれつ》させた『トイレット博士』、僻地《へきち》の学校の野球部コーチを引き受けた男が山猿たちを組織して高校野球に挑む『アパッチ野球軍』、「コノウラミハラサデオクベキカ」の呪文とともにいじめられっ子が超能力を駆使して復讐を重ねる『魔太郎がくる!!』などの作品だった。ウンコを主食とする美少女うんこちゃんの活躍をテレビでも見たかったが、『トイレット博士』はアニメ化されることはなく、「メタクソ団」の合い言葉「マタンキ」の記憶だけが残った。

テレビもアニメやヒーロー特撮物が最も充実していた時代だったが、君はマイナーな作品に惹かれた。とりわけ『愛の戦士レインボーマン』はオイルショック前夜の社会不安を反映し、子ども向きにしてはかなりブラックな内容だった。インドの山奥で修行した青年は月火水木金土日の七つの化身に変身しながら、カルト宗教の布教を通じ、大量の偽札を流通させ、ハイパーインフレを引き起こし、テロを実行する悪の組織「死ね死ね団」と戦う。タントラ・ヨーガの行者が資本主義の悪と戦う構図にはヒッピーの世界観の反映があった。カウンターカルチャーの影響はかなり遅れて日本にも波及して来た。髪を伸ばし、サイケ柄のシャツやジーンズ姿の和製ヒッピーたちはインドを放浪したり、無銭旅行をしたり、新宿《しんじゆく》や渋谷《しぶや》に繰り出し、手に入らないマリファナやＬＳＤの代用でシンナーを吸引しながら、トリップしていた。

ウルトラ・バイオレンス

中一の冬、君は同じクラスの悪友とともに「やらしい」映画を見に行くことになった。声変わりし、陰毛が生えてくると、とたんにセクシュアル・アドベンチャーに走ろうとするのはいつの時代も変わらない。君たちは小田急《おだきゆう》線で新宿に出ると、東口から横断歩道を二つ渡り、歌舞伎町《かぶきちよう》を目指した。君はコマ劇場《げきじよう》前の噴水広場でラリっている男に「おまえもアンパンやるか」と声をかけられ、「いいえ、お腹いっぱいです」と丁重に断った。それ以来、「アンパンマン」はシンナーを吸う男を指す隠語となった。迷いながら、君たちは目当てのポルノ映画館の前に立つ。十八歳以上に見られるような格好をしてくると打ち合わせて来た結果、一人は紺のブレザーを、もう一人は土方ジャンパーを着用してきた。君は父のトレンチコートと革靴を借りてきた。そして、すでに声変わりしている広末《ひろすえ》が代表して、チケットを買うことにし、窓口のおばさんに「大人三枚」といった。すると、窓口の向こうから「学生証があれば、安くなるよ」という声。広末が「あ、忘れた」ととぼけると、「あんたたち中学生でしょ」と見抜かれ、門前払いを食らってしまった。

君たちは口々に舌打ちしながら、周辺の館で上映している映画のポスターを見て回り、最もそそられる物を選ぶことにし、『時計じかけのオレンジ』を見ることで意見が一致した。

煙草の煙が充満する客席の前方、他人の頭が気にならない席に陣取った。映画冒頭から君は度肝を抜かれる。右目下に付けまつ毛をし、山高帽をかぶり、白い服にペニス・プロテクターをつけた若者がこちらを睨《にら》みつけている。カメラが引くと、うつろな表情の仲間がいて、手にはミルクの入ったグラスが握られている。そこは温泉地の秘宝館にも似たバーだ。ヘンリー・パーセルの『メアリー女王の葬送音楽』序曲がシンセサイザーによって奏でられる中、主人公のモノローグが始まる。

オレがいた。名前はアレックス。三人のドルーグはピート、ジョージー、ディム。

コロバ・ミルク・バーでラズードックス、夜のプランを思案中。コロバのミルクは三種類、ベロセット、シンセメスク、ドレンクロム、そいつでキメると、研ぎ澄まされ、いつものウルトラ・バイオレンスへと盛り上がる。（乾信一郎《いぬいしんいちろう》訳）

デボーチカを強姦《ごうかん》しようとしているビリー・ボーイ一派とカジノの廃墟《はいきょ》で乱闘するシーンではロッシーニの『どろぼうかささぎ』の序曲、レコード店でナンパした女子二人と3Pを楽しむ早回し場面ではルートヴィヒ・ヴァン・ベートーヴェンの『第九』交響曲第二楽章、そして、サプライズ訪問した作家の家で夫人をレイプするシーンでは『雨に唄えば』、いずれも自分の耳に馴染《なじ》みのある音楽ばかりだったが、その快活なリズムとメロディは惜しげもなくセックスと暴力に捧《ささ》げられていた。ロックンロールではなく、クラシックというひねりにも痺《しび》れた。

近未来の荒廃した都市を舞台に繰り広げられるバイオレンス・スペクタクルは、今まで見たことのないテイストに溢れていた。初めてピッツァを食べた時の違和感、いや中国の白酒《バイチユウ》を飲まされた時の刺激、もっといえば韓国のエイの刺身を口に入れた時の異変に似ている。それまでゴジラやガメラやウルトラマンが暴れ、都市が破壊され、人が死ぬ光景はいくらでも見て来たが、等身大の人間がスタイリッシュに狼藉《ろうぜき》の限りを尽くす様子は見る機会がなかった。なるほど、強姦はこういう具合にするものなのか、不良少年の更生はあのように行われるのか、と研究心旺盛な君はどんな些細《ささい》な細部も見落とすまいと、それこそ洗脳実験にさらされたアレックスのように目を二倍に見開いて、スクリーンと対峙《たいじ》していた。背伸びしてでもおぞましいものを見たいという好奇心を、胸焼けするほど満たされ、君は歓喜に打ち震えていた。一緒に見た広末は「見てはいけないものを見た」と思わず呟いたが、君は内心で「人が見たくないものしか見る価値はない」と思ったのだった。

しかし、ミルクやジュースしか飲んだことのない少年がいきなりテキーラやグラッパをあおれば、急性アルコール中毒は避けられない。君は映画が終わった後、茫然自失《ぼうぜんじしつ》の状態で「ドルーグ、デボーチカ、ハラショー」と、アレックスたちが使っていた意味不明の隠語をうわ言のように呟いていた。アレックスはミルクで神経を研ぎ澄ませ、ウルトラ・バイオレンスに自らを駆り立て、また洗脳プログラムによって、暴力に対する拒絶反応を植え付けられ、去勢されてしまったが、君は『時計じかけのオレンジ』自体に洗脳され、覚醒してしまった。中学校によって抑圧され、眠らされていた破壊衝動に火がつき、「よい子」から「変な子」への脱皮が始まった。ミルク嫌いの君が無理して給食のミルクを飲むようになったのも、もしかしたら、ウルトラ・バイオレンスへと駆り立てられるかもしれないと思ったからだった。

監督名を冠した名付けをするならキューブリック・ショック、主人公の名前を借りれば、アレックス症候群とでもいうべき微熱状態はしばらく続き、誰も見ていないところで『雨に唄えば』のステップを真似たり、アレックスが大好きなルートヴィヒの『第九』を大音量で聴いたりしていた。そんな最中《さなか》、中学の図書館でたまたまアンソニイ・バージェスの『時計じかけのオレンジ』原作の翻訳を見つけた。すぐに読み始めたが、劇中の隠語の意味が明らかになると、君は嬉々《きき》としてノートにそれを書き取り、簡単な辞書を作った。そして、早速その呪文的なコトバを同級生に向かって使い始めたが、もちろん、わかる相手は一人もいなかった。後にその隠語の正体がロシア語であることがわかったが、君はそうとも知らずにその神秘的な単語を発音していたのだった。

ルネッサンスざんす!

中二になると、君は今までの遅れを取り戻すように急成長する。この一年間に君の身長は一気に十二センチ伸び、百六十二センチに達し、シューベルトを越え、ルートヴィヒに迫っていた。このまま順調にいけば、ワーグナー越えも期待できる。しかし、身長が伸び、朝礼時に並ぶ順番が前から八番目になっても、君の中学での存在感はまだ希薄だった。クラスのイニシアチブを握っているのはバスケ部、サッカー部、バレー部の面々で、彼らのマドンナで君も密《ひそ》かに思いを寄せている紀子《のりこ》は陸上部に所属している。

帰宅部員はクラスで一番もしくは学年でベスト10の成績を出しているか、とびきりの美少女、美少年でなければ、その影は囲碁将棋部や文芸部よりも薄い。君はそろそろ本気を出して、同級生にも理解できる分野で存在証明をしなければならなかった。

柔道で黒帯を取るのは諦めていた。二年間、道場通いを続けるうちに、同期はほとんどいなくなり、新たな入門者も現れず、一人道着をつけ、冷たい畳の上で受け身をしながら、SF小説を読みふける日もあった。君は十三歳で柔道から引退し、山登りに専念することにした。私立中に通う平泉とは疎遠になるかと思ったが、山登りを通じての付き合いが続き、月に一度は奥多摩や丹沢《たんざわ》の山々に登っていた。「山行こうぜ」が君たちの合い言葉になっていた。

その頃、首都では爆弾テロが流行っていた。中二の夏休みの終わり、丸の内の三菱《みつびし》重《じゅう》工《こう》ビル爆破事件では八名の死者、三百八十五人の重軽傷者を出したのを皮切りに翌年の五月まで連続的に商社、ゼネコン大手を狙った爆破事件が起きた。「狼《おおかみ》」、「大地の牙」、「さそり」といった過激派グループの犯行と特定され、機関誌「腹腹時計《はらはらとけい》」には思想的な議論より爆弾製造マニュアルが掲載されていることが話題になった。父が大企業勤務でなくてよかったと母はいったが、君は自分の心のアイドルであるアレックスを左翼過激派の活動家と重ね合わせていた。日本企業のアジア侵略に対するアンチテーゼという大義にも一理あると思った。しかし、そんなことを学校で主張しようものなら、風紀係の教師に呼び出され、反抗心の芽を摘まれるのは確実だった。

君は品行方正、面従腹背に努めていたが、中二の夏、君は連続して教師の体罰の犠牲になった。

一回目は体操着に貼りつけたゼッケンに「ルネッサンスざんす」と落書きしたのを体育教師に見咎《みとが》められた。「これは何だ」と聞かれ、「日本にルネッサンスを興すのがぼくの夢です」と溌剌《はつらつ》と答えると、いきなり往復ビンタをくらった。当たりどころが悪く、鼻血が出て、白いゼッケンが赤く染まり、それが偶然にも「！」マークを「ざんす」の後に添える格好になった。この理不尽な制裁を脇で見ていた、普段ほとんど君と話すこともないバスケ部やバレー部の連中が「軍隊じゃあるまいし、ひでえよな」とか「仕返しできない奴を殴るなんて卑怯《ひきよう》だ」と慰めのコトバをかけてきた。君が生徒代表として殴られたかのように受け止め、同情してくれたのは嬉しかったが、君は「仕返しできない」とは思っていなかった。いずれ自分なりのやり方で体育教師に復讐するつもりではあった。

二回目はハンドボール部顧問の英語教師による制裁だった。宿題の英作文を忙しい同級生に代わってやっておいてやる見返りに二百円もらうことになっていたのだが、何者かがそれをチクり、英語教師が鼻息荒く、放課後の教室にやってきて、事の真相を問い詰めた。君に宿題を頼んだ同級生があっさり「はい、すいません」と認めてしまったので、教師は「友情で手伝ってやるならともかく、カネを取るなんて不純だ」と怒り、大きな手でそれぞれの右頰を一発ずつ殴った。その時、不意に聖書のエピソードを実践してやろうと思いつき、君は左の頰も差し出した。英語教師は一瞬、ひるんだが、君の目に反抗の意思を読み取ったか、さっきよりも三割増の力で殴ったので、鼓膜に衝撃が伝わり、しばらくのあいだ難聴に陥った。英語教師は「反省文も英作文で書いてこい」といい残し、サンダルを引きずって去って行った。

殴られたことは親には内緒にした。父は体罰容認の右翼だし、母はPTAの活動を忌避している。これは自分と教師のあいだのトラブルなので、教師が予想だにしない復讐の方法を考えることで自らを慰めるしかなかった。殴られた週の日曜日は山に登らずにはいられなかった。高山の清涼な空気のもとで、鎮魂《たましずめ》を図らなければ、自分の憎悪に毒されてしまうから。ある意味、君は現実逃避のプロフェッショナルを目指していたのかもしれない。嫌なことがあったら、山に逃げる習性は十歳の頃から身についている。本や音楽も心のシェルターであり続けた。魚座でO型の人間は「現実に生きていない」とどの占いの本にも書いてあり、まさに君のことであった。

しかし、夢想だけでは埒《らち》があかない。漠然とではあるが、君は何か具体的な行動を起こそうと企《たくら》んでいた。それは学校や社会に対するプロテストでなければ、凡百の「理由なき反抗」になってしまう。何か実のあることをしなければ、自分は架空の人物になってしまうという強迫観念に苛《さいな》まれていた。

ささやかなテロリズム

君は理科の授業に熱を入れていた。担当の大澤《おおさわ》先生が洒落《しゃれ》のわかる人で世間話や冗談を交えた授業は中学生の笑いのツボを押さえていた。生徒の叱り方も若い英語教師や体育教師の軍曹スタイルではなく、早口でボヤきながら諭すのである。万引きで捕まった教え子に対して、彼は「今度やったら、停学だぞ」といった後、小声で「文房具みたいなみみっちいもん盗みやがって。どうせ盗むんなら、国宝でも盗んでこい」と囁《ささや》く。学校にナイフを持って来た生徒には「顔を洗って出直してこい」と一喝した後に、「毎朝だぞ」とザ・ドリフターズが「歯磨けよ」と呼びかけるように呟くのである。「中学生なんてこんなものだ」と達観している感じが伝わって来るので、叱られても傷つかない。生徒が調子に乗って、町中で出会ったお笑い芸人にからむように、馴《な》れ馴れしくからかったりすると、「おまえ、そうやって人をバカにしていると、誰にも相手にされず孤独になっちゃうぞ」と返してくる。この余裕、懐の深さに生徒は一目置くようになる。

その大澤先生が顧問を務める自然愛護部に君は中二の秋から入部することにした。部員は七人で、週二日、放課後の理科室に集まり、公害や自然破壊について話し合ったり、多摩川の水質検査をやったり、週末は青少年科学館に行ったり、森林公園に行ったりする。山岳部がないこの中学でもっとも山岳部に近い活動をしているのが自然愛護部だ。君は登山に関しては、ほかの部員よりも遥《はる》かにレベルが高く、すでに平泉と丹沢の沢登りにチャレンジしていた。尾根道をダラダラ歩くよりは、滝の水しぶきを避けながら岩壁を登って、最短距離で頂上を目指した方が早いし、スリリングだったからだ。

これまでも身近な自然とはさんざん触れ合ってきたので、今さら自然愛護に目覚める必要もない。君が途中入部した本当の目的は薬品室に自由に出入りできる特権を手に入れることだった。六時限目の授業が終わると、大澤先生のところに薬品室の鍵をもらいに行く。劇薬や毒薬もある薬品室は常時、鍵がかけられ、生徒は立ち入り禁止になっているが、部活の準備といえば、大澤先生は気安く鍵を渡してくれる。それから、部員が集まってくるまでの数分間、君は薬品室を独り占めできるというわけだった。棚には硫酸、塩酸、硝酸、水酸化ナトリウムなどの劇薬、クロロホルムやジエチルエーテルなどの麻酔薬などが収められている。水銀やフッ化水素酸、黄リンなどの毒薬はさらに厳重管理されていて、ダイヤル・ロック式のロッカーに入れてある。

薬品室には教師向けの実験マニュアルを記したファイルがあり、君は棚にどんな薬物が並んでいるのかチェックしがてら、それを少しずつ読み進めてゆく。最初の方のページにはサイダーや羊羹《ようかん》の作り方、後半になると、脈絡なく、黒色火薬やニトログリセリンの精製方法が詳しく書かれていたりする。必要な器具やその設置の仕方、分量、諸注意などがイラスト付きで説明されている。

これは君の破壊衝動を存分に満たしてくれるマニュアルかもしれなかった。連続爆弾テロの季節、中高生たちのあいだでは花火をばらして、爆弾まがいを作るのが流行っており、暴発して、指を失ったり、顔に火傷《やけど》を負う者が後を絶たなかった。数年前には箱入りの本のページをくりぬいて、そこに工事現場の倉庫から盗んだダイナマイトと雷管と乾電池を使った発熱装置を仕込み、箱から本を出すと、通電し、爆発する仕組みの爆弾が新幹線に仕掛けられるという事件もあった。車掌が箱から本を取り出そうとした時、装置に使われていたアルミホイルが破れたため、通電を免れ、惨事には至らなかった。ちなみにその本というのは『源氏物語』で、爆弾を仕込んだのは福島の高校生であることが判明した。実際に破壊活動に及ぶ者はごく少数だったが、この時代の空気を吸った中高生は誰でもゲバルトの誘惑に駆られた。君も例外ではなかった。

君が最初に企んだささやかなテロリズムは、君の頬を二度殴った体育教師と英語教師への復讐を兼ねていた。牛乳瓶に半分くらい硫酸を注ぎ、紙の蓋をして、ポケットに忍ばせ、放課後、クラブ活動が始まる前のひと時、教師たちが職員室で寛《くつろ》いでいる隙を狙い、教員専用下駄箱《げたばこ》に向かう。体育教師と英語教師の靴に硫酸を流し込んでやることにしたのだ。彼らの顔に硫酸をかけるほどの勇気も、憎しみもない。殴られた恨みは靴を溶かせば晴れる程度のものだった。ところが、二人の靴を見た瞬間、君は急に悲しい気分に襲われる。若い教師二人の靴は揃《そろ》いも揃って、かかとが欠けたようにすり減り、親指が当たるところに穴が開いているドタ靴で、わざわざ硫酸で溶かすまでもなく、無惨な姿を晒《さら》していたのである。

ささやかなテロリズムは未遂に終わった。復讐には後味の悪さがついて回るものだが、君は彼らを許してやったので、清々《すがすが》しい気分を味わうことができた。君は靴を新調するカネもない二人の教師に向けて寛容の精神を発揮することで彼らに勝ったのである。

音楽的青春

君はその後も薬品室通いを続け、たびたびサイダーを作っては喉の渇きを潤し、黒色火薬を佃煮《つくだに》の瓶一本分調合し、それに銅やストロンチウムを足して、三色花火を作ったりした。部の活動で多摩川の水質検査もやっていたが、台風の後の河川敷の散歩は楽しかった。大小様々な形の流木、サッカーやバスケットのボール、家具、マネキンや卒塔婆《そとば》までが岸辺に打ち上げられており、青空市場の様相を呈している。

君は上流の何処かから流れて来た簞笥《たんす》を本体にし、流木のアウトリガーをつけた小舟を作ることを思いつき、三時間の作業でそれを完成させると、流木のオールで漕《こ》ぎ出し、中州に渡ることができた。誰もいない中州をしばし独り占めできたのはいい気分だった。このまま川下りをして、河口まで冒険してみたくもあったが、堰堤《えんてい》を越える際、転覆は避けられそうもない。この優雅な舟遊びは後にも先にもこれ一回限りだった。

中学生たちは競うようにしてギターを手に入れ、コードの練習にいそしみ、声変わりしたての塩辛い声でカーペンターズやボブ・ディラン、ビートルズの名曲を口ずさんでいた。君は同級生に遅れを取ってしまい、軽音楽のプレイヤーとして女子の人気を獲得するのは早々に断念した。だが、不意にギターを手に入れる機会が訪れた。放課後によく買い食いしに行くパン屋のオヤジが何かのまじないみたいに、店先にギターを立てかけ、ぶつくさいっていた。陰干しでもしているのか、君がしばらく様子を見ていると、「欲しければ、持ってっていいよ」といった。君は露骨に物欲しそうな顔をしていたに違いない。パン屋のオヤジも若かりし頃、ギターを爪弾き、『ブルー・シャトウ』や『花の首飾り』を歌い、彼女を口説いたのだろうが、今ではすっかりその人の尻に敷かれ、ギターを深く恨んでいるようですらあった。

君はその日のうちに教則本を買いに楽器店に走り、練習を始めることにしたが、ピックでコードを弾くスチール・ギターではなく、クラシック・ギターだったので、最初の目標を『禁じられた遊び』にし、最終目標を教則本最後のページにあった『アルハンブラ宮殿の思い出』にした。それから、しばらくのあいだ君のギター熱が続き、一ヶ月ほどすると、『禁じられた遊び』の最初のフレーズを弾けるようになった。だが、その成果を誰かに聴かせる機会もなく、期待していた陶酔感もやってこなかった。君はたおやかなギターの小曲よりももっと壮大な交響曲や管弦楽曲の享楽に溺れたかった。

その頃、音楽に触れるもっとも手頃な手段はＦＭ放送の聴取だった。青少年は親にラジカセを買ってもらい、ほとんどそれと添い寝するような日々を送っていた。二週間分の番組表と聞きどころを紹介したＦＭ雑誌も三誌あった。新譜は君の小遣いではなかなか手を出せないので、話題の演奏のオンエアを心待ちにし、カセットテープをセットし、録音ボタンに指をかけ、解説者の能書きが終わるのを待つ。そうやって映画のサウンドトラック集、チャイコフスキーの三大バレエ組曲、ルートヴィヒの交響曲全集など自らの音楽コレクションを充実させてゆくのだ。君に最大の陶酔をもたらしてくれたのは何といっても、ベルリオーズの『幻想交響曲』である。恋に深く絶望した作曲家がアヘンで服毒自殺を図るも、死には至らず、音楽的な幻覚を見る。火山の噴火のように襲ってくる恋の熱病、発作的な憂鬱が奏でられる第一楽章「夢、情熱」、愛する彼女と再会し、ワルツを踊る第二楽章「舞踏会」、夕暮れ時の田園、牧童の笛を聞きながら、漠然とした不安に駆られる第三楽章「野の風景」、夢の中で彼女を殺害し、死刑を宣告され、断頭台へ追い立てられる第四楽章「断頭台への行進」、そして、自身の葬儀に集まった魔女、亡霊たちがグロテスクな宴会を繰り広げる第五楽章「ワルプルギスの夜の夢」。

ロマン派の破れかぶれの青春がこの交響曲のサウンドを通じて、百四十五年後の人類たる君に伝播《でんぱ》する。

ベルリオーズはルートヴィヒの『第九』の偉業を高く評価していたが、その初演からわずか六年半後の一八三〇年十二月にこの破格のサイケデリック交響曲を世に問うた。きっと世相はこのあいだに激変していたのだろう。パリでは七月革命が起こり、資本家に担がれたルイ＝フィリップが七月王政を開始するが、産業革命が始まり社会構造が様変わりするさなかだった。

毎日曜日の夜十一時になると、君はラジオの周波数を82・5MHzに合わせていた。ウェーベルン編曲のバッハの『音楽の捧げもの』の六声のリチェルカーレが聴こえてくると、「現代の音楽」の幕開けである。この番組では現役の作曲家たちによる創意工夫に満ちた楽曲が司会の柴田南雄《しばたみなお》によって紹介される。ジョン・ケージや武満徹《たけみつとおる》、シュトックハウゼン、クセナキスらの名前を知り、ミュージック・コンクレートやトータル・セリエリズムという流派を知ることになる。調性もなければ、物語性もない音楽に戸惑いながらも、自分を森に誘った山鳩のように何かメッセージが発信されているのではないか、と君は聴き慣れない音に必死に食らいついていた。

まだオーケストラの生音《なまおと》すら聴いたことがないくせに、電子音楽や噪音《そうおん》音楽を熱心に聴くいびつな音楽的青春だった。その後、オーケストラの生演奏は多摩市民館で行われた専修《せんしゅう》大学フィルハーモニー管弦楽団の演奏会で初めて聴いた。演目はプロコフィエフの『ピーターと狼』だったが、君はクラリネットが奏でる能天気なメロディを聴くと、なぜか共感覚的に南武《なんぶ》線の車内のニオイを思い出す。南武線は都心に向かう主要路線、中央《ちゅうおう》線、京王《けいおう》線、小田急線、田園都市《でんえんとし》線、東横《とうよこ》線、そして横須賀《よこすか》線と東海道《とうかいどう》線と交差する黄金のラインであるにもかかわらず、独特の場末感を醸しており、沿線には公営ギャンブル施設が多かったので、そこに通うギャンブラーたちの酒と煙草の残り香、垢《あか》臭さがこびりついていた。おそらく演奏会に出かける時、競輪で負けた連中と同じ電車に乗り合わせた記憶と結びついてしまったのだろう。

奇人レッスン

平泉とは月に一回のペースで一緒に山登りを続けていたが、読書の競い合いも重ねていた。十四歳の頃、平泉は太宰治《だざいおさむ》にのめり込み、一般的には「太宰病」と呼ばれる厭《えん》世《せい》気分に毒されていた。自分の誕生日が太宰の命日であることにも宿縁を感じていた。君も一通り、太宰の作品を読みふけったが、「生れて、すみません」とは思わなかった。同級生たちが好んで読んでいたのは手塚治虫《てづかおさむ》の漫画、星新一《ほししんいち》のショートショート、井上《いのうえ》ひさしの青春小説、北杜夫《きたもりお》の『どくとるマンボウ』シリーズ、江戸川乱歩《えどがわらんぽ》の探偵小説などだが、君はすでに中一の段階で卒業していた。集中的に五木寛之《いつきひろゆき》を読んでいたことがあるが、その頃、彼は休筆をしていた。君が大江健三郎《おおえけんざぶろう》や安部公房《あべこうぼう》に傾き始めると、平泉は三島由紀夫《みしまゆきお》にかぶれ出した。

三島は君たちが小四の時に自決していたが、「死人に口無し」をいいことに誰もが自分と三島の関わりを話したがり、依然、強烈な存在感を発揮していた。それまで君は三島の小説や発言を読んだことはなかったが、何となくヤクザ映画の俳優のイメージを抱いていた。平泉は古本屋で「新評」臨時増刊号「全巻三島由紀夫大鑑」を手に入れたが、ソノシートの付録がついていて、市ケ谷《いちがや》の防衛庁バルコニーで行った演説を聴くことができた。クーデターを呼びかける烈《はげ》しい口舌に対し、「バカヤロー」という罵声が浴びせられる臨場感溢れる録音を聴いて君が思ったのは、「軍人なら死ぬ前に一度はクーデターを起こしてみたいだろう」ということだった。しかし、それを小柄な小説家に呼びかけられても、自衛官たちの体はすぐには反応できないだろうとも思った。それがサラリーマンや官僚というものの限界だということを、君は何となく世の中の動きから気取《けど》っていたのである。

夏目漱石《なつめそうせき》から芥川龍之介《あくたがわりゅうのすけ》に渡った日本近代文学のリレーは芥川の夭折《ようせつ》によって、中断しそうになるが、谷崎潤一郎《たにざきじゅんいちろう》や川端康成《かわばたやすなり》が変幻自在に悪趣味を極める。戦後になって、太宰が捨てられたバトンを拾い、アプレゲールの青春を体現するもやはり早死にし、戦争で死ねなかった三島が戦後の虚妄を穿《うが》つが、すぐに大江健三郎が戦後民主主義の理想と暗黒を背負って登場する。そして、全く別の方向に向かって、安部公房が我が道を行く。君はおおむねそんな文学史の踏まえ方をしていた。大江健三郎の後にやってくるのは誰か、それはまだこの時点ではわからなかった。ただ、日本文学もなかなかの人間動物園だなと文豪たちのポートレイトを見るたびに思った。小学生の頃に漠然と抱いていた物書きへの憧れは中二になると、小説家として身の方便を立《た》つ《つ》き《き》るという目標に変わりつつあった。そのための具体的な条件、あるいは資格とは何かがわかれば、目標へのショートカットになるのだが、習字や算盤、柔道とは違って、級も段も型も免状もない。ただ、世間一般の趣味や道徳を冷笑し、我が身を実験台にして、認識を獲得してくる狩人たらねばならないということはわかっていた。同級生の女の子たちは君の顔を見るたび「島田君って変わってるね」といってくれるのだが、それは小説家になろうとしている者には大いなる賛辞となるのだった。君は確信犯として、奇人変人になるレッスンを重ねていった。

角栄《かくえい》の顔

中二の終わり頃、君の家族は住み慣れた森の際《きわ》の家を引き払い、同じ町内にある集合店舗に引っ越すことになった。野鳥の声で目覚め、近隣の農家にナスとキュウリを、養鶏場に卵を買いに行く田舎暮らしから、四六時中、喧噪《けんそう》に晒される小さな商店街での暮らしに移行しなければならなかったのは、大家から立ち退《の》きを求められたこともあるが、家の台所事情が苦しくなったからである。父は「島商」というテーラーを経営していたが、オイルショックを境に繊維業界は斜陽化し、同業者たちが軒並み廃業に追いやられていた。父は持ち前のハッタリをフルに発揮し、日本ラグビー協会幹部に食い込み、代表選手が着るブレザーの注文を取って来るなどして、生き残りに必死だったが、大手アパレル・メーカーが既製服を充実させ、オーダーメイドのスーツの需要を奪っていた。顧客の懐具合も寒くなってくると、掛け売りが増え、職人に払う仕立て代が滞るなど、資金繰りが厳しくなってきた。

　父は立ち退き料を吊り上げ、そのカネで家賃の安い職住一体の商店長屋「富士マーケット」に移り、そこに「シマダ洋装店」の看板を出し、スーツやドレスの直しやズボンの裾上げ、婦人服の仕立てを母にやらせ、自分は営業に飛び回り、急場をしのぐことにしたのだった。

　我が家が貧乏になったのはオイルショックのせい、という刷り込みがこの時になされる。君は田中《たなか》角栄の顔をダーツの的にしたいくらいだった。ハイパーインフレと乱開発による環境破壊と不動産投機の権化たる角栄は今太閤《いまたいこう》などと呼ばれた。確かに世渡り上手で機転が利く男だったし、カネの亡者たちにとっては聖人だったかもしれないが、やったこととといえば、カネで政治を動かし、日本全国津々浦々をブルドーザーで削り、地方をプチ東京化しただけだった。人々は無限の成長と発展の神話を鵜呑《うの》みにしたが、実質、政権にいたのはわずか二年だった。オイルショックによる高度成長の挫折と君の思春期は重なる。そのせいで田中角栄の顔は思春期の憂鬱を思い出させるアイコンになってしまったのだ。

いや、君はもっと屈折した思いも抱いていた。父は愛想もよく、善人ではあるが、通行人の役しかもらえない凡人である。しかも代金の取り立てが甘く、帳簿の付け方もルーズで、あまりカネに執着がない。これは商売人としては致命的で、元々カネ儲《もう》けには不向きだったのだ。その遺伝的影響を受けていれば、自分もカネ儲けは苦手に違いない。やがて、君はこう考えるようになる。

カネに対するスタンスの違いから世の中の人間を三種類に分類できる。一番目は現状の経済システムの中でたくみにカネ儲けをする人々。ビジネスマンとか資本家などと呼ばれる。二番目はカネ儲けが下手で、生涯を通じて、馬車馬のように働き続けるしかない人々。労働者とか奴隷と呼ばれる。三番目は現状の経済システムを否定し、新たな貨幣を生み出そうとする人々。彼らはアーティストとか、革命家と呼ばれる。

君が目指すべきは当然、三番目ということになるのだが、商店長屋に暮らす貧乏テーラーの息子に果たして気高いアーティストになる資格があるのかどうか、君はそのことに悩んでいた。

商店長屋の人々は無愛想で気難し屋の君を敬遠していたが、父に似て、愛想のいい弟はおおむね評判がよく、魚屋には「いい体格してるな。自衛隊に入れ」といわれ、酒屋からは「うちでバイトしないか」と誘われ、肉屋からはコロッケをもらい、「うちの息子をよろしくね」と学校での庇護《ひご》を求められたりしていた。君は、下卑た口調で客を「かあちゃん」、「ねえちゃん」と呼び、刺身を売りつける魚屋にも、胸焼けを誘う揚げ油のニオイを路地に発散している肉屋にも憎しみを抱き、こういう場所に暮らしていると、自分が駄目になると思い、音楽や書物の世界に引き籠っていた。二階の部屋には新しいステレオが導入されたので、君は大音量で『幻想交響曲』や『エロイカ』、『第九』、そして、中二になってから聴き始めたマーラーの『巨人』や『復活』を「富士マーケット」の路地に響かせていた。君はこの場末の長屋に崇高な音楽の捧げものをしてやり、住人と客を啓蒙《けいもう》するボランティア活動をしているつもりだったが、その甲斐《かい》もなく、芸術とは疎遠な彼らは「音楽かけるなら、歌謡曲とかにしてくれ」などと母に苦情を寄せるので、君は頭に来て、「現代の音楽」からエアチェックした黛 敏郎《まゆずみとしろう》の『涅槃《ねはん》交響曲』の第四楽章を大音量で鳴らしてやった。

カインの憂鬱

君は商店主たちに愛される弟と相性がいいはずもなかった。成長が早い弟は学年で二つ下の小六であるにもかかわらず、君と同じ身長で、体重が十五キロ重く、兄弟喧嘩《げんか》をした場合、柔道白帯の君は確実に負ける。
フロイトがいうところの「神経症のファミリー・ロマンス」を君が紡ぐようになったのも、弟の脅威に晒されていたせいである。その頃、君は学習ノートとは別に創作ノートを常に鞄《かばん》の中に入れていて、徒然《つれづれ》なるままに思いを綴《つづ》っていた。そこにはこんな「習作」が書き付けられていた。

両親は頑《かたく》なに秘密にしていますが、ぼくは気づいています。ぼくは父の子でも、母の子でもなく、別の男女のあいだに生まれた息子だということを。本当の父と母は家庭の事情で結婚を許してもらえず、駆け落ちをし、母はぼくを孕《はら》みました。けれども、父は何者かに殺されてしまい、母は無理矢理、実家に連れ戻されることになりました。母は生まれたばかりのぼくを今の両親に託しました。そうしなければ、不義の子であるぼくまでもが葬り去られてしまうからです。今の両親はわずかな養育費を受け取り、可哀想《かわいそう》なぼくを自分たちの子どもとして育てることにしたのです。やがて、今の両親に実の子ども、つまり弟が生まれると、彼らの愛情は主に彼に注がれるようになりました。

ぼくが今の両親の実子でない証拠はいくつかあります。第一に顔が全然似ていません。稀《まれ》にそのことを指摘する人がいて、そのたびに両親は「隔世遺伝」というコトバを使い、ぼくが祖父に似ているといって、誤魔化します。第二に弟とぼくにも似たところがありません。ぼくは自発的に勉強も読書もし、成績もいいですが、弟は一切本を読まず、喧嘩に明け暮れています。ぼくは馬肉以外の肉を一切受け付けず、偏食で痩せていて、いつも腹の具合が悪いのに対し、弟は雑食で、戦時中の子どものようにいつも腹を空《す》かしていて、ぼくの分まで食いまくり、太っています。

両親の知性や性格からすると、せいぜい弟程度の子どもしか生まれないでしょう。バカな子ほど可愛《かわい》いといいますが、弟は愛されて当然と思っており、両親はもっと自分を甘やかすべきだと思っているのです。一方、ぼくは育ての親に迷惑をかけたり、彼らの期待を裏切ったりすることは許されない立場で、そこそこの優等生でいるしかありません。あまり才能を発揮し過ぎると、弟の出来の悪さが目立ち、彼らを悲しませることになるでしょう。他人がぼくを褒める時の母の複雑な表情を見るたびに、ぼくはこう思うのです。本領を発揮するのは、もう少し年齢を重ねてからにしよう、と。もちろん、ぼくは彼らに養育してもらった恩があるので、親孝行もするつもりです。他人の子だけど、育ててやってよかったと最後に彼らが思ってくれれば、誰も不幸にならずに済むでしょう。

日記は進化し、いつしかおのが妄想の翼を広げるステージになっていた。それは日記以上、小説未満のサムシング、強いていえば、エッセイのようなものだった。君は日々の発見や思いつき、欲情、喜怒哀楽を書きつけていたが、そういう奇天烈《きてれつ》な感情や発想は一体、どのようなメカニズムで発生するものなのか、全くわからず悩んでいた。自分の欲望は何に由来し、その欲望の行き着く先は何処なのか、もっといえば、「人はどのようにして自分になるのか？」という存在論的疑問に君は囚われるようになった。そういう疑問に踏みとどまるか、素通りするか、それもまた小説家になる前に必ずさしかかる分岐点だった。

先《ま》ずは自然愛護部顧問の大澤先生にその疑問をぶつけてみた。「大人になれば、わかるといいたいところだが、こればかりは大人になってもわからない」と軽くいなされた。次に京都大学哲学科出身の英語教師堀妙子《ほりたえこ》先生にも聞いてみると、こんな答えが返って来た。

――人間は自分の欲望や感情を意識しているけど、それが生じた原因は理解できないものなの。

校内一の秀才美人教師堀妙子先生はいつも、桜田淳子《さくらだじゅんこ》のトレードマークだったキャスケット帽をかぶっていた。好んで着る服もメルヘン調で、口調もやや舌足らずな少女風だったが、呟くコトバは難解だった。

――出来事には、全て原因と結果があると考えたのはアリストテレスさん。出来事には根源的な原因があるはずで、これ以上、遡れないところに「神」がいると考えたの。島田君は神を信じる？

――信じませんけど、いれば便利だと思います。

――そうなの。神の存在を証明するのは不可能だけど、神がいてくれた方が人は幸福になりやすい。なぜなら、道徳的によいことをして報われたら、それは神のお陰だと信じることができるから。

――もし、神がいなかったら、原因と結果の説明を神に頼れなくなりますね。

――そこから実証科学が始まるの。いいぞ、島田君。じゃあ、もうひとつ聞くね。島田君は霊魂の存在を信じる？

――実物を見たことがないので、あるともないともいえません。

――「我思う、ゆえに我あり」とデカルトがいった時、肉体の中には物理法則に支配されない霊魂が存在するという考えが生まれたの。それ以来、肉体と魂の二元論がいろんなことの説明に利用されるようになった。そもそも人間は自分が何を考えているのか、なぜそういう行動をとるのか、本当のところはよくわかっていない。どんな行動も感情も欲望も無数の外的要因によって引き起こされた脳神経の反応なんだけど、その原因や動機を正確に説明することは不可能なの。

要するに人は目標に向かって行動しているように見えて、行き当たりばったりである。自分の意思で自由に振る舞っているようでいて、外的要因に左右されている。今、君が変な疑問を抱いていること自体も諸々《もろもろ》の要因が複合的に絡み合った結果である。つまり、自分とは諸要素がぶつかったり、すれ違ったりする交差点みたいなもの。

ところで、君が堀妙子先生にそんな哲学談義を仕掛けたのは、さりげない好意の表明でもあったが、先生が君にならら理解できると買いかぶって懇切丁寧な説明をしてくれたのも、君を憎からず思っていたからに違いない。その証拠に、廊下ですれ違ったりすると、堀先生は微笑《ほほえ》みかけてきて、「島田君、今何読んでるの？」とか「また議論しようね」といってくれた。君は爽やかに微笑み返しながら、保健室のベッドで先生から性の手ほどきを受けることを密かに夢想するのだった。頭のいい女に惹かれた最初の事例である。堀先生も丑年《うしどし》生まれなので、二人の年の差は十二年。感情教育にはうってつけだったが、それは夢想に留まる。堀先生は翌年、京大の同級生と結婚し、アメリカに渡ってしまう。「西海岸のプール付きのアパートに住むらしいぜ」と出所の怪しい噂を耳にしたが、すぐに君の妄想スイッチが入り、全裸で水中を人魚のように舞う先生の姿を思い描いていた。

変な奴でもそこそこモテる

中三になると、新たな試練が三年四組に入った君を待ち構えていた。あろうことか、君に往復ビンタをくらわせた体育教師が担任になってしまったのだ。さらにその逆境に追い討ちをかけるように、弟も同じ中学に入学して来た。菅《すげ》小、東菅《ひがしすげ》小、中野島《なかのしま》小、三つの小学校から集まった一年生たちのあいだでは早速、誰が学年を仕切るか駆け引きが行われていたが、菅小の代表の弟が腕力で圧倒し、一年の番長になった。しかし、二年と三年の番長の元に挨拶に行かなかったので、シメられることになったが、二年の番長はねじ伏せ、三年の番長ともいい勝負をし、一目置かれることになり、二学期が始まる頃には中野島中学全体のナンバー2に収まっていた。

兄としてはいい迷惑だった。こちらは目立たないよう、いじめられないよう細心の注意を払って行動しているのに、弟がしゃしゃり出て来たため、「あの人が島田の兄貴だってよ」と一年生たちが君に注目するようになってしまったのだ。しかも、ナンバー1の三年の番長「トラ」が君に目を付け、「あいつは生意気だから、シメてやる」と取り巻きを通じて、予告してきたのである。すでに弟を自分の手下に従えているのに、兄にも忠誠を誓わせたいのか？　ズボンを下げ、髪にアイパーを当て、シンナーを吸っている奴の魂胆が読めず、困惑した。殴られたりせず、穏便に事なきを得るにはどうしたらいいか、君は二日間悩んだ挙げ句、画期的な方法を思いつく。

生徒会の役員になり、教師の庇護下に入れば、手出しができなくなるはずだ。君は新学期の生徒会役員選挙に議長として立候補した。生徒会長は多忙を極めるので、議事進行と朝礼の司会をやっていればいい議長が手頃と考えた。朝礼の司会では番長グループの奴らにも号令をかけ、形式的に従わせることもできるのだ。同級生を推薦人に立て、全校生徒の前で立会演説などしたが、もとより抱負も目標もなかった。「生徒の声を広く掬い上げ、議事を速やかに進行します」と宣言し、ピースサインをしたら、対立候補を破り、当選した。全く柄にもないことをやる羽目になったが、自衛のためとあらば、しょうがない。目論見《もくろみ》通り、「トラ」は君を放っておいてくれた。

生徒会役員などしょせん、教師の右腕役に過ぎないと斜に構えた君は会議を早く切り上げることには熱心だった。生徒会長は二年生の女子が務めていたが、献身的に働く子で頭もよく切れる。だが、足が太く、島倉千代子《しまくらちよこ》みたいな顔をしている。君が役員の話し合いをサボると、わざわざ自宅までその報告にくる。どうやら、君のことが好きらしいのだが、君はつれない態度を通していた。

ほかにも君のことが気になる女子は何人かいて、机の引出しに差出人不明の手紙が入っていて、「あなたのことを好きになったのは私の喜劇でした」なんて書いてあったり、放課後にクラスの女子に呼び出され、誰もいない教室に行ってみると、江戸咲子《えどさきこ》というクラスで二番目くらいの美少女がハート形のペンダントを君に渡し、「一年の頃から好きでした」と告白してきたりした。しかし、君は彼女たちにどう対処したらいいのかわからず、ニヤニヤ笑いながら、「今度ブルース・リーの映画でも見に行こうか」と誘っておいて、その約束をすっぽかしたりしていた。

バレンタイン・デーのチョコレートも一年の時は四つ、二年の時は七つもらったので、女子には密かな人気があることはわかっていた。変な奴でもそこそこモテるのだから、この先、恋愛で余計な苦労をせずに済みそうだったが、あまり喜んでもいられなかった。なぜなら、過去のアーティストたちは失恋から大きな利得を引き出し、恋に悩む者たちの共感を得て来たので、君もモテない男の苦しみを味わい尽くす必要があったからだ。なまじモテる男は恋愛の努力を怠ってしまい、結果的に薄っぺらなものしか書けないのではないかと心配していたのである。

自由過ぎる学園

母の一番下の妹、君と一番年が近い叔母がなぜか東大生と結婚した。なれそめは知らないが、突如、親戚に東大生が出現したので、利用しない手はないと母は思ったのだろう。君の家庭教師をお願いしたところ、快く引き受けてくれることになった。条件があって、君の自宅まで通うのが面倒なので、大倉山《おおくらやま》のアパートまで来てくれという。

それで週末ごとに叔母夫婦の新居に通い、英語と数学を見てもらうことになった。用意された英語教材が高度で、中学で習ってない表現や熟語が頻出し、戸惑ったが、すぐに学校の英語の授業のレベルが低いと思うようになった。数学の教え方もうまく、苦手意識は薄らいだ。新しい叔父の野中《のなか》さんは医学部で精神医学を学んでおり、アパートの本棚にはフロイトの著作や雑誌「精神医学」や「現代のエスプリ」のバックナンバーと漫画の単行本がたくさんあった。英語と数学の勉強が一段落すると、食事をしながら、世間話を交わす。君が小説をたくさん読んでいることを知ると、野中さんは「フロイトは文芸批評が得意で、ギリシャ悲劇やシェークスピア、ドストエフスキーを論じているよ」と教えてくれた。まだそれらを読んだことがなく、君が「現代のエスプリ」の「作家の病跡」という特集号に興味を示すと、貸してくれた。文豪たちの病歴から文学史を浮き彫りにした論文をいくつか読むうちに自分の胃がきりきり痛んできた。作家という人種は基本的に狂気の際、死の一歩手前まで近づいて、その感触、実態を繊細に報告する作業を行っている。

——人はそんなに簡単に狂うもんですか？

君の質問に野中さんは笑いながら、「患者と付き合ううちにおかしくなっていく医者もたくさんいるよ」といった。

——まあちゃんは大丈夫だろう。安部公房とか大江健三郎を読んでるから、狂気の耐性ができている。

小説を読むことが狂気の予防になるとは思わぬ発見だった。

アパートには食後、野中さんの友達が続々集まってくる。彼らは麻雀《マージャン》仲間でこれから夜通し、麻雀に打ち込むのだという。

神奈川県下の公立高校の選抜は二年の最後に行われる県下一斉試験の成績、三年一、二学期の成績、入試の成績を合算した数値でなされるので、あらかじめ進学先が絞られてくる。君にとって痛かったのは県下一斉試験の成績が振るわなかったことだ。母が止めるのを振り切って、試験一週間前に一人で冬の丹沢表尾根《おもておね》を縦走したのが祟《たた》った。その後、中間テストや期末テストで頑張り、成績向上に努めたので、学区内で偏差値が一番高い多摩高校にチャレンジすることもできたが、進路指導の時、担任は「島田は川《かわ》崎《さき》高校向きだ」と断言した。もう一つランクを落として、新城《しんじょう》高校や生田《いくた》高校にすれば、楽勝だが、「島田のように自由気ままな変わり者には窮屈だろう」と存外、君のことをよく見ていた。

県立川崎高校、略して川高は市内で最も古い高校だが、一九六九年、学園紛争が最も烈しかった頃に当時の在校生が「革命」を起こし、校舎に立てこもり、学校側に諸要求を突きつけ、機動隊とも対峙した。最終的に彼らの要求は大方認められ、制服も生徒会も定期試験も廃止され、全国で最も自由気ままな高校となったのだった。県内有数の進学校で、東大に三十人合格していたというのは遠い昔話で、紛争後は学力低下の一途を辿り、当時父兄の評判は芳しくなかった。

規則と道徳の締め付けが厳しい中学で洗脳後のアレックスのようにすっかり骨抜きにされていた君は反抗的自由人の牙城である川高に行けば、リハビリできるかもしれないと思うようになった。しかし、川高行きを熱心に勧めるのが、君を体罰で矯正しようとした体育教師であるという皮肉を君は面白がれなかった。

その体育教師は村山《むらやま》といったが、初めて三年の担任を受け持ち、進路指導にかなり神経質になっていた。ほかの教師は受験でリスクを冒すのを嫌い、生徒たちに安全牌《パイ》を勧めていたが、村山は生徒にチャレンジ精神など吹き込み、ボーダーラインの高校を受験させようとしていた。なぜ生徒をだしに博打《ばくち》を打とうとするのか、受験した高校全て不合格になる奴が現れたら、指でも詰めるつもりか、その暗い情熱は本人でさえ理解できなかっただろう。

最寄りの多摩高や生田高の志望者はそれぞれ三十人くらいいたが、川高は十人だけだった。君の学年順位は四百人中十三番目くらいで、ベスト3はガリ勉トリオの指定席でそれぞれ開成《かいせい》、慶應《けいおう》、桜蔭《おういん》を狙っていた。君は都心部にある私立の高校に大いに魅力を感じていたが、高望みはせず、法政二《ほうせいに》高を滑り止めに受験することにした。

学校見学の日のことを君はよく覚えている。願書一式の入った封筒を持って、南武線とその支線の浜川崎《はまかわさき》線、通称浜線を乗り継ぎ、まだ足を踏み入れたことのない川崎南部の工業地帯へと向かった。浜線は一時間に二本くらいしかなく、しかも二両編成で、川高と日本鋼管《にっぽんこうかん》に通うための電車といってよかった。尻手《しって》から二つ目の川崎新町《しんまち》で降り、三、四分も歩けば、校舎が見える。正門は金網に沿って、回り込んだところにあるが、金網の破れたところから次々と在校生が出てくる。まだ授業は終わっていないはずなのに、自主早退？　ジャンパー姿の長身の男が君たちとすれ違う時、「受験生？」と声をかけて来た。

——ここは自由でいいよ。全て許されている。もちろん、勉強してもいいんだぜ。

長髪をかきあげ、笑顔を残して、その人は去って行った。君たちは互いに顔を見合わせ、「あれが川高生か」とうっとりとその背中を見送った。願書を出してから、サークル棟と食堂を見て回った。教室では授業をやっているようだったが、サークル棟の廊下に椅子を出して、日向《ひなた》ぼっこをしながら、仲睦《むつ》まじそうに語らっているカップルや食堂のテーブルで大貧民に興じているグループ、さらには眉を剃《そ》り、爪にマニキュアを塗った女子生徒が近所の小さな子どもたちと遊んでいる光景も見た。

――何処の中学？

背後から声をかけて来たのは肩にショールをかけた、ちょっと陰のある綺麗《きれい》な先輩だった。中野島中学と答えると、「北部の子か」といった。

――北部から見れば、こっちは別世界だよ。空気は悪いけど、いろんなことがあって面白いよ。

気さくに声をかけて来る先輩たちが君たちを騙《だま》そうとしているようには見えなかった。ここはよほど居心地がいいのだろうと君は確信した。しかも、綺麗な先輩はまだまだたくさん隠れているに違いない。すでに法政二高の学校見学は済ませていたが、男子校の殺伐とした雰囲気とイカ臭さに三年間耐えられる自信はなかった。

君たちの世代のヒーローたちは毎週、忙しく変身し、悪と戦っていたので、意識に強烈な変身願望が刷り込まれている。これは本当の自分ではないと思いたがる癖が抜けず、つい「自分らしく」あるためにはどうしたらいいかなどと悩んでしまう。しかし、別世界に我が身を放り込めば、わざわざ変身しなくても、別人のように生きてゆける。

多摩丘陵の麓から逃げ出すことができれば、何処でもよかったが、カワサキ・ディープ・サウスという北部とは全く異なる文化圏へのエクソダスは魅力的だった。

体育教師の改心

受験シーズンになると、村山はピリピリしてきて、どんなに鈍い生徒の目にも追い詰められているのが明らかだった。ホームルームの時間に生徒に因数分解をやらせ、できないと、頭を抱え込んだり、「勉強なら家でやってるよ」と呟いた亀田《かめだ》を出席簿で殴ったりし、情緒不安定ぶりをさらけ出していた。「おまえが受験生じゃないんだからさ」とツッコミを入れたいところだったが、三年四組全体が村山のヒステリーに困惑していた。君を含む有志四人がホームルームをボイコットしようとクラスで根回しを始めたが、「オレはあの先生のやり方でいいと思う」という奴もいて、まとまらなかった。

暗黒の一週間が過ぎ、またブルー・マンデーを迎えたが、ホームルームで突然、村山が生徒たちに「悪かった」と頭を下げたので、一同は何が起きるのか、固唾《かたず》を呑んだ。

——今まで北風だったが、今日から太陽になることにした。

その一言に誰もが「ハアアア?」となった。

——田舎の母に怒られちゃったよ。もっとおおらかな気分で生徒を応援してやれって。悪いところは改めるので、オレにどうして欲しいか、遠慮なくいってくれ。亀田、このあいだはごめんな。

先日、殴られた亀田は警戒して黙っていたので、代わりに生徒会議長の君に振られる。君は「担任やめてくれ」といいたかったが、少し考えてから、こういう。

――暴力では何も解決しないので、生徒を殴るのは止《や》めてください。それから生徒の前でヒステリーを起こさないでください。

村山は俯《うつむ》き、「わかった」と応じると、生徒たちは安心して日頃の不満を口にするようになった。なぜ村山は突然、改心したのか？　田舎の母に怒られたというのは作り話で、誰かが有志たちの不穏な動きを密告したのではないかと君は疑っていた。しかし、密告によって、ヒステリーが増進し、生徒たちとの全面対決に発展する可能性もあり、君はそれを密かに期待してもいたのだが、それを避けるために村山は週末に頭を使ったに違いない。結果的には丸く収まったわけだが、それも生徒たちが反抗の意思を示したからだ。「反抗せよ、されば与えられん」ということをこの時、君は学んだ。

君は石膏《せっこう》デッサンが得意で、美術教師によく褒められた。漫画の模写をしているうちに自然にデッサン力が身についたと思われる。三年の時、名画の模写という課題が出た。何を模写するかは自由に選べるのだが、カラヴァッジョやフェルメールを選ぶ生徒はいなかった。人気があったのは塗り絵みたいに模写できるミロやピカソだった。でき上がった作品をいっせいに壁に貼り出すと、『泣く女』ばかりが並んだ。君は自分の技術を誇示しようと、若干難易度の高いダリの『記憶の固執』を模写した。例の「柔らかい時計」である。

君はしばしば奇岩や盆栽の造形の妙に心打たれることがあったが、勃起した自分の逸《いち》物《もつ》も見ていて飽きないものの一つだった。女子がため息を一つついただけでも、ほのかに花の香りのするそよ風に吹かれただけでも、いちいち勃起していたあの頃、君は日に三度、自慰にふけり、その際の罪悪感にも酔い痴《し》れていた。秘密のノートには「週刊プレイボーイ」や「平凡パンチ」、「アサヒ芸能」、「週刊実話」などから切り取った裸のヴィーナスたちを幽閉し、代わる代わる相手を務めてもらっていた。ある日、君は硬く張りつめ、不敵に天を仰いでいるかりくびをつくづく見つめながら、こう思った。こいつは、生徒会議長などやって、すっかり反抗の牙を抜かれ、優等生ぶっている君に代わって、青筋立てて怒りをあらわにしているではないか。にわかに絵心を刺激された君は自分の逸物に敬意を込めて、スケッチブックにその威厳ある肖像を描いてみた。見栄を張り、実際のサイズよりも二割大きくしておいた。

我ながら、よく描けたので、誰かに見せびらかしたいと思った。ムラムラと功名心が湧いて来て、君は昼休みに生徒たちがいっせいに教室で弁当を食べているその時間にトイレに行くふりをして、職員室前にあるギャラリーに走り、「温故知新」とか「切《せっ》磋《さ》琢《たく》磨《ま》」と書かれた書道の優秀作の隣にさりげなく、そのデッサンを掲げて来た。

放課後、教室に戻ってきた村山は職員室が騒然となったことを生徒たちに報告する。風紀係の小西先生が「誰の仕業か知らないが、中学生の分際で早過ぎる」と顔を真っ赤にして怒っていた、と。内心してやったりと思ったが、村山は真っ先に君を捕まえ、「おまえがやったんだろ」といった。君はしらばくれようとしたが、村山は「こんなことをするのはおまえ以外にはいない」と自信ありげに断定し、デッサンを君に突き返した。それを受け取った段階で犯行を認めてしまったことになるが、なぜ村山はデッサンを見ただけで君の仕業と直感したのか？

——絵がうまいのはわかったから、これからは人に見せられるような絵を描け。

その一言以上のお咎めはなかった。芸術に理解があったというわけではなく、こういう新手の悪戯に対する適切な措置が思いつかなかったといったところだろう。もう生徒を殴らないという君との約束は守られた。だからといって、村山と和解したわけではなかった。君は「ルネッサンスざんす」の一件以来、ずっと彼の理解を超えた不気味な生徒であり続けた。この勝負は君の勝ちだ。ところで、この猥褻物《わいせつぶつ》陳列の一件によって、君は女子から「変態」のレッテルを貼られることになったが、意に介しなかった。中学卒業まで残りわずかだったから。

君は滑り止めの法政二高も本命の川高も合格し、意識はもうカワサキ・ディープ・サウスに飛んでいた。

「偉人」伝

「汝《なんじ》自身を知れ」とか、「身の程を知れ」と年長者はいう。そうやって、自分が辿ってきた没落の道程を後輩になぞらせようとする。だが、そんな没落の処方箋を突っぱねる自由もある。我を忘れたり、勘違いしたり、誇大妄想にふけったり、一通り愚行をやり尽くしてからでも遅くはない。失敗例を積み重ねることにこそ意味がある。脇道、横道、寄り道、迷子が教養、経験となり、いずれその人は中心的な使命に導かれる。身の程を知るのが早ければ、その分、老いるのが早くなるだけだ。

君は伝記を手当たり次第、読み、彼らがどのような少年時代を送っていたかを調べることに春休みを費やした。

コルシカ島に土着していたブオナパルテ家の四番目の子に生まれた少年は小柄で、コルシカ語しか話せず、貴族の子弟ばかりが集まった学校では誰からも相手にしてもらえず、孤独のうちに本を読みふけり、小説家を目指したり、「人はどうせいつかは死ぬのだから、今死んだとしても何も問題はない」と日記に記したりしていた。やがて、陸軍幼年学校から陸軍士官学校の砲兵科に入ると、弾道計算に抜群の才能を発揮し、昇進を重ねてゆくが、まさかフランス皇帝にまで上り詰め、ヨーロッパ中を席巻《せっけん》するとは誰も思わなかっただろう。

十人中九人は貧乏で、百姓の前には三つの道があり、逃げるか乞食《こじき》か牢屋《ろうや》ゆきと歌われた山村の成り上がり地主の家に生まれた少年は、幼い頃から畑仕事をさせられていたが、自分の家より貧しい小作人に同情し、草取りを手伝ってやったり、吝嗇《りんしょく》な父に反抗したりしていた。やがて故郷を離れ、勉学に勤《いそ》しむが、本には農民のことが一行も書かれていないことに疑問を抱き、同時に日本の明治維新に憧れた。そんな純朴な少年がのちに中華人民共和国建国の父となり、かつ国を大混乱に陥れることになる。

リンツの裕福な家庭に生まれ、十八の時に母親の死に泣き崩れた青年は、深夜に町を徘徊する癖と霊感に打たれて演説をする癖を持っていた。絵描きを志し、二回浪人してウィーンの美術学校への入学を断念する。同時期の生徒にはエゴン・シーレがいた。ユダヤ人の画商に売り込むも、時代遅れの地味な風景画は全く売れず、生活費を稼ぐためにドイツ民族主義者の会合で演説をするアルバイトをしていた。そんな心定まらぬ禁欲的な青年がなぜ、ユダヤ人絶滅に血道を上げるに至ったのかは謎である。

「あんたみたいな人のことを天使様というんだろうね」と農民たちに慕われた敬虔《けいけん》な牧師を父に持った病弱な少年はのちに、「神は死んだ」とか、「偶像の黄昏《たそがれ》」などといい、プロテスタントの禁欲や信仰の底にあるルサンチマンをからかいつつ、もはや信仰原理で人を縛ることはできないと喝破し、清々しい生の哲学を説いた。その罰が当たったわけではないだろうが、不遇のまま精神を病み、沈黙の十年の後、妹に看取《みと》られて死んだ。

ナポレオン、毛沢東《もうたくとう》、ヒットラー、ニーチェ、それぞれの少年時代とその後の人生を三十秒ほどに圧縮してみた。少年時代はそれ自体もナンセンス極まるが、その人の後々の事跡と結びつけると、さらに頭を抱え込むほどに荒唐無稽になる。大抵の人は事実のあまりの奇天烈さに耐えられないので、物語作者が辻褄《つじつま》合わせを施し、因果を調整し、起承転結という形式に落とし込むのである。

過去はアルバムのように、在りし日のままに永久保存できるものではなく、歴史がしばしば修正されるのに似て、隠蔽、抹消、捏造が施されてしまうものである。回想録、伝記の類《たぐい》は大抵の場合、嘘《うそ》で塗り固められている。一度ついた嘘がばれそうになると、また別の嘘を上書きする羽目になる。人は自分の記憶を縒《よ》り合わせ、「自己」を書き上げようとするが、他者の介入によって、それも思い通りにはいかない。「自己」とはもともと、無数の他者との関係、その人を取り巻く環境や現象が複雑に絡み合った結果なので、自己都合で書き換えることはできない。

それでも自分の幼年時代、少年時代とうまく折り合う術《すべ》はある。その荒唐無稽をありのまま受け容《い》れよ。恥を捨て、正直に洗いざらい、ぶちまけよ。カソリック教徒でなければ、許しなど乞わず、罰を受けよ。おのが過去を包み隠したところで、死後に誰かに暴かれるのがオチだ。ならば、真実を述べ、安らかな気分であの世へ出向いた方がよいのではないか。

そう講釈した以上は模範を見せなければならない。筆が走り過ぎたり、記憶違いやかつて見た夢が混入する可能性はあるが、ここに書かれていることは全て実話である。

第二部

南北戦争

革命の後で

南部の連中はガラが悪いという噂をさんざん吹き込まれたが、入学式の雰囲気を見る限り、川高が無法地帯などではないことは明らかだった。その頃の郊外の中学高校では何処も「理由なき反抗」や「仁義なき戦い」が繰り広げられていたが、川高生たちは七年も前にウルトラ・バイオレンスを卒業していた。偉大なる革命の闘士たちが国家権力を相手に自主自律の権利を獲得してくれたお陰で、後輩たちは自由気儘《きまま》を謳歌できた。もちろん、在校生には闘争の現場にいた者などいないのだが、レジェンドは口承で受け継がれてきたので、三年生や二年生は一年生相手に「先輩たちが残してくれた遺産である自由は絶対に譲り渡しちゃダメだ」とアジるのが伝統となっていた。「生まれるのがもう少し早ければ、機動隊と戦うこともできたのに、残念だった」と思う一年生は皆無で、ほとんどは「へえ、革命があったんだ。間に合わなくてよかった」という反応だった。二年生より三年生の方がよりレジェンドへの思いが熱いところを見ると、年々、革命の風化が進んでいるようだった。

制服は廃止されたので、服装は自由なのだが、男子は詰襟、女子は膝丈スカートと紺のブレザーという標準服の仕様はあり、様子見で一年生の半分以上が標準服を着ているのが気に入らない三年生は「もっとお洒落しろ」とオルグする。体操着も自由だが売店では標準ジャージが売られている。入学式当日にそれを買おうとする保護者に「買わなくていいんですよ」としきりに耳打ちして回る上級生もいた。そのようなお節介もまた自由を守るための活動に含まれているのだった。

中野島中学から川高に来たのは君のほかに、木山《きやま》、直野《なおの》、小澤《おざわ》、佐川《さがわ》、荒木《あらき》、石田《いしだ》らがいて、女子は米沢《よねざわ》一人だった。君はまだどこを活躍の場にするか決められずにいたが、石田と米沢が中学時と同じブラスバンド部、小澤が柔道部、残りの四人はハンドボール部に入部することになった。「少数派の北部出身者は団結しないといじめられる」と中野島中学のスポークスマン直野がいい出し、中学でもハンドボールをやっていた二人が同調し、「じゃ、オレも」と元剣道部が加わった。部員の多い野球部やサッカー部、ラグビー部ではいくら四人が団結しても多勢に無勢のままだが、マイナーなハンドボール部ならイニシアチブを取れると考えたのだった。柔道部に入った小澤は工業地帯の空気の悪さに辟易《へきえき》し、室内でできるスポーツを選び、ブラスバンド部の二人はそれぞれトランペットとフルートの技を磨き上げたがっていた。君は文筆で存在証明をし、南部のすれっからしたちに一目置かせようと企んでいたのだが、文芸部はその熱意の受け皿にはなりそうもなかった。入学早々に部活動紹介の時間があり、どこも趣向を凝らした新入部員勧誘を行う。サッカー部は講堂のステージでリフティングの技を見せ、ラグビー部はニュージーランド伝統のハカをデモンストレーションし、テニス部はミニスカートの女子部員が一列に並び、ウインクや手招きなどして見せ、美術部はアクションペインティングをやって見せる。だが、文芸部はそのイベントに参加していなかった。

君はプレハブのサークル棟の二階の一番端に文芸部と出版部の部室があることを突き止め、何度か様子を窺いに行ったのだが、いつ行っても誰もいない。ここで孤高の帰宅部員に追いやられると、高校での居場所がなくなり、架空の人物に成り下がってしまう。君は放課後、サークル棟に通じる渡り廊下に張り込み、幻の文芸部員を待ち伏せることにした。

何人かの運動部員を見送った後、君の不意を突くように、長い髪のつぶらな瞳をしたミニスカートの女子が小脇に本を三冊抱え、小首を傾《かし》げながら、こちらに近づいて来た。初めて見る顔だが、アイドル候補としていつスカウトされてもおかしくないオーラを放っていて、君はつい息をするのも忘れて、その横顔、後ろ姿に見惚《みと》れてしまった。風になびく黒髪は妖精が纏《まと》わりついているように見え、細いふくらはぎは東方の博士たちに祝福されているかのようだった。君は思わず、「ふう」とやるせなくため息などつき、天を仰いで微笑した。それは君が初めて経験する「一目惚《ぼ》れ」だった。ロマン派の詩人なら「雷に撃たれたような衝撃」を感じるところだろうが、君は肋骨《ろっこつ》から背骨にかけて、猛烈なくすぐったさを感じた。「後を追え」とそよ風が君の背中を押した。優柔不断な君にしては珍しく、今自分の目の前を通り過ぎて行った女子がたとえ茶道部員や書道部員であっても、同じ部に入ろうと即断した。

幸いにして、彼女が向かった先は文芸部の部室だった。君は両の拳を固く握り締め、この奇遇に狂喜し、やはり文芸部へのレールはあらかじめ敷かれていて、自分がそれに気づくのが遅かっただけだと思った。正直、まだ見ぬ幻の文芸部員には大した期待をしていなかった。「読書が趣味で、自分でも詩を書いている」なんていう女は大抵、地味で、顔色が悪く、髪を三つ編みにしていたりし、度の強い眼鏡をかけていて、人を見る時、顔をしかめる癖があるというかなり具体的な偏見を抱いていた。実際、中学の文芸部の面子《メンツ》がそうだったのだから、仕方がない。だが、南部は北部とは勝手が違い、文芸部こそが花園なのかもしれなかった。

今しがた閉じられたばかりの扉をノックすると、「はーい」という澄んだ声の返事があり、君は扉を横に開け、「こんにちは」と頭を下げ、「一年五組の島田雅彦です。文芸部に入部したいです」と爽やかに滑舌よく挨拶をした。「どうぞ」と部屋に通され、ノートを差し出された。

――そこに名前と簡単な自己紹介と、あと愛読書とか好きな映画とか書いて。

ノートには様々な筆跡の書き込みがあり、部員たちの近況報告が綴られている。君はその場で斜め読みしてみるが、丸文字や絵文字が多用されていることからここが乙女たちの花園であることがわかる。

趣味　ロッククライミング
特技　爆薬作り、後ろ向きスキップ
中学時代のあだ名　変人
好きな作家　カフカ、ポー
好きな映画監督　スタンリー・キューブリック、深作欣二《ふかさくきんじ》

君はノートにそう書くと、文芸部は普段、どんな活動をしているのか、部員は何人いるのか、あなたの名前は、と奇跡の美少女に質問をたたみかける。美少女は君の筆跡を微笑交じりに眺めながら、鼻声の気怠《けだる》い口調でこう答える。
——活動といっても、特に何もしていない。みんな勝手に書きたいこと書いてるだけで、時々、部室に来て、お茶飲んだり、お喋りしたり、ノートにメッセージ書いたりしてる。文芸部の機関誌は「煤煙《ばいえん》」というのがあって、年に一回、文化祭の時に発行していたけど、紛争後の今はしたりしなかったり。二年生は男子三人、女子三人、三年生は

男子一人と女子三人、あと幽霊部員が二人。私は二年の久保響子《くぼきょうこ》。そのうちみんなに紹介するから、時々、部室に顔出して。

特に何もしない文芸部に緩く迎えられた君は、昼休みと放課後に部室を覗き、先輩部員たちと接近遭遇を図るというミッションを獲得した。教室の自分の席以外、学校内に身の置き場所を持てなかった君は、部室への出入りが自由になったことで、絶好の生息域を与えられた。しかも、同時に崇拝対象のマドンナまで見つけることができた。久保響子と親睦を深めることも自動的に文芸部の活動に組み込まれた。

ブラスバンド部員にとってのスケールの練習、柔道部員にとっての打ち込み、ハンドボール部員にとってのシュートの練習のようなルーチンは、文芸部員の場合は部室に通い、妄想の強度を高め、部員同士でコトバの応酬をすることだった。君は手持ち無沙汰の宙ぶらりん状態から解放され、自分の行動に意味づけすることができるようになった。

南部の花咲く乙女たち

最初にスーパー美少女と遭遇してしまったので、ほかの女子部員はボロに包《くる》まれた肉片にしか見えないだろうと思ったが、その予想は大きく裏切られ、君は自分の浅はかさを恥じることになる。部室で遭遇した二人目の先輩は、久保響子とは全くタイプの異なる小柄で快活な美少女だった。童顔なのだが、はちきれそうなおっぱいの持ち主で、パーマをかけたショートヘアにピアスをしていた。君を部室で見かけるなり、アニメ声で「島田君でしょ」と気さくに声をかけて来て、すぐに雑談が始まった。

――二年の首藤真弓《しゅとうまゆみ》、よろしく。勧誘してないのによく来たね。一年は島田君だけだよ。どこの中学？　ああ、中野島、一番遠い中学だね。あたしは大師《だいし》中学。

大師中といえば、桜本《さくらもと》中と並んで、カワサキ・ディープ・サウスでもずば抜けて悪童が多いことで知られており、君のクラスにも何人かいたが、北部出身者が無邪気な子どもに見えるくらい何か見えない重荷を背負っているような印象を君は抱いていた。

――どうして文芸部に入ろうと思ったの？

久保響子を崇拝するためという動機はひとまず隠し、君は「筋肉や運動神経や楽器で戦う方法もあるけど、ペンは剣より強しっていうから」とか「数学苦手だから、理系では勝負できないし」とか「カネ持ちなら、何事もカネで解決できるだろうけど、貧乏なので、コトバを鍛えて生き延びるしかない」とか中学時代に考えたことを羅列してみた。「色々考えてるんだね」と浅く感心してくれたあと、首藤真弓はこんなことを呟いた。

――この学校は自由でいいっていうけど、みんなその自由をありがたがってないような気がするし、中には迷惑だと思ってる子もいる。自由って求め続けなければ、すぐに奪われちゃうんだよね。あたしは詩とか日記を書いている時が一番自由でいられるんだ。

家庭のこととか、グループのこととか、大人との関係のこととか色々面倒なことが多いんだけど、この学校は駆け込み寺みたいにあたしを匿《かくま》ってくれる。先輩に薦められた本を読んだりして、自分でも詩を書くようになって、もしかしたら、今までと全然違う自分になれるかもしれないと思った。

どういう文脈での告白なのか、想像もつかないので、ところどころ自分にも共感できるところにだけ頷《うなず》いていた。それより君は首藤真弓の顔や巨乳をチラ見しながら、懐かしくも気まずい思いをしていた。彼女は我が家のアルバムに残っている若い頃の母にそっくりだったからである。髪型もトランジスタグラマーなボディも意図的に母を模倣しているのではないかと思うほどに似ており、話し方や歩き方もそっくり、真弓という名前もマミーを連想させ、つい彼女に依存したくなってしまう。もし、彼女のことを好きになってしまったら、それこそ擬似近親相姦関係に陥る。最初の出会いでそんな妄想に憑かれてしまったがために君は彼女との距離の取り方に終始、困惑することになった。

次に遭遇したのは二年の男子二人と三年の男子一人だった。彼らは出版部員だが、同じ部室を割り振られているのをいいことに、女子中心の文芸部と合同で活動したがっていた。実質、男子の文芸部員は出版部員を兼ねるという謎めいた内輪のルールが適用されて、文芸部の新入部員である君は出版部の一員と見做されることになった。深く考えずに君はそれを了解したが、そのせいで先輩たちの手荒い洗礼を受けることになった。

色付きの眼鏡をかけ、三十過ぎたら確実に禿《は》げそうな髪質の上平純平《かみひらじゅんぺい》という、名前にダブルで平が入っている二年生が唇を突き出し、尋問口調で質問を連射してきた。

——今までに成田《なりた》空港反対とか、ベトナム反戦のデモに行ったことあるか？

——ありません。

——支持政党は？

——選挙権ないんで、ありません。

——『限りなく透明に近いブルー』をどう思った？

——ヤンキー・ゴー・ホームといいながら、アメリカが大好きな矛盾をドラッグやって忘れようという話だと思いました。

——在日朝鮮《ちょうせん》人の差別についてどう思う？

——身近にいないので、実感がありません。

——朝鮮戦争の特需で復興できた日本人は、故郷を追われて日本に逃げてきた彼らを助けるべきだと思わないか？

——はい、仲良く焼肉を食べるべきだと思います。

——「造反有理」というコトバを知ってるか？

——知りません。何している人ですか？

——人じゃない。抵抗する者は正しいというスローガンだ。おまえ、ノンポリだな。

——フランス語ですか？

——ノン・ポリティカル、政治的無関心だよ。おまえ、もっと本読めよ。

人より長く南武線に乗っている分、本にかまける時間も長く、読書量なら誰にも引けを取らない自信があったが、上平にやり込められ、最後はその場にいたマミーに「そのくらいにしときなさいよ。可哀想じゃない」と助け舟を出され、「おまえ、自分の顔に救われたな」と嫌味をいわれた。

侮蔑的にノンポリ扱いするマウンティングに抗《あらが》うこともできず、マミーに救われるという二重の屈辱を舐めさせられ、しばらくはそれをどう晴らすべきかで頭がいっぱいだった。後になって知ったことだが、出版部は七年前の革命を主導した闘士たちの母胎で、そのレジェンドを最も忠実に後輩たちに伝える組織だったのである。

人生最初の一目惚れをし、その恋を育てることを目標に文芸部入りしたまではよかったが、マドンナにはもれなくおまけの左翼がついてきた。不覚にも君はそのことを全く知らずに、久保響子の後追いをしてしまったのだった。

幸い、もう一人の二年男子飯田《いいだ》君が君にフレンドリーで、上平のように鼻の頭に汗をにじませ、口角泡を飛ばしてまくし立てたりせず、「元気してたあ？」、「知ってるう？」、「どら焼き食べたい人お？」と文芸部女子に迎合するような口調で話し、自ら女子たちの便利屋の役どころに収まっていた。家が学校指定の文房具店で、飯田は家業と学校のパイプ役を務めていた。クラブ評議会という文化系サークルを束ねる組織のリーダーもやっており、ノート、筆記具、画材、印刷用紙やインクその他の調達を一手に引き受けているので、常に校内を忙しく動き回っていた。要領のよさも懐具合も校内随一の彼につけられたあだ名は「飯田商店」。そのカネを強請《ゆす》ろうとする連中からの自衛策もしっかり講じていて、ボディガード役の朴君といつもつるんでいた。朴君に関する噂は彼と同じ桜本中学出身の同級生からも聞いていた。極真空手の黒帯で、常に腹に新聞紙を挟んだサラシを巻き、朝鮮人狩りをする右翼やヤクザ相手にも怯《ひる》まずタイマンを張るという、おそらく校内で最も喧嘩の強い二年生である。飯田君はその朴君への義理立てもあってか、「朝鮮問題研究会」というサークルの部長もやっていた。

三年男子の笹野《ささの》君は理系の大学を目指していて、数学が抜群にできる。いつも電卓を使って、数学の難問の検算をしているのだが、時々「何日便秘したら、ギネスブックに載るか」とか「リゼルギン酸ジエチルアミド」とか「骨抜きサビ抜き母乳ラーメン」などと素っ頓狂な独り言を呟く癖があった。いつも工務店の作業衣みたいなジャンパーを着ていて、ダックスフントのように足が短い。なぜ文芸部にいるのかわからないが、三年の疋田《ひきた》順子《じゅんこ》の話の聞き役として必要な人材ということになっていた。

その疋田順子はオカッパ頭の豪傑系女子で、三年の女子トリオの要となっており、かつ文芸部長だ。寺山修司《てらやましゅうじ》の心酔者で、自らも短歌を作り、また毒のある随筆を書く。

部室に置かれたノート「極秘調書」は彼女の書き込みで埋め尽くされている。たとえば、こんなアフォリズム。

世界は一冊の美しい本になりたがっている？　そんなわけねーだろ。世界は便所を埋め尽くす落書きに過ぎない。

スカッと爽やかな彼。でもゲップはいつもニンニク臭。

男はいつだってパンツの中の短い棒で人生を棒に振る。

私の彼氏は二枚舌。名前は木下《きのした》、住んでいるのはガード下。

男と女、作ったのは神の仕事、くっつけるのは悪魔の仕業。

疋田順子は自分のことを「オレ」といい、男子を一律に「おまえ」と呼び、いつも小首を傾げ、世界を斜《はす》に見ていた。その立ち居振る舞いが格好いいと彼女を慕う女子のファンが多く、文芸部がそこそこの存在感を発揮しているのは彼女の人気のお陰だった。久保響子も疋田順子を慕う後輩の一人だった。

キャンディーズを意識したトリオのあと二人は、ヒラリンこと平田《ひらた》みゆきとキヨピンこと清川《きよかわ》梓《あずさ》だ。ヒラリンは美大志望の夢見る乙女系で、フリルを偏愛しており、スカートの裾やブラウスの袖口、襟はもちろん、靴下やショルダーバッグ、弁当箱を入れる袋にも自分で縫いつけたフリルがあしらわれていた。脳天に突き抜ける甲高い声でのべつまくなしに喋っていて、「極秘調書」のイラスト担当であり、文芸部の会計係でもある。少女漫画のプライベート・コレクションが充実していて、人に貸しては見返りにお菓子をもらうので、部室にはいつもそのおすそ分けがあった。キヨピンは滅多に学校に来ないが、それは出版社のアルバイトで忙しいからだ。男に買ってもらったワンピースやハイヒールで学校に現れると、教師と間違われる。背が高く、スタイルもよく、ロングヘアをかき上げる仕草などは大人の色気に溢れていて、雑然とした部室には場違いなオーラを発している。飯田君は自ら進んで清川さんのパシリをやっていて、彼女のおみ足に靴擦れができた時はバンドエイドを買いに全力疾走で薬局に走り、褒美としてそれを貼らせてもらう光栄に恵まれ、今にも射精しそうな恍惚《こうこつ》の表情を浮かべていた。

ほかにも身長百四十七センチのネズミみたいな二年生の女子四谷《よつや》さん、女装させると似合いそうな優しい顔の二年生男子高田《たかだ》君がいたが、このあまり目立たない脇役の二人はともに北部出身で、主役を張れる個性的キャラクターはいずれも南部の汚染された空気に育まれていた。

これまで全く北部に足を踏み入れたことがなく、南部が世界の中心だと思っている連中は、市内最北部を過疎の山林くらいに思っており、そこから通っている君を辺境からのマレビト扱いしていた。「北部は何もないとこでしょ」と一方的に決めつけられるのが心外で、君は「多摩丘陵があるし、よみうりランドがある」と反論するのだが、彼らは君が田舎から来た「井の中の蛙《かわず》」だという偏見を改める気はないようだった。こちらは新宿も渋谷も知っているのに、彼らは川崎駅周辺から外に出て行こうとはしない。彼らにとっての東京は京浜東北線《けいひんとうほく》や東海道線沿線の蒲田《かまた》や品川《しながわ》であって、わざわざそこまで行かなくても、川崎で自己完結できると思っていた。どっちが「井の中の蛙」か、といいたかったが、多勢に無勢なので、黙っていた。

六月も半ば過ぎになって、文芸部の先輩たちがたった一人の新入部員のために歓迎パーティを開催してくれるというので、放課後、部室で本を読みながら待っていた。午後六時に川崎銀柳《ぎんりゅうがい》街商店街の店に集合といわれたが、土地勘がないので、誰かに連れて行ってもらう気でいたのだが、誰も来ないので不安になり、先輩たちを探して校内を彷徨《さまよ》ってしまった。ラッキーなことに久保響子が髪を風になびかせながら、図書館から出て来た。電車で行っても、歩いて行っても同じくらいというので、二人で歩いてゆくことになった。君にとっては棚ぼたの擬似デートと相成った。道中、君は緊張して、自分からはほとんど何も話さなかったが、どんな音楽を聴いているのか、スポーツは何が得意なのか、今まであった一番嫌だったことは何か、彼女が次々と質問を投げかけてくれたので、次第に君の口も滑らかになり、自分は将来、アーティストになりたい、できれば小説家になり、この不愉快な現実を思いのままに作り替えたいというようなことを口走った。

――先輩たちは実際に革命を起こそうとしたよ。

もしかして、彼女も革命シンパなのかと、君は慎重にコトバを選び、こんな質問をしてみる。

――高校には三年しかいられないから、先輩たちは革命の恩恵を受けることなく、卒業しちゃったでしょ。先輩たちはその後、どうしたんですかね。あんまりいい目に遭ってないんじゃないですか。

――何人かと会ったよ。浪人して、大学に行ったり、市役所に勤めたり、高校教師になった人もいる。そうそう、物理の助手の武藤《むとう》さんって、文芸部出身だって知ってた？　時々、部室に来て、飯田君とか上平君をオルグしてるよ。あの人は理科大《りかだい》で学生運動続けてたらしいよ。

――せっかく革命起こしたのに、公務員になっちゃう人もいるんだ。

――知らなかった？　川崎市役所は左翼の牙城なんだって。

――市民に革命を煽動《せんどう》する公務員になるのかな。久保さんは卒業したら、どうするんですか？

――進学するよ。疋田さんの後を追いかけようかなと思ってる。

――疋田さんはどうするつもりですか？

――まだ学生運動やってる文学部か、社会学部に行くつもりらしい。島田君は？

――まだ、決めてないですけど、漠然と外国に逃げたいと思ってます。

――どっち方面？

――アメリカと反対方向。ヨーロッパとかソ連とか。三年生は随分のんびりしてるみたいだけど、受験勉強とかやってるのかな。

――川高生が本格的に勉強するのは予備校に入ってから。高校時代は遊んで暮らすのが伝統。

――最初から浪人するつもりなんですか？　大学に入ってから遊べばいいのに。

――受験のために高校生活送るわけじゃないから。ここは何をしてもいい学校なんだから、受験勉強なんかで時間潰したらもったいないじゃない。

先輩たちの薫陶と寵愛《ちょうあい》を受けると、美少女もこのように達観できるのだなと思った。

歓迎会の会場は「カンパネラ」というコンパ用の店だった。三年生トリオ共通の友人浜田《はまだ》君の親が経営者で、安く飲食できるというのだが、安くはなさそうだった。文芸部員八人とトリオ共通の友人二人が座り、後から文芸部の先輩二人が加わり、ちょうど十二人が集まったので、君を中心にして横長のテーブル席に座ると、最後の晩餐《ばんさん》のようになった。部長の疋田女史が「孤独が好きそうな一年生が入ったので、みんなでちょっかいを出して、いい男に育ててあげよう」と挨拶し、早速、ビールで乾杯となった。こういうこともあろうかと私服で登校しておいてよかった。君は店で堂々と酒を飲むのは初体験だったが、先輩たちがあまりに普通に酌み交わしているので、ここで目を丸くしたりすると、バカにされると思い、注がれるままにビールを飲み干していた。緊張が解けたのはいいが、こめかみが熱くなり、次第に会話が自分から遠のいていく。空きっ腹に酒は回るのが早いというのはこのことだったのかと思った。ふと気づくと、君の両隣にはアニメ声のマミーとメルヘンチックなヒラリンが座っていて、二人は交互にフォークに刺したソーセージや手に取った三角形のピッツァを君の口元に寄せ、「あーん」と促していた。なぜ自分が雛鳥《ひなどり》みたいに餌付けされているのかわからなかったが、君は眉間に皺《しわ》を寄せ、されるがままになっていた。上平と飯田はその様子を白けた表情で見ながら、「甘やかすなよ」とか「オレにもそうしてくれよ」という。すると、「島田君、ああいう風にはならないでね」とマミーが釘を刺し、「この子は磨けば、もっとカッコよくなる」とヒラリンがおだてる。さらにそのヒラリンに浜田君が「おまえ、オレという男がありながら、年下といちゃつくとは」と絡んでくる。

男たちが露骨に嫉妬しているのを横目に、君は行儀よく苦笑いを浮かべているほかなかった。君が本当に好きなのは久保響子で、一番色気があるのはキヨピンなので、欲をいえば、この二人に挟まれるハムになりたかった。それでもお姉様方には好かれていることがはっきりと確かめられた。

キヨピン、疋田、久保響子の三人は遅れて参加した卒業生の男と熱心に話し込んでいた。自分にはついていけないような大人の話題で盛り上がっているのか、君はそれが気になり、時折、久保響子の表情を確かめずにはいられない。だが、酔いがさらに回り、先輩たちの動作がコマ落としのスローモーションのように見えてきた。時々、卒業生の男が君に睨みを利かせてくる。どうやら、一昨年卒業し、二浪して今年早稲田《わせだ》の文学部に入ったらしいが、今の三年生が一年の時に三年だったので、久保響子とは重ならないはずだ。なのに馴れ馴れしく、彼女の肩を抱いたりして、「人間は遊びながら進化してきたんだ。真面目に勉強なんかするやつは退化する」などと講釈を垂れている。こいつは文芸部を自分のハーレムと勘違いしてやがると君は思った。君も先輩たちの濃密な接待に酩酊《めいてい》し、同じ穴の狢《むじな》にさせられていたが、響子をキャバレーのホステスのように扱う卒業生に静かに憤っていた。

二時間ほどして、歓迎会はお開きとなったが、卒業生が三年生たちを誘い、二次会に繰り出そうとしていた。「キョーコも来るだろ」と誘われ、「どっちでもいい」と答えていた響子も数に入れられた。店を出る時、君は卒業生に挨拶をすると、「ノンポリ君は子どもだから、もう帰れ」と二次会には誘われず、マミーに駅まで送られて、一人で帰宅することになった。久保響子を卒業生に持ち帰られた悔しさが表情に出ていたかもしれず、マミーは「川高って大学よりも自由で居心地がいいから、つい戻ってきたくなるんだよ。大学では負け犬だけど、ここではお山の大将でいられるから」と卒業生をこきおろし、「気にしなくていいよ」と君を慰めてくれた。

工場地帯から出る煤煙で鼻毛も伸びる劣悪な場所に秘められた花園があった。人生のうちで最も美しくなる季節を迎えた女たちが集った花園には、自由の闘士を気取った左翼が寄生していた。女子は純粋に詩を書き、短歌を詠み、日々の移ろいを随想や日記にしたため、たおやかにコトバと戯れているが、左翼はマルクスやエンゲルスのお経を唱えるだけで女子の尊敬を得られると思い込んでいる。君は南武線に揺られ、内心で何度も舌打ちをしながら、『資本論』や『共産党宣言』なんて絶対に読むもんか、般若心経を覚えた方が百倍マシと思ったのだった。

北部のモテ男

同級生たちも曲者《くせもの》揃いだった。

教室の壁際には工場地帯の学校ならではの名物、空気清浄機が置かれていたが、作動しているのを見たことがない。機械の脇にはちょうど人が一人潜り込める隙間があり、そこに押し込められると、お仕置きされているように見えるし、自分から入ると、懺悔《ざんげ》しているように見える。君は隙間の奥の壁にアグネス・ラムの水着グラビアを貼り、自己嫌悪に駆られるたびにアグネスと向かい合っていた。

その懺悔室に入りたがる奴もいて、その一人が柔道部の小堺《こさかい》だった。南部の川中島《かわなかじま》中出身で、なぜか川高に補欠で入ったことを自慢していた。酔っ払いのおっさんのように滑舌が悪いくせによく独り言を呟く。最初に君に話しかけてきた時、小堺はこういった。

――南部の女には気をつけろ。バックにヤクザがついてるぞ。

同じ川中島中出身の連中は君を指して「北部にも小堺みたいな奴がいるんだな」といった。それは南部にも君みたいな奴がいるという意味になる。それから何となく、コトバを交わすようになり、自分専用にしようと思っていた懺悔室を彼にも使わせ、その返礼として、煙草をもらうような関係になった。むやみにスキンシップを求めてくる男で、廊下を歩いていると、肩を組んできたり、「ちょっと首貸してくれ」といって、君を柔道の絞め技の練習台にしたりする。君が柔道をやっていたことを知ると、「おお、友よ」と感激し、抱きついてくる。休み時間に「君と連れションがしたい」とか「寝技をかけてもいいか」と迫ってくる。

変に男臭い小堺も六月になると、恋に落ちた。七組の大貫《おおぬき》さんの名前を一日八回口にし、うっとりとやるせない表情になるのである。君はどんな美女かと大貫さんの顔を見に行ったが、全然好みではなかったので、「あの人のバックには左翼がついてるかもしれない」と適当なことをいった。「じゃあ、オレも左翼になる。どうすればなれるんだ？」と訊《き》かれ、「文芸部に入れ」と答えると、「柔道部と文芸部は両立できない」と真剣に悩んだりする。結局、小堺はその恋心を大貫さんに打ち明けられないまま、秋には別の崇拝の対象に乗り換えたようだった。

一年五組の最大派閥は最寄りの渡田《わたりだ》中学出身者で、彼らは昼休みに帰宅して、昼食を食べて戻って来られる距離に住んでいる。中学の校則で丸刈りと決められていたため、髪を伸ばしたくてしょうがないのだが、七三分けもパンチパーマも似合わず、結局、みんな申し合わせたように角刈りに落ち着いた。いつも何人かでつるんでいて、昼休みには「大貧民」に興じる。「継続は力なり」がモットーらしく、一年を通じてそのルーチンを欠かしたことはなかった。彼らは特に何の足しにもならないことをやることに学園の自由を使っていた。

牛島《うしじま》は二卵性双生児の片割れで、体の小さい兄は病弱だが、弟の方はセックス・マシーンだった。早速、同じクラスの中田佳子《なかたよしこ》を落とそうと、猛アタックをかけていたが、彼女の方は君にぞっこんで、授業中も熱視線を送ってくる。彼女にロックオンされた君は常時、監視されているようで落ち着かなかった。中田佳子はいつもテニス部の女子とつるんでいるが、彼女たちも一緒になって、君の一挙手一投足を観察し始めたので、息苦しくてしょうがなかった。牛島は「中田さんと付き合う気がないなら、思わせぶりな態度はやめろ」と迫ってくるので、「オレは彼女にウインクも投げキスもしてない。彼女のスリーサイズは知っているが、おまえには教えない」と返してやった。

以来、このイケ好かないセックス・マシーンは何かにつけ、「島田は男にしか興味がない」とか、「マザコンだ」とか、「性格悪い」、「嘘つき」、しまいには「包茎」などと吹聴《ふいちょう》し、クラスの女子が敬遠するよう仕向けていた。君がゲイ疑惑を持たれたのはおそらく柔道部の小堺とのじゃれ合いが目立っていたからだろう。どれも根も葉もない噂だったが、半分以上当たっていたので腹は立たなかった。牛島のネガティブ・キャンペーンは中田佳子始めクラスの女子には全く効果がなく、君は誰からも敬遠されず、ゲイは女子と話が通じると思われ、マザコンは母親孝行と見做され、性格悪い人は面白いということになり、「今までどんな嘘ついたの？」、「包茎って何？」と質問攻めにされ、彼女たちの好奇心を掻《か》き立てる結果になった。

中田佳子は他の女子を牽制《けんせい》するためか、おおっぴらに君への好意を表明していたが、その陰でこっそり君の下駄箱に手紙を入れる匿名の女子もいた。その子は入学式で君を見た時から、ずっと好きだったらしい。とりわけ、窓辺で一人思案にふけっている様子や、廊下をサンダルで颯爽《さっそう》と滑る姿や、先生の質問に風変わりな答えを返す時の顔、どれもが自分の好みにピッタリはまり、胸が締め付けられる、とバラの香りのオーデコロンをスプレーした便箋に端正な楷書で書かれていた。手紙は「私のこの切ない思いは島田君の胸にしまって、誰にもいわないでください」と結ばれていた。差出人がわからないので、秘密にしておくほかなかった。南部の女子は北部の変わり者に惹かれるという因縁でもあったのか？

教室で誰の目も憚《はばか》らずに、君を見つめる中田佳子が久保響子だったら、たとえ授業中だろうと、彼女を教室の外に連れ出し、その唇を奪い、窒息するほど抱きしめてやるのに。いい匂いのする手紙を君の靴の中に忍ばせる匿名女子が久保響子だったら、何もいわずにその手を握り、今すぐここではない何処かに連れ去ってしまうのに。

条件付きの妄想は行動に移されることはない。君は熱く醒《さ》め、冷たく高揚していた。女子は発情期を迎え、男を欲しがり、男はその気配を股間のアンテナで敏感に察知するものの、どう行動していいのかわからない。君はゲイではなかったが、今まで男とじゃれ合うばかりで、女の子の手を握ったことすらない。オナニーによるウォーミングアップは充分だが、異性愛デビューを前に足踏みが続いていた。

暴力教室

ある日、いつも君の味方のマミーが眉毛を剃った二人の女子を連れて、一年五組の教室に現れた。君の顔を見つけるや「島田君、このクラスに北条《ほうじょう》っていう子いるでしょ。ちょっと、呼んでくれないかな」というので、まだ話をしたことがない女子ではあったが、取り次いだ。北条沙知《さち》はいつもクールで、マイペースで、二つくらい年上みたいに同級生を見下しているようなところがあった。京町《きょうまち》中学出身だが、誰ともつるまず、いつも一人で本を読んでいた。北条を文芸部にスカウトしに来たのかと思いきや、いきなりマミーは北条に蹴りを入れ、髪の毛を摑んで引きずり倒した。一緒に来た二人の女子も一発ずつ平手打ちしたかと思うと、マミーは「おまえ、態度デカいんだよ。あたしに筋通さずに済むと思ってんのか？　その態度改めないと、毎週、締めにくるからな」などと恫喝《どうかつ》している。その様子を遠巻きに見ていた同級生たちは青ざめ、マミーと目を合わさないようにしていた。君はあの慈愛溢れるマミーの別の顔を見せつけられ、背中に悪寒さえ覚えた。マミーは君の方をみると、普段のアニメ声に戻り、「島田君、またお話しよ」と微笑みかけ、ぺったんこの靴を引きずりながら、その場を去っていった。

――島田君、何で首藤さん、知ってるんだ？

小堺がおどおどした様子で訊ねるので、「文芸部の先輩だから」と答えると、彼は君にこう耳打ちした。

――あの人、スケ番だって知らなかった？

「えええええ」と君は驚愕《きょうがく》の声をあげ、「わけわかんないよ」と懺悔室に逃げ込んだ。何も知らずにスケ番に庇護され、甘えていた自分が情けなく、またマミーに軽く裏切られた気がした。君は後で、制裁を受けた北条に「大丈夫？」と声を掛けたが、彼女は舌打ちし、「あいつ、スケ番やめるっていったのに」と呟き、君の顔を見て、「ふふ」と意味深に笑った。

北部の中学でも暴力の応酬はあったが、南部ではそれが午後のお茶と同様の日常だった。一学期の終わり頃には一年生の勢力地図は明らかになっていた。やはり、暴力慣れしている南部の中学出身者たちの手でその地図は描かれ、2《ツー》トップ体制に落ち着いた。北部出身者はほとんど蚊帳の外だった。2トップの座には大師中の宇津木《うつぎ》と幸《さいわい》区の南《みなみ》加瀬《かせ》中の山脇《やまわき》が就き、その下にサッカー部員とラグビー部員を中心に十五人ほどの取り巻き集団が形成されると、それに敵対しうるグループの結成は困難になった。川高には生徒会がないが、こうして「裏生徒会」が組織されると、その一員になるか、はぐれ者の異端になるか、数人単位の仲良しグループのいずれかに紛れるしか選択肢はなかった。

2トップ同士は決して争わなかった。互いの実力は拮抗《きっこう》していると認め合い、頂上決戦を避けることにしたのだろう。中学での暴力の応酬に嫌気がさした面々は、川高に集まった似たり寄ったりの境遇の連中と早々に手打ちをすれば、和気藹々《あいあい》とした学園生活を送れると思ったかもしれない。川高に来るだけの頭があれば、話も通じるはずだから。君がマミーと最初に会った時、「この学校は駆け込み寺みたいにあたしを匿ってくれる」と話していたが、その真意を遅まきながら、悟った。だが、マミーは時々、スケ番に変身し、生意気な下級生に示しをつける。それはグループのリーダーに祭り上げられた者が定期的に行わなければならない儀式だったのだろう。

君は2トップの一人宇津木が同様の示しをつける現場にも居合わせた。それは教室で行う保健体育の授業の直後だった。教師が出ていったかと思うと、背後で鈍い音がし、机が倒れる音がした。振り返ると、クラスの山本《やまもと》が鼻血を出して、倒れていた。宇津木は「あんまり馴れ馴れしくするな。オレが大人しくしてるから、この学校は平和なんだからな。ほかの奴らにもいっとけ」と一喝し、山本にハンカチを放り、教室を出ていった。まさに電光石火の秒殺だった。殴られた山本は確かに馴れ馴れしく、図々《ずうずう》しかった。「裏生徒会」の幹事役に収まり、宇津木と自分が対等だと思い上がっていたのだ。人が買って来たパンを失敬したり、自分より弱い相手をからかい、小突いたりする典型的なチンピラ体質だったので、宇津木による制裁は自業自得とクラスの連中は受け止めた。

夏休みの思い出

一学期に八十日以上ある授業日のうち、君は約半分の四十回、遅刻した。浜川崎線が通学時間帯でも一時間に二本しかないので、これを逃すと、朝のホームルームには間に合わない。普通なら呼び出しをくらうところだが、担任は大目に見てくれ、ほとんど遅刻の記録は残らなかった。これからも遅刻はし放題だと思った。

君は中学時代からの習慣で、常に創作ノートを持ち歩き、そこに小説もどきを書き綴り、またそれとは別に手帳には日記をつけていた。一時中断していた夢日記も再開し、また詩のようなものを書きつけていた。

多摩川の中流域から河口まで、緑豊かな丘陵地帯から煤煙覆う工業地帯までを毎日、往復するうちに、完全に分断されていた南北が君の意識の中で緩やかに交わり始めた。澱《よど》んだ空気に適応し、鼻毛も伸びた。南部気質に戸惑いながらも、彼らの流儀に極力合わせようともして来た。だが、澄んだ空気を肺に取り込み、小鳥のさえずりや虫の声を耳にすると、ほっとする昔の自分も健在だった。高校生になっても、幼馴染みの平泉とは登山を続けていた。夏休みには雲取山《くもとりやま》や八ヶ岳《やつがたけ》にも登った。丹沢の沢登りも中級コースを次々と制覇した。川高にも山岳部があり、文芸部と部室も近かった。同じクラスの細田《ほそだ》が山岳部員なので、よく話をした。今度、谷川岳《たにがわだけ》に登ると聞いて、顧問の倫理社会教師に同行の許可をもらった。大鏡《おおかがみ》先生は川高出身者で二年の不良部員をよく手懐《てなず》けていた。一年生に重い荷物を背負わせるのは禁じたが、テントで煙草を吸ったり、ビールを飲んだりすることは許した。体力的に高校生には劣る先生にペースを合わせるので、比較的楽な山行だった。

大鏡先生は君が電車の中で何を熱心に読んでいるのか興味を持ち、それが谷崎潤一郎だとわかると、「童貞のくせにマセた本読んでやがるな」といった。テントを三つ張り、四人ずつ分散したが、一年生は先生と同じテントで寝た。

——島田君は将来、何をしたいんだ？

ありきたりな質問を投げかけられ、君は「小説家になります」と即答した。

——副業がないと、食っていけないかもな。教師はどうだ？　夏休みいっぱい取れるぞ。

——教師も大変そうですね。不良とか、ヤクザのＰＴＡとか、教育委員会とか、面倒くさい人を相手にしないといけないから。

——面倒くさいことを面白がれるようになれないと、プロにはなれないよ。

——論争に負けないようにするにはどうしたらいいですか？

——岩波新書を百冊読めば、かなり強くなるけどな。

——やっぱ教養ですかね。

——あって邪魔になるもんじゃないよ。教養で勝負したくないなら、坊主相手に禅問答でもやって鍛えたら。

何気なくテントで交わした会話だったが、「禅問答」というコトバがその後もしばらく君の頭に残っていた。頭を剃る気はなかったが、坐禅《ざぜん》には惹かれるものがあった。これからさらなる煩悩に苦しめられることになるだろうから、その予防措置を講じておきたいと漠然と考えていたのだが、それを先生にいい当てられた。

登山以外の夏休みの楽しみは特になかった。北部の「辺境」にいるせいか、友人からの誘いもなく、中学時代の友人が一人、うちを訪ねてきたくらいだった。久保響子に会えない寂しさを紛らすために君は手紙を書いた。チェーホフやドストエフスキーは全集に手紙だけを収めた巻があるくらい、三日と空けずに恋人や妻宛ての手紙を書いていた。手紙を書く合間に小説を書いていたのではないかと思うほど。君はその顰《ひそ》みに倣い、ベルリオーズがヘンリエッタに送ったような熱烈なメッセージをノートに下書きし、それを便箋に清書した。全部で八通のラブレターを書いたが、投函《とうかん》したのは二通だけだった。その後は返信を待つ日が続いたが、郵便局の怠慢か、手紙の盗難があったのか、一向に届かない。何か響子の気に障ることを書いてしまったのではないかと下書きの文面を読み返し、その度に赤面したり、誤字を発見したりして、居ても立ってもいられなくなり、自転車で多摩川土手のサイクリングロードを全力疾走したりした。

響子さんに会えない夏休みは、ドビュッシーの『夢』を聴きながら、響子さんの風にそよぐ髪や微笑んだ時の八重歯を思い出しています。時々、多摩川の河原に出て、川面《かわも》の光の鱗《うろこ》の合間に響子さんの幻を追いかけています。響子さんは今何をしているのか、何を思っているのか、どんな夢を見ているのか、石や雲に問いかけても、答えは返ってきません。人を好きになるということは、案外、辛《つら》いものなんですね。蚊に刺されたら、搔けばいい。捻挫をしたら、湿布をすればいい。風邪を引いたら、パブロンを飲めばいい。でも、恋にはいい対症療法がなく、響子さんの心がぼくに傾くように祈ることしかできません。この手紙を書くのにどれだけ勇気が必要だったか。左翼や便利屋の笑い物にされるのはへっちゃらですが、響子さんがもっと遠のいてしまったらどうしようかと不安でたまりません。それでも、自分の心に起きた化学変化を放置しておくわけにはいかない。もしかすると、この化学変化は世界をも変えるきっかけになるかもしれないからです。

正直、なぜぼくは響子さんに惹かれるのかわかりません。でもその理由を考える前に体が反応してしまったのです。たぶん、本能が健全に働いたのだと思います。ぼくは自分の直感を信じ、自分の心をあなたに預けるので、煮るなり、焼くなり、捨てるなり、猫のように撫《な》でるなり、サボテンのように育てるなり好きにしてください。そのことでぼくが感じるどんな痛みやくすぐったさにも耐えます。ぼくは島田マゾ彦なので心配は無用です。

八月の最後の週になって、ようやく久保響子からの返信があった。

手紙をありがとう。マゾ彦君をひとまず放置してみました。君は文芸部の人気者だから、私が独り占めしたら、みんなに恨まれます。モテる男は辛いね。秋になっても気まずい思いをしなくて済むように、マゾ彦君の熱い気持ちを受け取って、水で冷やしておくね。

君の熱病は軽くいなされ、冷却された。腹いせに軽い気持ちで自殺してやろうかと一瞬思い、最寄りの踏切まで出かけてみたが、南武線への飛び込み自殺はどうしようもなくうらぶれている。おのが美意識に背いてまで死ぬことはないと思いとどまり、サイドボードの装飾品と化しているオールド・パーを飲んで不貞寝した。慕う者と慕われる者の不平等に憤り、コトバの魔術が不発に終わったことに自信喪失したが、その一方で君は遅まきながら、悟った。今まで君に熱烈な好意を示し、ラブレターやチョコレート、プレゼントをくれた女子たちに対して、自分はどれほど冷淡だったかを。せっかく人生最初の恋の相手に選んでくれたのに、君は彼女たちの切ない想《おも》いを受け流し、デートにも誘わず、会話に興じたり、手を握ったりもせず、「猫と女は呼ばないときにやってくる。by ボードレール」などと気取ってアフォリズムを呟いたりして、結局、去ってゆく女の背中に手を振るだけだった。だから、同じ仕打ちをされても、因果応報と諦めるしかない。南部に行けば、そういう自分を改められると期待したが、ミスター・優柔不断は健在だった。

心の曇りを晴らす

秋になり、君は本格的な自己変革の試みに打って出ることにした。

たまたま、永平寺《えいへいじ》の雲水《うんすい》たちの生活を追ったドキュメンタリー番組をテレビで見て、東京にも永平寺の別院があることを知った。そこに行けば、悟りが開けるかもしれないと極めて楽観的な考えが浮かんだ。母に相談すると、「いってらっしゃい。あんたは落ち着きがないから、坐禅でも組んで、明鏡止水の境地を身につけておいで」とこれまた「そろそろ散髪に行っといで」というような気軽さで君の背中を押した。

学校の帰り道、武蔵小杉《むさしこすぎ》で東横線に乗り換え、日比谷《ひびや》線を乗り継いで広尾《ひろお》で降りた。通行人に道を聞きながら三十分ほど迷って、ようやく寺の境内まで辿り着き、月曜参禅会と書かれた看板を見つけた。タイミングよくこれから出かけようとしている僧侶の姿を見つけ、声を掛けると、僧侶は君に向かって合掌し、微笑みかけた。月曜参禅会のことを訊くと、「夜七時から一般の皆さんと一緒に坐禅をしております。どなたでもご参加いただけます。初めての方には講習がありますので、六時半に本堂に来てください」と親切に教えてくれた。礼をいうと、僧侶に「これからタクシーで新宿駅に向かいますが、ご一緒しませんか」と誘われ、同乗させてもらうことにした。車中で「どうして坐禅をしようと思いましたか？」と訊かれ、「失恋したから」とはいえず、「心の曇りを晴らしたいから」と答えた。

月曜日に出直してきた君は若くて体格のいい雲水の指導で、ほか三人の参加者とともに坐禅の基本を教えられ、七時ちょうどから薄暗い僧坊で、丸いクッションに尻を乗せ、半跏趺坐《はんかふざ》に組み、自分の呼吸の音に耳を澄まし、四十分間、座っていた。面白いことが書いてあるわけでもない壁をひたすら見つめ、重ねた掌の上で左右の親指を微妙に擦り合わせながら、久保響子にキスをする自分を想像していた。十分ほどすると、足が痺れてきて、感覚がなくなるが、その痺れは静かに膝の方まで上がってくる。にわかに時間は澱み、一秒が五秒くらいに引き延ばされる。眠気に襲われ、上体が揺らぐと、肩に警《きょう》策《さく》の板が置かれる。頭をやや斜めに傾げると、肩を叩く鞭音《むちおと》が僧坊に鳴り響く。待ちに待った坐禅終了の合図は鉦《かね》の音である。痺れた足を解き、土間に下り、ゆっくりと僧坊内を歩き、痺れを解いてゆくのだが、血の巡りがよくなってくると、猛烈なくすぐったさが襲ってきて、呻き声をこらえるのに必死になる。

最後は般若心経を全員で唱えて、終了。その後、希望者は座敷に通され、お茶とお菓子が振る舞われ、老師の講話を聴くことができる。初回なので、君も講話会に参加した。老師は道元《どうげん》が説いた「只管打坐《しかんたざ》」の意味をわかりやすく説いてくれたが、坐禅中、君の頭の中では影絵の人物の形をした「雑念」が乱舞を繰り広げており、無心の境地とは程遠かった。

講話会には雲水たちの煩悩をかき立てそうな八頭身のモデルみたいな女性もいて、あの人に会えるなら、毎週通ってもいいな、と君は早くも久保響子の後釜たりうる崇拝の対象に目を付けていた。

それからしばらくのあいだ、文芸部の部室に替わって、西麻布《にしあざぶ》の禅寺が君の新たな生息域になった。月曜日に学校が終わると、渋谷に出て、先ず三百円と決めて、パチンコをする。玉が出たら、早々にチョコレートや煙草、靴下などの景品に引き換えるが、負けたらきっぱり諦める。その後、駅前の名曲喫茶「らんぶる」で時間をつぶす。臙脂《えんじ》色の古びたソファに腰掛け、一杯のコーヒーあるいはソーダ水と百円のトーストで粘り、文庫本を読みふけりながら、自分がリクエストしたバルトークの弦楽四重奏曲やブルックナーの交響曲がかかるのを待つ。みっちり二時間、自分の身体にリズムとメロディを染み込ませ、ハイになった状態で、寺まで徒歩十五分の道を辿り、坐禅に臨む。僧坊の静寂の中で、弦をピシッと指板に当てるバルトーク・ピチカートやブルックナーの咆哮《ほうこう》する六本のホルンの音が君の耳にだけ聞こえる。それをＢＧＭにして、目の前の壁の染みがアニメのように踊り出すのを見ている。バルトークとブルックナーで決め、坐禅の瞑想《めいそう》状態に入ると、ドラッグなしで恍惚の域に達する。君が密かに目指していたのは坐禅とクラシック音楽のサイケデリックな融合だった。

あの頃、ラジカセやステレオ、ポータブル・ラジオはあったが、iPodもウォークマンもなかったので、お気に入りの音楽を聴きながら、電車に乗ったり、街を歩いたりすることは叶わなかった。だから、わざわざ名曲喫茶に行って、音楽に没入し、記憶に刻みつけ、頭の中で再生するのである。谷川岳や雲取山の頂に立った時も一人、流れる雲を見下ろし、脳内ジュークボックスを起動していた。

南部の事情通

二年生でクラスの再編成があり、物理教師から数学教師に担任が替わった。君は世界史と化学、地学をわりに熱心に学習し、古典の世界にも引き込まれた。特に『伊勢物語』の在原業平《ありわらのなりひら》の行動に感化され、理想の恋人探し作戦に着手した。アグネス・ラム崇拝をやめ、久保響子とは普通の先輩後輩の関係に戻った。一年の終わりに同じクラスの河合睦美《かわいむつみ》から手編みのセーター付き愛の告白を受け、手製のサンドイッチを一緒に食べたりして、男女交際の基本を謙虚に学ぼうとしたが、元々、あまり好きなタイプではなかったので、三回デートした後、「二年後もぼくのことが好きだったら、一緒に坐禅でもしよう」といって、別れた。

三年生が出ていった後、久しぶりに文芸部の部室に戻ってくると、マミーが君と同じクラスの深川《ふかがわ》とコーヒーを飲んでいた。深川は君の表情を読み、「意外な組み合わせだろ」といった。聞けば、二人は同じ大師中学の先輩後輩で、深川はマミーと付き合っているつもりだが、マミーは深川をパシリ扱いしていた。深川は「裏生徒会」の秘書役で、宇津木に仕える小姓みたいな奴だった。宇津木と同様リーゼントに決め、小柄で、ちょこまかよく動き、口が達者で、巧みに相手の懐に飛び込む。教師とグループの間の連絡係を務めていたが、教師の方は生徒たちの動向を探るために深川に密偵役を期待しているようだった。深川の前でうっかり他人の悪口を呟こうものなら、翌日には相手に知られているし、職員室に盗聴マイクを仕掛けていると疑われるほどに、深川は教師のプライバシーを細かく把握していた。同級生たちの過去や校内恋愛事情などにも精通しており、これから交際したい相手についての予備知識を得ようと思ったら、深川に訊け、ともいわれていた。もっとも、その守備範囲は南部限定だった。

マミーから「小学生の頃、遺跡発掘して、中学生の頃、爆弾作ってた島田君」と紹介され、「久しぶりだね。何やってたの?」と訊かれたので、「坐禅」と答えると、深川は「北部にもそういうアヴァンギャルドな奴がいたんだ」と感心していた。

そのまま二人に誘われ、「裏生徒会」の溜り場になっている喫茶店「エルム」に行った。そこは同級生の江崎美智《えざきみち》の母親がやっている店らしく、夜はスナックになる。中田佳子にフラれたセックス・マシーンの牛島は江崎に乗り換えたらしい。

深川は「北部の奴はみんな子どもっぽく見える」というので、君は「南部の奴は常に何かと戦っているみたいだ」と返した。深川は「いわれてみればそうだな」とニヤリとし、マミーの方を見た。自分のことをいわれたと思い、マミーは「あたしだって早く引退したいんだよ。でも、気を抜けば、やり返されるし」とぼやいた。

——北部の奴は勉強と部活動の両立に悩んだりしてるんだぜ。悩むことかよっつーの。南部の奴の方がぜってえ早く大人になるって。

——大人の遊びを覚えるのが早いだけだろ。

——麻雀、パチンコ、競輪は必修科目だぜ。島田、何かバイトやってる？

君は野球部の奴に頼まれて、川崎球場でコーラ売りのアルバイトをしたことがあったが、観戦してる暇もないので、二回で辞めてしまった。

——オレは家がラーメン屋なんで、出前したり、近くの雀荘で人数合わせに呼ばれたりしてる。地元の不良にカンパせびられるから、しょうがねえんだ。

——地元の不良って高校の不良グループとは違うの？

深川は声を潜めて、君に耳打ちする。

——川高の連中はみんなカタギの息子、娘で、話せばわかる連中だ。地元のワルはほぼ全員、ヤクザの下働きをさせられてるけど、それだけじゃ食えないから、地元のガキを脅して、小遣い巻き上げたり、夜中に店を襲って、レジスターごとかっぱらって来たりするんだよ。うちの店もやられたことがある。それで仕方なく、みかじめ料払って、強盗を防いでる。

――警察に被害届出せばいいじゃないか。

――出したらどうなるかっていうと、仲間のチンピラが来て、「おまえがチクったんだろ」とかいってオレが殴られる。こっちではガキでもヤクザのケツ持ちつけてないと、安心して暮らせないんだよ。オレは真弓姐《ねえ》さんと付き合い始めたから、もうカンパは免除されるし、殴られることもない。

なぜそうなるのかと訊ねると、「彼女の叔父さんが組の幹部だから」という。ああ、自分はそういう後ろ盾のある女子の母性愛をくすぐってしまったのだなと思い、青ざめた。

――真弓姐さんが川高にいて、スケ番でいてくれるあいだは川高生も無事に過ごせるんだよ。宇津木も姐さんのいうことは聞くし。

北部では想像できないしがらみに苦しむ彼らが気の毒に思えてきた。

そろそろ帰ろうとすると、奥のテーブル席に座っていたスーツ姿の人が、知り合いというわけでもないのに、三人に飲み物をおごってくれるという。君たちは礼をいって、遠慮なくウェイトレスが運んできたグラスに口をつけたが、中身はレミーマルタンだった。

青少年の友

変人を恋人にしたがる女子よりも、中身はなくてもいいから普通に可愛い女子と乳繰り合いたい。そんな欲情を満たすためには、もっと大衆受けするように自分を変えなければならない。スポーツで勝負するにはハードルが高過ぎるので、バンドを結成することにした。中学生の時、ギターもやっていたし、声がいいと褒められたこともある。だが、フォークやロックのコピーなら、「裏生徒会」の奴らがやっている。目指すべきは余人の追随を許さないアヴァンギャルドなバンドだった。

バンドをやるからには楽器がいるが、ギターなんてありきたりだ。君は思い切って、中学生の時にパン屋のオヤジからもらったギターを壊して、別の楽器を作ることにした。春休みにノコギリを引き、鑿《のみ》を振るい、一週間の試行錯誤を経て、自作の弦楽器を仕上げた。ギターの棹《さお》と糸巻を転用し、マホガニーの合板でビオラ・サイズの胴を作り、f字孔を開け、ニスを塗り、かまぼこの板を加工した駒を立て、ギターの弦を張った。弦を爪弾くと、琵琶《びわ》みたいな暗く乾いた音がする。その楽器をビオラギターと命名した。膝の上に載せ、弓の代わりにアルコール・ニスを塗った角材で弦を擦《こす》る演奏スタイルも自ら編み出し、併せて即興演奏による楽曲作りも始めた。最初に主題を決め、あとは気分任せで変奏を重ねてゆくが、あとで再現できるようにカセットに録音した。一ヶ月ほどかけて『無伴奏ビオラギター組曲』全十二曲を作り、偉大なる先達バッハに捧げた。

バンド・メンバーは二年五組の同級生の中から選ぶことにしたが、出来上がった編成はかなりいびつだった。君と同じくクラシック・ファンの小鹿《こじか》がピアノとピアニカ、マイルス・デイビスに心酔するジャズ・ファンで、民俗音楽にも詳しい砂川《すながわ》がトランペットを受け持ち、カントリーウエスタン・ファンで最近、バンジョーを買った柔道部の小澤が加わり、君はパーカッションとビオラギターを担当する。小鹿と砂川は中原《なかはら》区出身で、ディープ・サウス出身メンバーはいなかった。プログレッシブ・ロック・ファンの本宮《もとみや》もバンドに加えたかったが、「オレは群れるのが嫌いだ」と拒んだので、補欠ということにしておいた。音楽の趣味が異なる五人が集えば、それぞれのいいとこ取りをしたジャンル横断的な表現ができ、しかも幅広いファンを獲得できると君は考えたのだ。

演奏は全てインプロビゼーションで行い、順番で各パートのカデンツァを挿入し、随時転調し、主題に戻って終える。楽譜の代わりに楽曲の構成を記したメモを共有する。各人二曲ずつ楽曲を持ち寄り、作曲者が中心に演奏を磨き上げる。練習はそれぞれの家を順番に訪問し合って行う。最初は小杉にある小鹿の家に集まった。

君はバルトークの弦楽四重奏曲第五番みたいな、民謡のメロディを暴力的に展開したような楽曲をやりたいし、ピンポン球を床に落とす音や、水が流れ落ちる音やガラスが割れる音をパーカッションとして使いたい。砂川はアイヌの民謡のメロディでジャズ・セッションをしたい。小鹿は童謡の『うれしいひなまつり』の主題をバッハの『ゴールドベルク変奏曲』のように展開したい。そして、小澤はただバンジョーを弾きたい。それぞれの思惑はバラバラだったが、試しに『うれしいひなまつり』の主題によるインプロビゼーションを好き勝手に展開したところ、小鹿の小学生の妹が面白がり、ハーモニカで飛び入り参加し、盛り上がったので、これはイケるということになった。また、モーツァルトの『トルコ行進曲』のリズムだけをピアノが刻み、バンジョーとトランペットがメロディをかぶせ、君がカスタネット、シンバル、小太鼓のほか、ブーブー・クッション、洗面器の水、風鈴、足音など、多彩なパーカッションで盛り上げる『ラプソディー・イン・トルコ』や、レコードプレイヤーでチャイコフスキーの『ピアノ協奏曲』を再生しながら、ターンテーブルの回転速度を途中で変えたり、手で止めたり、戻したりして、レコードプレイヤー自体を楽器として使う新手法を試してもみた。電子音楽の世界にターンテーブル奏者が登場する以前に、君は気紛れにこの奏法を編み出していたのである。

夕方、練習を終えた君たちが酒盛りを始めると、小鹿の母親がダンス教室講師の仕事を終え、帰宅した。夕食の支度をした後、近所のスナックにパートに出るという。小鹿ママは君たちに手料理を振る舞い、ビールのお酌をしてくれ、接客慣れした態度で様々な話題を振って来た。「島田君は将来、何を目指してるの？」と訊かれ、「小説家になろうと思います」と答えると、「あら、芥川賞取れるといいわね」といった。

小鹿ママが「ゆっくりしてらっしゃい」といい、パートに出かけると、君たちは「若くて綺麗なお母さんだな」とか「昼はダンスで夜はスナック、合間に家事で大変だ」と話しながら、お酌なんてしてもらったことに軽い罪悪感を抱いていた。母子家庭の長男小鹿の憂鬱は大学進学するなら、学費を自分で稼ぎ出さなければならないということだった。

——オレはできれば、一生働かずにいたい。そのためには母さんみたいな働き者のヒモになるしかない。

本気でそう思っていたのか、単なる照れ隠しだったのかは知らないが、小鹿は父親から怠惰の遺伝子を受け継いだことは自覚していた。

——でも、オレは親父《おやじ》みたいにモテないから、早く妹が働きに出てくれないと困る。

「お前は相当なクズだな」と君は小鹿を小突き、「オレにあんな可愛い妹がいたら、彼女のために新聞配達でも、コーラ売りでもするね」といった。いや、そんなケチなバイトでは埒が明かない。貧困家庭を救済するには、バンドで人気者になるとか、小説がベストセラーになるとか、アーティストとして成功するのがもっとも手っ取り早い。

肝心なバンド名がまだ決まっていなかった。すでに「色即是空」、「川崎吸盤ボーイズ」、「多摩川カルテット」など候補はいくつも挙がっていたが、もっともありふれた「青少年の友」に落ち着いた。

バンドを始めた途端、君は軽薄な一般女子の熱視線を一身に浴びているような気がしたが、それが単なる錯覚であることは三ヶ月後の文化祭で証明された。「青少年の友」はグランドピアノがある音楽室を借りて、第一回のコンサートを開催したが、聴衆はたったの三人だった。それもクラスで最も地味な合唱部の三人で、鶯《うぐいす》色のハイソックス、白ブラウス、三つ編み、歯の矯正ワイヤーの残像だけを置いて去っていった。文化祭で最も多くの観客を集めていたのはプロレス研究会と軽音楽部のバンド「キャラメルズ」のコンサートだった。変人のわりにはそこそこモテていたので、アヴァンギャルドに走っても、女子はついてくると思ったのだが、誤算だった。補欠メンバーの本宮は君を慰めるつもりか、トリスウイスキーを一本差し入れてくれ、「おまえは何もせず、黙っていた方がモテるぜ」といった。

誕生日の告別

君は孤独の楽しみを貪り、妄想を高度に高め、シュールレアリスムの自動書記を試みたり、過去に見た夢を素材に短編小説を書いたりしていた。また短編の中で出来がいいものをラジオドラマ化してみたりもした。足音や踏切の音、雑踏の音、ガラスを割る音、鳥のさえずりなどの効果音は自分で録《と》ってくる。ラジカセと自作の楽器をフル活用し、ナレーションも音楽も全部一人でこなす。このラジカセにはFM電波を飛ばす機能までついていた。一方通行のトランシーバーのようなもので、空いている周波数を選び、そこにカセットに録音した音声を乗せることができた。電波が届く範囲は半径五百メートルと狭いが、同じ圏内で別のラジオの周波数を合わせると、「放送」を聴取することができる。

君はこの機能を使って、自作のラジオドラマを誰かに聴いてもらいたいと思い、「何時何分にラジオの周波数をここに合わせてみて」というメッセージを、気になる女子の下駄箱に残して来た。決められた時間に君は自作の放送を行ったが、誰一人それを聴いてくれた人はいなかった。

君は運動会での挽回を期した。ただし、クラス対抗の競技ではなく、応援用マスコットの制作において。他のクラスではアニメのキャラクターをベニヤ板に描き、応援を盛り上げるのだが、五組では君の発想でベニヤ板六枚を使い、ダリの『記憶の固執』の枝に揺れる柔らかい時計部分を再現し、川崎の灰色の空に高く掲げた。風に枝と時計が揺れる様子はなかなか風情があったが、それを見た生徒たちは「何あれ」と嘲笑《あざわら》った。

アヴァンギャルドに走り過ぎた報いか？　君が気づかないうちに川高では保守化が進

んでいたのかもしれない。大衆迎合のあらゆる努力はことごとく裏目に出て、ふと気づけば、満場一致でクラスから締め出され、孤高の境地へと追いやられ、俗物たちのバカ騒ぎから隔離されてしまった。

孤独への耐性を鍛えなければ、文士への道は開けないと自らを慰めながら、退屈しのぎに受験勉強に打ち込む気になり、千ページ以上ある過去問題集を買ってきたり、模擬テストを受けに行ったりした。現役で志望大学に合格しようものなら、自分を締め出した同級生たちへの復讐になる。ほんの一ヶ月の集中学習の成果は英語の抜き打ちテストの結果に表れた。君は英語教師に呼び止められ、「島田は外語大を受けるんだろ」といわれた。まだ志望大学を決めあぐねていたし、外語大はハードルが高過ぎて、眼中になかった。その英語教師は自身が外語大出身で、英語がよくできる教え子を見つけると、何となく自分の古巣に勧誘する癖があったのかもしれない。以後、君は模擬試験で何となく志望大学欄に「東京外国語大学」と書くようになった。

坐禅に通いだした頃からめっきりモテなくなったので、自分から積極的なアプローチをかけ、失地回復を目論んだ。一年生でバドミントン部の美少女友川稲美《ともかわいなみ》、女子バスケ部のエースで、身長百七十センチの小野雪美《おのゆきみ》、テニス部の元気溌剌美女の椎名翠《しいなみどり》の三人に同時にラブレターを送った。全員、運動部の女子になったのは偶然だが、何処かで自分のアヴァンギャルドな魂を健康美溢れる女子に中和してもらいたいと望んでいたに違いない。「二兎《にと》を追う者は一兎をも得ず」と「下手な鉄砲数撃ちゃ当たる」の相剋《そうこく》はあったが、「求めよ、さらば与えられん」だけを信じることにした。

彼女たちの自宅の電話番号を知ると、ちょうど帰宅した頃合いを見計らって、電話をしてみる。いつも自宅近くの公衆電話を使うのだが、そこをLOVE BOXと名付けた。しかし、女子と世間話をする経験も乏しく、会話は常に三分と持たなかった。君は最近読んだ本、ハマっている音楽、感動した映画の話をするのだが、相手からは「ふううん」、「そうなんだ」と興味なさそうな相槌《あいづち》が返ってくるだけ。いっそ「文芸部の部室はほぼ独占状態だから、そこでセックスでもしよう」とストレートに誘いをかけ、断られたら、「じゃあ、ぼくのいない幸福な人生を送って」といえばよかったかもしれない。そうして、全校生徒の三分の一の女子にアンケートを取るようにアプローチすれば、そのうち面白がって、部室を訪ねて来る女子も現れたかもしれない。

三人とはそれぞれ一度ずつコーヒーを飲みに行き、将来の夢語りを少し交わしただけで、それ以上関係が深まることもなかった。逆に至近距離で相手を観察した結果、それぞれの顔にニキビや黒子《ほくろ》、歯並びの悪さを発見してしまい、性的妄想も急速にしぼんだ。アラを探すために接近したわけでは断じてないが、至近距離での鑑賞に耐えうる容姿というのは実に貴重なのだと悟り、久保響子への未練はさらに高まった。

久保響子と最後に会ったのは奇《く》しくも君の十七歳の誕生日だった。一人で文芸部の部室を掃除していたので、「立つ鳥跡を濁さず、ですか」と声を掛けると、「そんなんじゃなくて、ここで過ごした時間は無駄じゃなかったという証拠を探してるの」といった。「一緒に探しましょうか？」というと、彼女は「ありがとう。でもちゃんと証拠あったから、大丈夫」といった。

——進路決まったんですか？

——美術の専門学校に行くことにした。島田君はもっと上を目指すんでしょ。

——響子さん、ぼくが小説家になったら、付き合ってくれますか？

もうこれっきり響子さんには会えないことを君は何処かで予感していたのだろう。咄《とっ》嗟《さ》にこんなことを呟くと、彼女はニコリと笑い、「小説家になったら、美女が攻め込んで来るよ」と君に握手を求めた。

——夏休みに手紙くれてありがとう。嬉しかった。

去り際にそんな慰みをいってくれた彼女を見送りながら、君は深いため息をつき、ロッカーにしまっておいたトリスをラッパ飲みした。彼女が見つけた「証拠」というのは何だったのだろうかと思いを巡らせていたが、一時間ほどして、ふと気づいた。もしかして、ここで過ごした時間が無駄ではなかったその証拠とは、このオレ自身のことではないか、と。そして、今しがたの彼女の表情、一挙手一投足を反芻《はんすう》してみた。あの微笑みと握手、そして手紙への感謝は見事に符合し、この直感の正しさを裏打ちした。もしかすると、失恋は君の勘違いにすぎず、久保響子は君からの情熱的な求愛をずっと待っていたのかもしれない。君は部室から飛び出し、校内を探したが、すでに彼女の姿はなく、代わりに飯田商店に呼び止められた。

——文芸部もおまえ一人になっちゃったな。もううるさい先輩も来ないから、好き勝手にやっていいぞ。

響子さんを見なかったかと尋ねると、飯田は白目をむきそうなうっとりとした表情で「響子ちゃんのおっぱい柔らかかったな」といった。何の話かと聞けば、三年生だけで卒業パーティをやり、どさくさ紛れに彼女のおっぱいを揉《も》んだのだという。「もう思い残すこともないでしょう。安らかに眠ってください」と捨て台詞《ぜりふ》を吐き、君は駅に駆け出し、プラットホームの隅にうずくまって、自分にこう誓ったのだった。

オレは必ず小説家になり、空回りと空騒ぎに終始した恥ずべき高校時代を全て書き換えてやる。

本番押し入れショー

川高では三年の春に関西への修学旅行がある。泊まる宿は一緒だが、日中は自由行動だった。三人以上でグループを作り、行程表を提出することになっているが、監視がついているわけではないので現地では何をしようが勝手だ。全員私服で、サングラスにダブルのスーツでキメてきた奴は、ほとんどチンピラにしか見えないし、フルメイクにハイヒールの女子はホステスにしか見えない。君は「青少年の友」のメンバーと組み、奈良の飛鳥《あすか》、当尾《とうの》の里の岩船寺《がんせんじ》、九体寺《くたいじ》、大原《おおはら》などを巡ったが、合間に喫茶店やゲームセンターに立ち寄り、昼過ぎには食堂で餃子《ギョーザ》をつまみにビールを飲んだりして、まったり怠惰に過ごしていた。

旅行中、こんな噂を耳にした。

二年生の時、セックス・マシーンの牛島と付き合っていた江崎美智だが、三年になった途端、急に淫乱になり、修学旅行中も男とやりまくっている。グループ行動からも一人離れ、京都の大学生と昼間からラブホテルにしけこみ、一回一万円の料金を受け取り、生八ツ橋のお土産ももらった。

噂の出所は「裏生徒会」のスポークスマン深川だ。いくら自由行動が許されているとはいえ、修学旅行中に地元大学生相手に売春とは、にわかには信じられなかった。確かに江崎は眉を剃り、髪を茶色く染め、胸元が大きく開いたニットのワンピースを着て、道行く男たちの目を泳がせていた。この話だけなら都市伝説として片付けることができたが、まだ続きがあった。

江崎美智は午後五時の門限を守り、グループの他の女子と一緒に宿舎に戻ってきたが、まだやり足りなかったようで、消灯時間になると、こっそり男子の部屋に現れ、裏生徒会2トップの一人サッカー部の山脇を指名して、相手を務めさせたのだ。山脇は江崎美智を押し入れの中に入れ、行為に及ぼうとしたが、同じ部屋の男子を巻き込み、口封じをしておこうと、「セックスを覗き見したい奴は五百円払え」といった。四人ほどの男子がそれに応じ、襖《ふすま》の隙間に代わる代わる顔を差し込み、二人が「イン・アウト」する様子を部屋備え付けの非常用懐中電灯で照らしながら眺めていた。こちらは紛れもない事実なので、江崎美智が昼間に学生相手に売春していたという話も俄然《がぜん》真実味が増す。青春の思い出には愚行がつきものだが、公開セックスをした二人も、それを五百円払って覗いた奴らも、酒の勢いでつい暴走してしまったのだろう。世の中があまりに理不尽だと、誰だって真面目に生きてゆく気をなくす。しかし、その帰結が売春やセックスの覗き見だったのなら、安直に過ぎる。一年生の頃の江崎はギリギリ清純派に踏みとどまっていたが、セックス・マシーン牛島に開発されたか、あるいはもっと悪い男の調教を受け、売春向きの身体に改造されてしまったに違いない。江崎美智の卒業後の進路は容易に想像できた。彼女の趣味と実益を兼ねられる仕事は川崎駅周辺にいくらでもある。

　山脇は同じ部屋の男子をうまく共犯関係に丸め込んだつもりだったが、次の日の朝、二人は君のクラスの担任の体育教師に引きずり出され、廊下に正座させられ、君に禅問答を勧めた倫理社会教師大鏡先生の叱責を受けていた。公開セックスを面白く思わなかった奴がチクったのだろう。大鏡は江崎の売春の件までは把握していなかったが、「本番押し入れショー」をやった二人にどんな制裁を加えるべきか、頭を悩ませていた。

朝食を済ませ、出発の準備で生徒たちが慌ただしく動き回る中、君は大鏡がどんな理屈を弄するのか、注意深く聞いていた。

——卒業した後なら、おまえたちが何をしようがいちいち関知しない。だが、おまえたちは修学旅行の場で、同級生を相手にポン引きと美人局《つつもたせ》の練習をしていたんだぞ。百歩譲って、おまえたちが愛し合うことを認めても、金を取ってその行為を見せるとは何事か？　タダでセックスのやり方を教えてやるのはもったいないとでも思ったか？　おまえら恥を知れ、恥を。

君と一瞬、目が合うと、大鏡はバツの悪そうな表情を浮かべたが、その時、君はこう思っていた。あいつらはやさぐれた大人の真似をする「ディープ・ママゴト」をしたかっただけだ。ほかの生徒が受験勉強をするように、自分たちの進路に合わせた実践的な研修をしていたにすぎない。大鏡先生も君と同じ考えを持っていたかもしれないが、教師の立場上、示しをつけなければならず、「恥を知れ」と一喝するしかなかったのだ。

君は修学旅行最後の日のこともよく覚えている。前夜に部屋で安酒を飲み、ひどい二日酔いの状態で、京都御所《ごしょ》の砂利道をひたすら歩いた。朦朧《もうろう》とした意識で繰り返し考えたのは、過去の文豪たちもティーンエイジャーの頃には、散々愚行を重ねていたから、自分もあの二人に負けない記念碑的な愚行をなさねばならない、ということだった。

二人は退学、最低でも停学になるかと思われたが、厳重注意で事は済まされた。教員同士の申し合わせとしての自由放任主義は、実質、限りなく事なかれ主義に近いものだった。

ネクスト・デスティネーション

五月以降は受験勉強中心の生活となった。高校の授業と受験勉強は別物なので、授業をサボって、図書館や部室で勉強することが多くなった。五時間集中勉強して、その息抜きに坐禅に出かけたり、多摩川の河原で平泉と話をしたり、バッハの『ゴールドベルク変奏曲』やマーラーの交響曲『復活』や『悲劇的』、ルートヴィヒの後期の弦楽四重奏曲などを居眠りしながら聴いたり、パチンコをしに行ったり、「青少年の友」のメンバーと川崎国際カントリークラブの芝生に忍び込み、酒宴を催したりしていた。

その頃、君は埴谷雄高《はにやゆたか》の『死霊《しれい》』を熱心に読みふけっていた。第五章までを収めた『定本死霊』が二年前に出版されており、君はその黒い棺桶《かんおけ》のような箱入りの本を衝動買いしたのだった。主な舞台である「薄暗い」屋敷の中では奇天烈な人物たちが「無限」、「虚体」、「自同律の不快」といった命題を巡って、延々と独白と対話を重ねるのが、かつての文芸部の部室を思い出させた。とりわけ躁《そう》病的運動性を発揮する首猛夫《くびたけお》という登場人物に君はすっかり魅了され、ここに自分の分身がいると思った。「あっは」とか「ぷふい」という笑い方を真似、その名前をもじって首猛彦《たけひこ》というペンネームを用いるようになったのは自然の成り行きだった。

自意識の特異点を目指して思考の運動を続ける三輪《みわ》兄弟や首猛夫は時間を超越した存在のようだった。そもそも時間というのは幻想だという物理学者の説もあるし、時間は人が狂わずに済むように神によって与えられた規律に過ぎないという宗教的見地もある。肉体という物質性を持った個々の人間は寿命という時間に縛られるが、いざ意識を書物やカセットテープなどの媒体に移植すれば、聖書に書かれたイエス・キリストのようにほぼ不滅になり、時間の制約から解き放たれる。自分もそのようなものになってしまいたいと当時の君はナイーブに考えていたのだった。

同時に君は夢野久作《ゆめのきゅうさく》にも入れあげていて、日活《にっかつ》ロマンポルノが『少女地獄』を映画化したので、それを自宅から自転車で十五分のところにある登戸《のぼりと》銀映《ぎんえい》まで見に行った。飛鳥裕子《あすかゆうこ》というポルノ・スターのロケット乳に君はノックアウトされ、しばらくのあいだ、彼女のボディに精気を吸い取られていた。

寺山修司に会いに行ったのもその頃ではなかったか？　新宿伊勢丹《いせたん》で「寺山修司の世界展」という催しが行われていた。短歌、俳句から始まり、エッセイ、演劇、映画、ハプニング、競馬評論、ゲームなどの多岐にわたるジャンルで時代風俗を切り拓《ひら》いた寺山の活動を、「片付けられない人の部屋」のような雑多な展示で回顧するという趣向で、会場ではデニム地のジャケットにサンダル履きの寺山が猫背でウロウロしていた。この企画は本人も展示物だったのだ。君は寺山修司短歌集の文庫本を持参していたので、恐る恐るそれを本人に差し出し、サインを乞うた。書くものがないというので、鉛筆を差し出すと、その芯を一度舐め、特徴的な筆跡で自分の名前を書き、君の名前と文字を訊ね、「島田雅彦様」と為書《ためが》きし、「あしたはどっちだ」の一言を書き添えてくれた。

夏休みは代々木《よよぎ》ゼミナールの夏期講習に参加し、満員の教室で唸りをあげる冷房の直撃を受け、風邪をひいた。崇拝の対象足りうる美少女を見つけ、視姦していたが、彼女の眼差しは英語講師に注がれていた。何人かのカリスマ講師がいたが、高校教師よりもはるかに的を射た受験テクニックを伝授してくれるし、折々のジョークが冴《さ》えている。そして、皆早口で、リズムがいい。人前で話をする時はこうでなくてはならないという見本を見せつけられた気がした。こういう人たちは情緒不安定な受験生の憧れになり、きっと多くの美少女の崇拝者を集め、よりどりみどりなのではないかとも思った。

この講習には平泉も来ていて、普段より頻繁に顔を合わせ、授業の終わりには互いの家を訪ね、また自転車で河原に出かけ、酒を飲んだ。平泉は京都の大学で哲学を学びたがっていて、志望大学は同志社《どうししゃ》と立命館《りつめいかん》だった。君は専攻をロシアン・スタディにした結果、自《おの》ずと志望大学は東京外語、上智《じょうち》、早稲田の三つに絞られた。滑り止めの大学に拾ってもらうよりは浪人覚悟で、この難関に挑むことにし、模擬試験の結果に毎度一喜一憂を繰り返した。

北部の優等生たちは現役で志望大学に合格できるか、指定校推薦の枠に入れるかどうかで悩んでいたが、誰よりも自由を無駄に行使した南部の面々は全く別の悩みを抱えていた。

一年の時、君にぞっこんだった中田佳子ほか、南部の綺麗どころは全日空《ぜんにっくう》や東亜国内《とうあこくない》航空などのスチュワーデスを志望していた。公務員志望は多く、川崎市役所は川高の就職希望者の大きな受け皿になっていた。裏生徒会のグレた面々も公務員試験を受け、卒業後、地域の福祉や厚生のために働くことで年貢を納めることになるだろう。

俳優を志す者もいた。安くはない授業料を払い、俳優養成所に通っていた田辺《たなべ》は『ゆうひが丘の総理大臣』という青春テレビドラマの生徒役にキャスティングされ、脇役ながら、顔を売り出していた。

自衛隊に入隊しようと考えている者もいた。喘息《ぜんそく》持ちでよく体育の授業を見学していた安藤《あんどう》は体質改善に成功したらしく、航空自衛隊に入り、「空を自由に飛びたいな」とドラえもんの主題歌の一節のような夢を抱いていた。

在野精神溢れる川高生には早稲田大学が人気で、慶應義塾《ぎじゅく》に行っても、どうせ浮く、というのが共通の認識だった。「青少年の友」のメンバーも高望みし、早稲田の入りやすい学部に滑り込めないか画策していた。

ラーメン屋の息子深川は地域のしがらみから逃れるために何処か地方の大学に進学したがっていたが、自分を受け容れてくれる国立大学はないと半分諦めていた。マミーのいない文芸部を訪ねてきたので、久しぶりに話をした。マミーは津田スクールオヴビズネスという秘書養成の専門学校に行き、一般企業で事務職を目指しているのだという。彼女もまたディープ・サウスからのエクソダスを実行に移したのだ。

前にマミーと行ったスナック「エルム」の常連客で君たちにレミーマルタンを飲ませてくれた人がいたが、唐突にその人から「卒業したら、うちに来ないか」と誘われたのだという。「どういう会社ですか？」と尋ねると、名刺をくれ、そこには太い活字で「山沢一家」と書かれていたという。「それってどんな一家なんだ」と君が訊ねると、「ああ、北部の奴は話が通じにくい」とバカにされた。山沢一家というのは川崎の繁華街を仕切っている稲山会傘下の暴力団だと教えられた。ヤクザと日常的に付き合ってきた深川といえども、暴力団への本格的就職だけは勘弁してもらいたいようで、「もう二度とレミーマルタンは飲まねえ。ここから抜け出したいのに、逆にどっぷり浸《つ》かってどうすんだよ」と珍しく真剣に悩んでいた。

ヤクザの常連客が来る「エルム」を営んでいたのは江崎美智の母親だった。娘が体を売るようになるレールはあらかじめ家庭に敷かれていたのかもしれない。放っておけば、早晩、風俗業界に終着するだろうが、ぎりぎりのところで踏みとどまったようだ。専門学校に行くとか、昼の仕事を得るために一般企業の就職試験を受けるとか、ポイントの切り替えを模索していることを深川から聞いた。大鏡の「恥を知れ」の一言には江崎に改心を促す効果はあったのだ。ちなみに江崎のセックス・パートナーを務めた山脇は格闘技で身を立てようと決意し、キックボクシングのジムでハード・トレーニングを積んでいるらしい。

最初の没落

その年から国公立大学入試の新しいシステムが導入され、君の学年がその最初の受験生だった。君は共通一次試験に向けて一日八時間の勉強に打ち込み、当日を迎えた。試験会場は家から遠い横浜市大で、朝から雪だった。国語、英語、数学I、社会二科目、理科二科目を二日間でこなす。最後の方は目が霞《かす》み、膝がガクガクした。二月には私大の試験が連続して行われ、三月には国立大の二次試験があった。模擬試験の合格率診断ではどの志望大学も最終的に六割に到達していたので、何処かには引っかかるだろうと楽観していたが、土壇場でやはり浪人は避けたいとの思いが募り、君は国公立の志願先を東京外語大から横浜市立大学に変更した。結果的にこの迷いが君の運勢を狂わせることになる。

　早稲田の合格発表を見に行った日のことを君はよく覚えている。小雨降る三月八日、君はまるで自らを弔うかのように黒ずくめの服に身を包んでいた。角帽の在学生が合格者のために万歳を叫んでいる中、受験番号２２５４０を掲示板に見つけることはできなかった。三月二十日の横浜市立大学の発表に全てを賭けていた。模試の合格率判定では八〇パーセント以上だったが、君の受験番号３５５８は掲示板になかった。受験はまさかの全敗に終わり、浪人が決定した。合格率三〇パーセントの同志社に合格していた平泉が合格発表に付き添ってくれ、発表後に祝杯を上げることになっていたのだが、帰り道は自ずと死の行進となった。

　浪人決定の翌日、君は終日、蒲団の中に籠り、バルトークのカルテットやショスタコーヴィッチの交響曲の陰鬱な響きで自らの挫折を中和しようとしていた。次の日も病人同然、寝たきりになっていると、母が「もうそれ以上落ちることはないから、安心して次の一歩を踏み出しなさい」といい、だしがよく染み込んだ油揚が載ったうどんを作ってくれた。それを食べると、「浪人は織り込み済みだったけどね」と返す余裕が出てきた。

　詰めが甘かったという後悔が間欠的に襲ってくる中、自由の呪いを受けたのだから仕方がないという諦めが少しずつ勝ってきて、君は予備校の入学手続きに出かける気力を取り戻した。代ゼミは相性が悪いと考え、河合塾《かわいじゆく》か駿台《すんだい》予備校にしようと二校を回り、御茶ノ水《おちやのみず》にある後者に通うことにした。落ち癖がついていたようで、国立午前部の選抜試験にも落ち、国立昼間部コースに振り分けられた。

担任に浪人の報告がてら卒業式に顔を出した。「青少年の友」の面々はといえば、小鹿と砂川は浪人、小澤は東洋大学インド哲学科、補欠の本宮は神奈川大学の英語英文学科に進むことになった。川高の受験組の勝率は約三割で、野球なら強打者だが、七割が浪人という想定通りの結果に落ち着いた。

予備校にはグラウンドも体育館もないので、運動不足に陥ることは必至だった。運動によって脳は活性化することは経験的にわかっていた。浪人イヤーの前半は基礎体力作りをした方がいいと考えた。足が痺れるだけの坐禅は運動にならない。ジョギングで持久力を鍛えようとも思ったが、どうせならいくばくかのカネになる運動をして、家計を助けようと殊勝な考えを抱き、新聞配達をすることにした。早朝の町内を走り回る配達のバイクを観察し、一番配る量が少ない新聞を見極め、毎日新聞の販売店に面接に行った。その場で採用され、四月三日から配達業務に従事することになった。

毎朝四時半に起床、五時から配達区を回るのだが、最初の三日間は住み込みの販売員が順路を教えてくれる。順路帳を見て、地図に書き込みをして覚えるのだが、飲み込みが早いと褒められた。販売店を経営するのは左腕がない傷痍《しょうい》軍人で、小学生の頃からその顔には見覚えがあった。小六の頃、映画評論家の淀川長治《よどがわながはる》の講演会が小学校の体育館で催された。聴衆は極めて少なく、淀川氏は「これだけ？」と不満を漏らしたものの、最前列に座っている君や弟を見て、子ども向きの話をしようと、客席に下りて来て、身振り手振りを交えて、『奇跡の人』の全編を講談調で再現してみせてくれた。君は深い感動を覚え、四年後くらいにその映画をテレビで見た時、まさに淀川長治が話した通りの映画だったと感動し直した。その講演会の主催者が毎日新聞の販売店主人だったのである。

配達区は君が縄文土器を拾い集めた懐かしい丘陵地帯全域に及んでいた。丘陵の頂上にある禅寺寿福寺《じゅふくじ》も毎日新聞を購読していて、自転車で寺まで上がるのは実に難儀だった。最初のうちは自転車を押して、急な坂道を上がっていたが、慣れてくると、乗ったまま蛇行し、登り切ることができるようになった。また、配達終了までのタイムを毎日計測し、記録を更新するたびにコーラで祝杯を上げた。毎朝、百八十軒ほどの家を回るのだが、その玄関先を見ただけでおよその生活水準や家族構成がわかる。大きいポストの家は大抵リッチで、老人のいる家はキノコ臭く、小さい子どもがいる家は猫臭い。

一日の終わりと始まりの境目に当たる明け方は、人々が取り繕った姿で現れる昼や早い夜とは全く違う光景が見える。配達区を自転車で疾走していると、すでに世界は滅亡していて、ゴーストタウンと化した町を夢遊している気がした。町には自分一人しかいないのに新聞を配達している。時々、犬を連れた老人や下着姿でゴミ集積所に出てくる主婦を見かけたり、本人はすでに自分の家のベッドにいるつもりなのだろう、スーツ姿のまま路上で鼾《いびき》をかいている男を目撃したりしたが、彼らはもはや実在しない過去の残像なのだ。

六時半に家に戻り、朝食を食べる頃、君はようやく現実に戻ってくる。配達後の朝食は格段に美味《おい》しくなっているし、心地よい疲労に身を委ね、午後からの予備校の前に二度寝できる楽しみもあった。浪人生のコンプレックスは常に引きずっていたが、浪人生しかいない教室では、自分は未来の小説家なのだという矜持《きょうじ》を秘め、屈折はしているが健康的な日々を送っていた。小説を書きたくてたまらなかったが、創作意欲をひとまず封印する代わりに、四コマ漫画を書いていた。最大キャパ四百人の教室に隙間なく詰め込まれたブロイラーは、特に個性を発揮することは求められていなかったが、ささやかな自由を謳歌する癖まで改める必要はなかった。

君は世界史の授業を大いに楽しんでいた。講師たちはいずれも中国史、イスラム史、アメリカ史などの専門家であり、かつエンターテイナーで、極めて情報量豊富に歴史の荒唐無稽を説いてくれるので、後味の良い無常感を嚙《か》み締めることができた。リベラル市民の嘆きと怒りを独特のぼやき節で語る講師は折に触れて、官僚や政治家をバカにし、生徒たちに志操高い批判精神を植え付けようとしていた。それは左翼学生の紋切り型よりも遥かに具体的で、劣等感を燻《くすぶ》らせている浪人生たちの心に沁《し》みるのだった。教室は静まり返っていたが、笑いのタイミングを外す生徒はいなかった。講師の話を斜に構えて聴いている奴が実は一番熱心な聴き手で、フリージャズの熱狂的ファンにも似て、「あいつの皮肉を全て理解できるオレ」に酔っていた。無論、君もその一人だった。

受験用の世界史の講座ではあったが、こういう授業を通じて、食欲と性欲と虚無感に振り回されるティーンエイジャーたちは日頃の鬱憤を晴らしつつ、カネの賢い使い方を学ぶように、自分たちに与えられている権利と義務、そして自由を効果的に使いこなす市民となってゆくのである。予備校はブロイラーたちが自我に目覚める場でもあったのだ。

高校時代に君がつけていた日記には「絶望」とか「自殺」「無意味」「ユーウツ」「色即是空」などの語彙が頻出し、「No future（お先真っ暗）」だの、「Nevermore（もうダメ）」だの、「Unfuckable（食えない）」だのといった君専用の英語の呪文が週に最低一回は書きつけられ、「四月二十九日　死ね」、「八月十五日　やりたい」、「二月十四日　滅びちまえ」のように一言だけで終わる日も少なくなかった。ところが、もっと孤独で、鬱屈した日々を送っていたはずの浪人時代の日記は総じて健気《けなげ》で、謙虚で、呪詛《じゅそ》のコトバが激減しているのである。

現役での大学合格は多分に運任せのところがあった。元々、運には恵まれていない君の場合、六割の合格率でも充分ではなかった。裏を返せば、強打者がヒットを打つ確率で不合格になるということだから、その結果を嘆いてもしょうがない。浪人経験は自由すぎる学園に通った者に平等に科せられる懲役みたいなものだ。一年間みっちりと補習し、運に頼らず、然《しか》るべき大学を選ぶための回り道をせよと酷薄な神が君の出足を挫《くじ》いただけのこと。ただ、その事実を受け容れるのに半年かかったことは日記を見れば、よくわかる。

君は日々の勤勉の合間の息抜きに、神保町《じんぼうちょう》の古書店街や新宿歌舞伎町、渋谷界隈《かいわい》をほっつき歩き、自主上映館で『アンダルシアの犬』や『カリガリ博士』などの無声映画の名作を見たり、新聞配達で稼いだカネを気紛れに飛び込んだピンク・サロンで散財してしまったりしていた。君は、その手の店で女の子にドリンクを奢《おご》ると高くつくということを知らなかった。君のテーブルに就いた百恵《ももえ》と陽子《ようこ》がやけに気前のいい浪人生を心配して、「財布の中身を確認した方がいいよ」といってくれなければ、店の裏でボコボコにされていたかもしれない。時間を短縮され、一人一人とダンスをおざなりに踊り、おっぱいを触らせてもらうと、柔道の審判じゃあるまいに「それまで」と店を追い出され、財布には後味の悪さを消すためのガム代しか残らなかった。

甘い絶望

同志社に学んでいる平泉がこちらに戻って来た時は近況報告をし合っていた。京都では未《いま》だに学生運動が盛んで、ほとんど伝統芸能のように定着しているという。平泉は探検部に入部し、先輩たちの手荒い洗礼を受け、野宿とヒッチハイクの秘伝を授かったらしい。夏休みに北海道へヒッチハイク旅行に出かけた際の土産として、厚岸《あつけし》の海岸で拾い、自分で干した昆布をくれた。平泉は余勢を駆って、大阪出身の探検部同僚とどちらが先にヒッチハイクで東京に辿り着けるかを競った。その結果、同僚の方が一日早く平泉の実家に到着したので、彼の母親に事情を説明し、先に家に上がり込み、風呂に浸かり、家人と夕食をともにし、平泉のベッドで寝ていたのだそうだ。平泉も関西文化の影響を受け、押しの強さと図々しさを身につけていたが、本物の大阪人には敵《かな》わないといっていた。次はヒマラヤあたりに遠征しそうな二人のスケール感に圧倒されたが、平泉は小学生の頃と変わらぬ態度で接し、君の劣等感を際立たせたりしなかった。

秋になって、「青少年の友」のメンバーと半年ぶりに顔を合わせ、森林公園の送電線の下で鍋を囲み、酒を飲んだ。自宅浪人の小鹿と砂川はどちらも浪人らしい卑屈さを抱え、話す時にあまり目を合わせようとしなかった。受験全敗直後の自分を見ているようで痛々しかった。小鹿は新聞配達で体力を鍛えようとしたところまでは君と同じだが、日中暇すぎるので、引っ越しの助っ人のバイトも始めたものの、疲労が蓄積し、腎盂炎《じんうえん》を患ってしまったのだという。砂川は全く太陽を浴びていないようで、夏休み明けだというのに青白く、しかも太っていた。バイトもせず、自分の部屋に引き籠り、ボトルネック・ギターの練習をしているのだとか。唯一の大学生小澤は家を出て、大塚《おおつか》駅から徒歩十五分のところで一人暮らしを始めていた。フォーク同好会に入ったものの彼女はできず、バンジョーに慰めを見出しつつ、生活費を稼ぐために道路工事のバイトをしているといった。

どいつもこいつもパッとしなかったが、それが北部出身者の小粒感ゆえなのか、まだ核心的な使命を見つけていないせいなのかはわからなかった。もっとも、砂川だけはダークサイドに潜り込んでいるような気配があり、「おまえ、誰か殺そうと思ってる相手いるのか?」と君が冗談めかして訊ねると、明るい口調で「いるよ」と答えた。「誰?」と小鹿がぶっきらぼうに訊ねると、「オレだよ、オレ」といった。三人が苦笑いしていると、砂川はさらに続けた。

——本当は世の中のチャラチャラしている奴らを皆殺しにしたいけど、それは面倒だろ。でも、オレを殺せば、オレの不愉快も消えるわけだから、一気に問題が解決する。

——砂川、おまえ、もっと日光浴びて、外界と接触を持った方がいいよ。

砂川は自覚がないまま孤独の毒にかなり蝕《むしば》まれているようだった。孤独の道は地獄に通じている。君は予備校に通っているが、ほとんど隣の席の奴と話さないし、川高の卒業生を見かけても、自分からは話しかけない。それでも常に外界の活動に身を晒し、知った顔に挨拶をしたり、書店で声を掛けられたりしている分、かろうじて精神のバランスを保っていられたのだ。

実際、君は脈絡のない他者との出会いを何度も経験した。御茶ノ水丸善《まるぜん》の洋雑誌売り場で、PLAYBOY や HUSTLER の隠部が黒塗りされたヌードを眺めていると、いきなり口髭の三十男が「My name is Fernandes」と握手を求めてきた。英語で「こういう雑誌を見たければ、家に来ないか?」と誘われたが、「今日は家に帰らないといけない」というと、「ならコーヒーでも飲もう」とマクドナルドに連れて行かれ、ビッグマックをおごられた。「英会話の勉強をしたかったら、いつでも相手になるよ」と電話番号を渡され、「いつでも電話して」とウインクされ、尻を触られた。

また別の日には「仏教研究会」を名乗る学生に話しかけられ、うっかり自分も坐禅をしていると答えると、相手は違う宗派だったのだろう、現世利益《げんせりやく》について滔々《とうとう》と話し始め、終《しま》いには「自分は君よりも悟っている。死を恐れていないし、不安さえも快楽と感じている」などと抜かした。君は相手の矛盾を突き、論破してやろうとしたが、相手は論点をすり替え、巧みに逃げる。気づいたら二時間も経過していたなんてこともあった。

嬉しい出会いもあった。新宿の地下街を歩いていると、向こうから喪服姿の美女が長い黒髪をなびかせながら、歩いてくるなと思ったら、久保響子だった。「あ、島田君、元気い？」と手を振ってくれ、しばらく立ち話をした。「これから劇団の関係者のお葬式に行くの」と彼女はいった。「女優になったんですか？」と訊ねると、「まさか、知り合いが劇団の美術の仕事をしていて、時々、手伝いを頼まれるだけ」といった。君はいかにも浪人生らしいむさ苦しい格好ゆえ、引け目を感じ、せめて大学生の身で再会したかったなと思いながらも、自然と笑みがこぼれるのを隠せなかった。

もし、彼女が君を家に連れ帰ってくれるなら、彼女の猫にだって、犬にだってなるだろう。だが、その意思を伝えるには対向車線を自転車で逆走するくらいの覚悟が必要だった。彼女を前にして君は、嫌われるリスクを最小限に抑えるため異端であることを放棄し、スイート・ボーイでいようと最大限の努力をしてしまうのだった。彼女が卒業する時、君は「小説家になったら、付き合ってくれますか？」と訊ねたが、その返事をまだもらっていなかったことを思い出す。だが、君は何となく、彼女の背後に劇団と関わりのある男の影を感じ取ってしまい、謙虚な通行人のまま、微笑を浮かべて、その場を静かに立ち去るほかないと思った。もしかすると、彼氏なんていないのかもしれないが、それを確かめたところで何になろう。恋する者は常に身分が低く、相手に対して過剰な配慮を強いられるものなのだ。再会は甘く、くすぐったかったが、それは絶望の味なのだった。甘い絶望は後々、君の専売特許となるが、それは久保響子との関係の産物だった。

恋には未練という副産物もついて回る。これはこれで、噛み締めるほどに甘くなる。しかも、彼女への未練は君を小説家にする大きな動機たりうるのだった。「バッカじゃないの」と笑う人もいるだろうが、その人は恋する者の弱み、悩みこそが創造の源となることを知らないのである。

さよならディープ・サウス

一年間の回り道を総決算する日がやって来た。一度目は悲劇、二度目は喜劇になるという歴史法則があるが、合格、不合格どちらの結果になっても、喜劇になることだけは間違いなかった。去年は何とかなる、あとがある、という楽観が働き、落ち着いていられたが、一年の修業時代を経た後は、その成果を厳しく問われる不安が重くのしかかってきた。根拠のない自信は運を引き寄せるが、根拠ある自信は不運を退ける。去年は前者の立場で負けたが、今年は後者の立場で勝つしかなかった。

君は禁欲と適度な運動、勤勉と突発的な気晴らしで生活のメリハリをつけ、ルートヴィヒやバルトークをじっくり聴き込んで、身体に躍動的なリズムを取り込み、グルーブ感を盛り上げることで、被害妄想を中和し、強迫観念を抑え込み、十ヶ月の懲役に耐えた。学力は確実に向上したが、範囲が決まっている受験勉強には飽き飽きしていて、一刻も早く小説家修業に戻りたかった。

二度目の共通一次試験も首尾よくいったとはいえなかった。一〇〇〇点満点の八〇〇点を最低ラインに設定していたのだが、自己採点の結果、四四点足りなかった。国語と英語はそれぞれ一八七点と一七九点と高得点を稼いだが、数学と理科の失点が響いた。だが、幸いにして東京外語の一次と二次の配点比率は五対五、二次試験の配点は英語四〇〇点、世界史の近代の論述一〇〇点なので、英語で一発逆転を狙える。

外語と上智の二本立てプラス滑り止めに明治《めいじ》と青山学院《あおやまがくいん》を受験することにした。受験料は四ヶ月の新聞配達で稼いだカネを充てた。折しも、ソ連のアフガニスタン侵攻とそれに対するアメリカの反発によって、国際情勢は一斉に反ソに傾き、ロシア語専攻を志す者には強い逆風が吹いていた。わざわざ自分を不遇の身に置くために大学に行くようなものだが、それでもいいのかという疑問を出願間際まで抱いていた。フランス語を学んで、現代思想の深掘りをするとか、スペイン語を学び、流行の兆しを見せているラテンアメリカ文学に溺れる道もあるし、アラビア語を学び、中東地域研究に向かう選択もあった。だが、一通り逡巡した後、また同じところに戻ってくる。

国際情勢は刻一刻変わる。卒業は早くても四年後だ。それまでに情勢は変わっているかもしれないし、硬直状態のソビエト体制にも変化があるかもしれない。逆風が吹いている今は志願者が少なく、合格しやすいのではないか。そもそも、自分がロシア語に惹かれたのは中一の時に偶然、『時計じかけのオレンジ』を見たからで、以来、ロシア語の単語を自分専用の隠語として用いてもきた。ロシア語を学ぶことは六年前からの既定路線だったのだから、初志貫徹するしかない。去年は浪人怖さに志望大学を変えたのが祟ったのだから、ここで迷ってはダメだ。

君は迷いを振り切り、ロシア語学科の願書を投函した。以後は怒濤《どとう》の快進撃だった。まずは上智の外国語学部ロシア語学科、法学部国際関係法学科に連続で合格し、滑り止めの青学も楽勝した。明治は落としたが、本命の外語の試験にも合格した。掲示板脇で静かに天を仰ぎ、口角を緩ませ、大きなため息をついていると、「週刊現代」の記者が「合格おめでとう。今の心境を聞かせてください」と問いかけて来た。君は調子に乗って「明日から中断していた小説を書き、新人賞に応募します」と答えた。「よかったら、タイトルを教えてください」ともいわれたので、『緩慢な日常のためのディヴェルティメント』と答えた。これは君が浪人時代に少しずつ書き進めていた掌編集で、睾丸《こうがん》と肛《こう》門《もん》の間の、ちょうど自転車のサドルが当たる部位についての考察、空耳や錯覚、放心が思わぬ事態に発展する顛末《てんまつ》、日常にポッカリと口を開いた異世界を垣間《かいま》見《み》る体験などを描いている。筆名はもちろん、首猛彦。

電話で両親に合格を伝えると、母は「これでやっとつかえが取れた」といった。神経質な受験生を二年間も抱えていた親に心労をかけたことを詫《わ》びた。母は君が新聞配達に遅刻しないか心配でよく眠れず、腎盂炎を患ってしまったのだった。この間、父は「シマダ洋装店」を廃業し、ラグビー日本代表の制服を納めた縁でコーチの勤務先である日《に》本体育《ぽんたいいく》大学の秘書課に再就職していた。学費の心配はしなくてもいいといわれていたが、国立大学に合格したことで多少の親孝行にはなっただろう。あとで聞いたが、合格の知らせに父はすすり泣き、祖父はコトバを詰まらせたらしい。父は太宰府の家を出奔して以来、自らの手で成功をつかむことはできなかったが、息子の代で報われると思い、祖父は自分が不甲斐ないばかりに息子や娘誰一人として大学にやれなかった悔恨を孫が晴らしてくれたと思ったそうだ。単に君が大学に合格しただけなのだが、彼らは息子や孫をだしに自分なりの物語を立ち上げ、感動せずにはいられなかったのだ。

翌日、久しぶりに多摩丘陵の散歩に出かけた。君がかつて自分の怒りと悲しみを捨て、縄文土器を拾い集め、裸のヴィーナスをかくまっていた雑木林は消滅し、陰影のないニュータウンが出現しようとしていた。もう自我の目覚めを促してくれた森に帰ることはできない。この先は知らない世界に出かけてゆくほかない。

卒業証明書を取りに一年ぶりに母校を訪ねた。文芸部の部室を覗いてみたが、君が三年生だった時に入部した一年生以外は見知らぬ顔ばかりだった。部員同士の連絡帳でもある伝統の「極秘調書」は健在で、中を覗いてみたが、「スピロ平太」とか「おならでドレミ」とか「走れ、エロス」とか「ペニスに死す」とか「時計じかけの俺ん家」などと、ものすごく低レベルな書き込みばかりで頭に来た。わずか一年で、川高生の気質と知性の劣化は大幅に進んだ。この先、母校は二流高への道をまっしぐらに下ってゆくのは確実と思われた。君は浜川崎線の次の電車を待ちながら、カワサキ・ディープ・サウスにはもう帰ってくることはないだろう、と思った。

再出発点に立つ

ロシアン・スタディを始めるまで、まだ半月の猶予があった。君は平泉がいる京都への自由旅行を企てた。懲役明けの君は四月からのキャンパス・ライフに不適応を起こさないよう、リハビリとウォーミングアップを兼ね、大学生の日常に触れておこうと思ったのだ。彼は京都市内の移動に原付を使っているというので、君も急遽《きゆうきよ》免許を取りに行き、弟がやっていた引っ越しの荷運びのバイトを数回やって旅費を稼ぐと、周遊券を買い、東海道本線の大垣《おおがき》夜行に乗った。165系の直立四人掛け座席に座り、常時背中に「焼けたトタン、カルチェラタン」という振動を感じながら、夜明けを待った。大垣から先は石山《いしやま》、膳所《ぜぜ》で途中下車し、紫式部《むらさきしきぶ》が籠って『源氏物語』を書いたという石山寺《いしやまでら》と木曾義仲《きそよしなか》と松尾芭蕉《まつおばしょう》の墓がある義仲寺《ぎちゅうじ》を訪れ、魂の小川のせせらぎを聞いた。この一週間の関西旅行は登山以外では初めての一人旅だった。平泉はアルバイトや探検部の集まりやらで忙しいので、君は気ままに山辺《やまのべ》の道を歩いたり、大阪、神戸まで足を延ばしたり、借りたバイクで京都市内を縦横に走り回ったりしていた。夜は平泉行きつけの居酒屋や京都名物の出町柳《でまちやなぎ》の屋台ラーメン、天下一品《てんかいっぴん》ラーメン、大阪名物串かつに案内され、寝床は岩倉《いわくら》にある平泉の下宿に敷いてもらった。五番町《ごばんちょう》のストリップ小屋では雄犬と人間の女が交わる獣姦ショーを見せられた。太った女の手を見ると、小指が欠損していた。行為の後、犬は不本意と感じたのか、自分のペニスを舐めているのが哀れだった。

飲み過ぎた翌日は下宿でゴロゴロしながら、部屋にあった文芸誌の新人賞受賞作を読んでいた。「京都よ、わが情念を何とかしろ」みたいな長いタイトルの作品だったが、平泉はそれを京都生活の参考になると思って買ったらしい。君は汗臭く、暑苦しい文体に辟易した。村上龍《むらかみりゅう》の『限りなく透明に近いブルー』を読んだ時にも感じたが、この程度の文章でも作家になれるのだから、自分は花吹雪とココナツ・ブラをつけたハワイの美女たちのキスとともに文壇に迎え入れられるべきだ、と二日酔いの頭で思った。

春休みも残りわずかになったところで、「青少年の友」メンバーが再度集まり、バンドの解散式を行った。といっても、毎度のように公園に集結し、野点《のだて》気分で酒を飲むだけだった。小鹿は慶應義塾に補欠合格したものの、入学は認められず、明治学院の夜間部に行くことになり、滑り止めを受けず、早稲田に一点賭けした砂川は不合格となり、二浪が決定した。メンバー以外では、南部から出たいといっていた深川は二松学舎《にしょうがくしゃ》に拾われ、「裏生徒会」の宇津木は結局、進学を諦め、山沢一家の盃《さかずき》を貰《もら》うことになったという。「裏生徒会」の面々をヤクザのリクルートから守るために自分が犠牲になったようである。何もそこまでしなくてもいいのに、いい奴なのか、単にバカなのか、全くわからない。江崎美智は結局、半年で事務の仕事を辞め、風俗店で働き始めたらしい。

ちなみにその年の東大、京大合格者はゼロ。おそらく、一年先輩の川上《かわかみ》君が川高最後の東大合格者になるだろうと誰もが思い、実際、その通りになった。

この先、偉大な先輩に顔向けする機会はないだろうが、母校凋落《ちょうらく》は時代の趨勢《すうせい》と諦めてもらうしかない。自分にもその責任の一端はあるから、ごめん、と謝っておこう。

高校卒業から一年、まだかつてのクラスメートはそれほど遠いところまでは行っていない。江崎美智も宇津木も引き返せない地点をまだ越えていないだろう。しかし、十年後はどうなっているか、誰にもわからない。

君もようやくロシア語を学ぶスタート地点に立ったが、十年後に小説家になる保証などあるはずもない。いくら二葉亭四迷《ふたばていしめい》や白樺《しらかば》派や戦後派の作家たちがツルゲーネフやトルストイやドストエフスキーから多大な影響を受けたからといっても、君がロシア語を学ぶことと小説家になることは全く関係がない。『時計じかけのオレンジ』を見なければ、ロシア語を学ぼうという気にもならなかったし、君が変人呼ばわりされることもなかっただろう。では、全ての出発点が『オレンジ』かといえば、そんなことはなく、山鳩や縄文土器やルートヴィヒや『幻想交響曲』、登山や暴力教師やインテリ教師たち、平泉からの影響もある。そして、ディープ・サウスへの越境をきっかけに新境地が開け、久保響子やマミーや左翼、君を愛してくれた同級生の女子、「青少年の友」や坐禅の影響も複雑に絡まり合い、渦を巻き、スパークし、それが間欠的に創作意欲となって湧き出し、書かずにはいられなくなった。つまりは君の身の周りで生起するあらゆる事象が君の一語一句、一挙手一投足を形成してきたのである。そして、君はその発語の原則をもう一度、ゼロから辿り直すために文字も文法も異なる言語を新たに学ぶ必要があったのだ。

第三部

東西冷戦

ロシアン・スタディ事始《ことはじめ》

山手線《やまのて》の大塚で都電荒川線《とでんあらかわ》に乗り換えるより、巣鴨《すがも》から染井霊園《そめい》を抜け、十五分かけて徒歩で通う方を選んだのは、いつでも芥川龍之介や二葉亭四迷の墓参りができるからだった。東京都北区《きた》の住宅密集地の一角にあるキャンパスは場末感を濃厚に漂わせ、道路を挟んで向かいにある女子高の生徒が窓から顔を出し、男子学生を囃《はや》し立てるのがうざかった。

春休みの最後の数日間、君はキリル文字をあらかじめ覚えて、最初の授業に臨もうとした。未知の言語を学ぶにあたり、スタートダッシュで優位な位置につけようという魂胆だったが、新入生は全員、同じことを考えており、教員もまたそれを当たり前のことと受け止め、発音練習もそこそこにいきなり「これは何ですか?」、「これは本です」とやり始めたので面食らった。文字を覚えていかなかったら、のっけから落ちこぼれていた。

ロシア語の授業は週に七コマあり、基本文法とその実践的訓練、講読、会話、どの授業も工場のラインのように流れてゆく。一人ずつ指名され、練習問題をこなしてゆくのだが、自分が当たる順番を数えて解答を用意しておく。だが、教授は不意に指名のオーダーを替えるので、学生は泡を食い、答えあぐねていると、冷淡にスキップされてしまう。毎授業、教科書十ページ分も進むので、一回サボっただけではるか後方に置いてきぼりを食らう。定員六十名をＡＢ二つのクラスに分け、徹底的にロシア語の基礎を叩き込む伝統の訓練スタイルによって、毎年、六十名中十から十二名は二年生になれない。四月の段階から留年の不安が忍び寄り、授業ごとに極度の緊張を強いられた。大学は勉学など一顧だにせず遊び呆《ほう》けていられる場所という噂はガセだった。自堕落なドルチェ・ヴィータを満喫する夢は完全に裏切られ、ロシア語を専攻に選んだ自分はやはりマゾ彦だったことを認めるしかなかった。

火水木金のロシア語の授業が終わると、やっと一息つける。合間に一般教養や体育の授業があるが、こちらは面白そうな話だけを受け身で聞いていればいい。中嶋嶺雄《なかじまみねお》の国際関係概論や舛添要一《ますぞえよういち》の政治学、土井正興《どいまさおき》の歴史学、千野栄一《ちのえいいち》の言語学、西江雅之《にしえまさゆき》の言語人類学などを履修した。とりわけ、土井教授のスパルタクスの反乱にまつわる講義や西江教授のアフリカ調査旅行時の驚愕のエピソード、千野教授の人を食ったたとえ話には思わず「座蒲団一枚」といいたくなった。第一外国語がロシア語の学生は大抵、第二外国語に英語を取るのだが、そのレベルが非常に高く、新聞の時事ネタを枕に英語で授業を始めたり、E・H・カーの『What is History?』を講読したり、妙に格調高く、退屈で、何度かサボっているうちに億劫《おっくう》になってしまった。脳の容量はキリル文字と複雑なロシア語文法でいっぱいになっており、クイーンズ・イングリッシュの会話に応じたり、英国流の歴史認識を身につける余裕などなかった。

高校一年時の文芸部のような乙女の花園に身を置きたい欲求は、一年間の懲役明けだけに猛烈に高まっていた。アヴァンギャルドに走り過ぎ、振り返ったら、誰もいなくなっていた苦い体験を踏まえ、また「何もせず、黙っていた方がモテる」という友人のアドバイスを思い出しながら、悪目立ちを慎み、しばらくは様子見に徹していた。ロシア語学科の同級生六十人の顔ぶれは、カワサキ・ディープ・サウスの面々に較《くら》べれば、優等生比率が高く、ヤンキーは皆無だった。地方出身者も多く、方言多様性があった。一番目立っていたのは大阪出身者で、早速、阪神《はんしん》タイガース・ファン同士がつるんで、漫才めいた掛け合いでクラスを賑《にぎ》わしていた。福岡、熊本、鹿児島出身の九州男児も男臭い振る舞いで目立っていた。女子校出身者は小学校以来の共学に戸惑いを見せ、男子とは一言も口をきこうとしないし、中央線沿線あたりの高偏差値都立高出身の女子は真面目一辺倒と思われたくないのだろう、よく笑い、適度な色気を振りまいていた。風変わりな訛りがあり、ワンテンポ反応が遅い子は帰国子女だ。

君は同級生には本名を使わず、高校時代からのペンネーム首猛彦で通すことにしたが、暗い文学青年のイメージを抱かれるのは嫌で、大阪出身者に対抗し、時々、カワサキ・ディープ・サウス仕込みのヤンキー・ギャグを口走ったが、板についていない分、ことごとく外した。体育のソフトボールでファーストを守っている時、嬉々として塁に出た同級生にあくまで冗談のつもりで「光州《こうしゅう》事件で韓国の学生は弾圧されているのにソフトボールなんかやっているオレたち」と呟いたところ、「政治意識の高い奴」という印象を与えてしまい、しばらくのあいだ同級生からは敬遠された。折しも、サークル棟の移転を巡って大学側と学生自治会が対立していた。その自治会の主導権を巡り、共産主義者同盟戦旗派というセクトと日本共産党の青年組織「民青《みんせい》」が、一般学生の目にもあからさまにいがみ合っていた。高校時代に「政治少年」になるのを拒否し、孤高のアーティストとしての修業を積んできた君は学生運動なんかと金輪際、関わりを持たず、誰からも愛されるキャラを目指していたにもかかわらず、四月の段階で君の話し相手になってくれたのは、君を組織に勧誘しようとしていた戦旗派と「民青」の上級生だけだった。

政治的勧誘から逃れ、教室や図書館や生協食堂以外にシケ込めるニッチが欲しかった君は、じきに取り壊される予定の古い木造のサークル棟をさまよっていた。廊下に薄汚れたヘルメスの石膏像が置かれているところで立ち止まると、不意に窓から差し込む淡い光に照らされた久保響子の端整な横顔をスケッチしている自分が思い浮かんだ。それを美術部に入れという啓示だと受け止めた君は迷わず、その部室のドアをノックした。

そこはフランス科やロシア科、イタリア科、アラビア科の女子たちが集う乙女たちの花園だった。口角泡を飛ばす左翼男子もおらず、談笑しながら、互いに交代でモデルを務めながら、優雅にデッサンをするようなところだった。競うようにして、君の世話を焼いてくれるフランス科とロシア科の先輩がいるところは文芸部と似ていたが、久保響子のような崇拝の対象になり得る女子はいなかった。ドイツ科の辻井《つじい》君や中国科の片山《かたやま》君、フランス科の宮田《みやた》君ら男子陣もフレンドリーで、早速、君のことを「首」と呼び、飲みに誘ってくれた。七月に講堂のホワイエで催す学内展でデビューしてくれといわれ、君はロシア語の授業の息抜きに油絵の制作を始めた。

長野県飯田《いいだ》出身の辻井君は君の通学路の途中の笹塚《ささづか》に下宿していて、終電を逃すと、よくそこに泊めてもらった。やがて、それが癖になり、一限の授業がある水曜に備え、前泊するようになった。せっかく都心に出たのだから、いちいち郊外の自宅に戻るのはもったいない。北区や豊島《としま》区、新宿区や渋谷区にはほかにも知り合いの部屋が点在している。君は精一杯礼儀正しい図々しさを発揮したので、君をゲストとして迎えてくれる友人は少しずつ増えてゆき、ふと気づけば、二日置きに友人たちの部屋を巡回する遊牧《ノマ》民《ド》になっていた。

ロシア科の面々では、大阪豊中《とよなか》出身の松川《まつかわ》が大学まで徒歩圏内の駒込《こまごめ》、同じく大阪茨《いばら》木《き》出身の枚方《ひらかた》が遊び本位で吉祥寺《きちじようじ》、飛騨高山《ひだたかやま》出身の島津《しまづ》は南浦和《みなみうらわ》のちょっと広めのアパートと、それぞれの流儀で東京の一人暮らしをしていた。君は彼ら地方出身者の目に東京がどう映っているかに興味があり、九州四国出身者も交えて頻繁に池袋《いけぶくろ》、新宿、渋谷を飲み歩いた。東京の土地勘が乏しいところは郊外出身者も似たり寄ったりだが、ハチ公前で待ち合わせたのに、新宿に行ってしまった奴がいて、これには驚いた。松川は弁護士の息子で、家族を顧みない仕事人間の父親への反発という定型的な物語をなぞっていた。常におちゃらけているが、根は誠実な優等生だった。枚方はラテンの伊達男《だておとこ》を目指しており、スペイン科の連中といつもつるんでいて、専攻語学を間違ったといわれていた。島津は兄を事故で亡くした傷心をニヒリズムで隠し、冗談ばかり呟いていた。

大学に入っても、同性とのじゃれ合いばかりで、異性愛者への進化は遅々として進まず、これではまずいと五月に伊豆《いず》で行われるロシア科のオリエンテーション・キャンプで気になる女子に唾をつけておくことにした。一風呂浴び、食事をした後、六人の教授陣を交え、酒を飲み、歌やダンスで盛り上がった。主任教授の原卓也《はらたくや》は早々に酔っ払い、自分好みの女子を両隣に座らせ、肩を組んだり、頭を撫でたりし、その場を私的キャバレーに変えていた。ほかの教授は比較的クールだったが、ニヤニヤ笑いながら、原教授のご乱行を観察していた。「ロシア文学の大家も酔うとこうなる」ということを学生に実演して見せるのが毎年の恒例行事なのだと悟った。あからさまに嫌な顔をする女子学生もいたが、多くは「酒を憎んで人を憎まず」と吹き出しに入れたくなるような無表情が印象的だった。

原教授が寝てしまうと、一部の男子学生たちはお墨付きをもらったように活《い》き活きとし、女子学生にアプローチをかけ始めた。君もオーケストラでバイオリンを弾いている名古屋出身の女子の隣に座り、「ブルックナーやマーラーは好き？」とクラシック談義に持ち込もうとしたが、相手もかなり酔っていて、こちらにしなだれかかってくるので、脈ありと思った。しかし、安ウオッカを飲み過ぎて、気分が悪くなり、君の方が先にダウンしてしまった。このオリエンテーション・キャンプで二組のカップルが誕生した。新宿高校と国立《くにたち》高校のカップル、大阪男子と熊本女子の西日本カップルである。オケ女子とはその後、一度だけ映画を見に行ったが、社会人の彼氏がいることを告げられ、君は割り箸のように使い捨てられた。

ロスト・ヴァージン

夏休み前にロシア語の試験が行われ、一科目でも六〇点を下回ると、落第の黄信号が灯る。磯谷《いそや》教授の授業で五七点という微妙な結果を突きつけられ、秋学期での挽回に賭けるしかなかった。君よりも低いスコアだった同級生の中には早くも進級を諦める奴が出てきた。一人で落第するのが寂しいもんだから、何人かを道連れにしようと画策し、仲間を四人まで増やした。すでに授業に顔を見せなくなっていた二人を加え、六人の脱落者がこの時点でほぼ確定していた。

ロシア語文法の複雑さは神経症を惹起《じやっき》するレベルで、学習者を挫折させる罠《わな》が仕掛けられているとしか思えなかった。過去形、未来形、関係代名詞などは何とかなるが、日本語でいえば、テニヲハに当たる格変化が六種類あり、男性、中性、女性名詞で異なり、また単数形、複数形で異なり、さらに名詞にくっつく形容詞まで連動して変化する。格変化の高い壁を何とか半年で乗り越えたら、次は動詞の完了体と不完了体という新たな壁の前で立ち往生する。これは一回限りのアクションか、反復性のアクションかによって、同じ意味の動詞を使い分けなければならないという規則で、英語の完了形、進行形に似たアスペクトの概念だ。

——文法学習を耐え抜いたら、すぐにチェーホフを原語で読めるようになる。

原卓也教授は素面《しらふ》の時にそういったので、信じて耐えることにしたが、同じ教室にいる女子学生たちの勤勉さには敵わなかった。君はロシア語学習で落ちこぼれないよう、第二外国語の英語の単位を断念したというのに、一部の女子学生は英語の教職科目をも履修する余裕があった。外大にはその手の勉学一筋の「語学の虫」が少なからず生息していて、四年間に六ヶ国語を操るようになっている者もいた。

長い夏休みはもっぱらドストエフスキーを翻訳で読みふけり、遊ぶカネ稼ぎに五反田《ごたんだ》のガソリン・スタンドの給油係のアルバイトをした。白金《しろかね》あたりの住民か、高級車に乗った客が多かったが、近くにソビエト連邦通商代表部の事務所があり、そこの職員も給油にきていた。君がその客にロシア語で挨拶をすると、相手は険しい表情で君を見、何もいわずに立ち去った。後にこのことを原教授に話すと、「通商代表部員の多くはKGBだ。連中と親しくしていると、日本の公安からスパイだと疑われるぞ」といわれた。君は原教授に単にからかわれただけかもしれないが、この国でロシア語を学ぶということ自体が異端なのだということを改めて肝に銘じた。この年、一九八〇年、モスクワ・オリンピックが開催されたが、ソ連のアフガニスタン侵攻への抗議からアメリカがボイコットし、日本も追随した。モントリオールでデビューしたコマネチの成熟した姿を見たかったが、テレビの放映もなく、寂しいオリンピック・イヤーだった。

秋になり、同級生女子は妙に垢抜け、着こなしや化粧が洗練されていった。ロスト・ヴァージンの様態は人それぞれだが、チェリー・ボーイたちの初体験は聞くも涙の物語だった。札幌出身のT君はバイトで稼いだカネでススキノの浴場に行き、聖子《せいこ》という年増《とし ま》女性の導きで童貞卒業、新潟出身のK君は新宿ミュージック劇場というストリップ小屋の本番生板ショーでステージに上がり、十五人ほどの客に見守られる中、小太りのストリッパーに童貞を献上した。

君は依然、多摩丘陵の素朴とカワサキ・ディープ・サウスの野蛮を引きずり、女あしらいのうまいシティボーイにはなり切れずにいた。キャンパスにはまだ立て看板が残っていたものの、東京では学生運動は完全に過去のものになっており、「POPEYE」や「Hot-Dog PRESS」に啓蒙され、LOVE&SEXに全身全霊を捧げるのが時代の趨勢となっていた。ちょうど思春期の頃にオイルショックがあり、成長神話に翳《かげ》りが見えたものの、SONYのウォークマンに代表されるような製造業の躍進は続いており、消費文化の爛熟期が始まっていた。西武《せいぶ》グループはPARCOを中心に渋谷の再開発をし、スキー場やリゾート・ホテル群に若者を呼び込み、LOVE&SEXで景気を盛り上げる機運が高まっていた。君はそんな時代の空気を吸いながら、ロシア語を学び、ラスコーリニコフの憂鬱を背負っていたのだから、時代錯誤と見做されてもしょうがなかった。

もちろん、心の底では一発逆転を狙っていた。文法学習が楽な分だけ余裕をかまして、ナンパに勤しむスペイン科やフランス科などの似非《えせ》ラテン男たちを見返してやろうとも思っていた。

神は死んだ

美術部の夏合宿でイタリア科の二年生浅川《あさかわ》奈《な》緒《お》美《み》と急速に親密な関係になり、秋学期以降も一緒にお茶を飲みに行ったり、カレーを食べに行ったりするうちに、浮世離れしている言動に興味をそそられた。彼女はイタリアからの帰国子女で、イタリア語は流《りゅう》暢《ちょう》に話せるのだが、日本語がたどたどしくなるところがあり、それもまた魅力的だった。彼女が突然、先祖の話をし出したり、「自分についた霊がいたずらをする」などとスピリチュアルな異言を呟いたりするたびに、君は軽く受け流していた。しかし、デートが盛り上がり、次の行動に移ろうとする段になると、決まって彼女は「早退」しようとする。理由を訊ねれば、「道場に行きたいから」という。その浮世絵美人風の涼しい顔には合気道や薙刀《なぎなた》が似合うとは思ったが、道場ではもっぱら精神修養を積んでいるのだとか。「あなたも一緒に来れば」と誘われたが、君は坐禅をしても、一層雑念がはびこり、足が痺れるだけだと悟っていたので、遠慮した。

四回目くらいのデートだったか、君は奈緒美を一気に攻め落とそうと、戦国武将の覚悟で食事に誘った。カバンの中には自動販売機で買ったコンドームも忍ばせていた。ロシア料理店を出る頃、君はウオッカの助けも借りてラブホテルに誘ったが、彼女は拒み、逆に自分のアパートに君を持ち帰りたがった。

東武東上《とうぶとうじょう》線に初めて乗り、見知らぬ駅で降り、六畳一間の部屋に上がった。互いの意思を確認し合うように見つめ合い、キスをすると、すぐに彼女の服を脱がしにかかり、露《あら》わになった色白の首筋や乳房にドット打ちのようにキスを重ねた。金色のペンダントが邪魔だったが、その鎖を避けながら、愛撫《あいぶ》を重ねるうちに気分は高まり、彼女の膣《ちつ》は粘液で充満し、君の根茎も固く張り詰めた。どちらも初体験なので、「イン・アウト」の仕方がわからず、ひとまずゴムをつけ、三分ほど試行錯誤を続けていた。何かの拍子にスルリと何の抵抗もなく、収まるべきところに収まったので、あとは夢中で腰を振った。膣からあふれ出した愛液でシーツは濡れ、彼女の髪は乱れ、君の息は上がり、やがて部屋がマジックハウスのように回転し始めた。

どうやら君はそのまま眠りこけてしまったらしく、目覚めると、彼女はバスローブなんか着て、傍らに正座し、自分の右手を君の下腹あたりにかざしていた。「何してるの？」と訊ねると、「お浄《きよ》め」といった。「何それ？」と起き上がると、猛烈な頭痛が襲ってきて、思わず頭を抱え込んだ。彼女は手をかざす位置を君の頭に移し、こんなことをいった。

――具合が悪いところがあったら、いって。こうやって手かざしすると、ヒトや物、場所を浄めることができるの。効果はそれだけじゃなくて、枯れかかった植物も元気になるし、食べ物も美味しくなるの。

彼女がそんな超能力の使い手だとは思いも寄らず、君は「勘弁してくれよ」と彼女が自信満々に掲げた手を下ろすよう促すと、「これをしないと、不安なの」といった。ようやく初体験まで辿り着いた喜びを嚙み締め、太陽が眩《まぶ》しい海岸を全力疾走するイメージをうつらうつら思い描いていたのに、その手かざしに水を差された気がした。確かに君もうまく「イン・アウト」できるか不安だったし、ヴァージンの彼女の不安は君よりも遥かに大きかっただろう。だからといって、二人だけの愛の営みに神や教祖を介入させるのはどうか。まるで行為の一部始終を教祖に覗き見されていたか、3Pをさせられたようで、何とも後味が悪かった。君はウオッカで悪酔いもしていたが、それ以上に「お浄め」に中《あた》ってしまい、しばらくは立ち上がることができなかった。

その日から彼女が信仰する神や教祖が君のライバルとなった。むろん信仰の自由を奪うつもりはなかったが、その宗教が君から彼女を奪うなら、こちらも戦わなければならないと思い込んでしまった。君がその信仰に感化され、信徒になれば、円満解決ということになるのかもしれない。愛と信仰を切り離し、同じベッドで眠る異教徒カップルももちろんいるだろうが、安眠できるかどうかは怪しい。

その後も彼女との付き合いは続いた。彼女と話したり、絵を描いたり、街を歩いたりするのは楽しいが、デートの前に彼女の心をくすませる出来事があったり、君の無神経な一言で彼女を不安にさせたりすると、途端に神を頼る。「神よりぼくを頼れ」といいたいところだったが、謙虚な君はお守りのペンダントを握る彼女の耳元でこう囁いたのである。

——今から百年も前にニーチェはこう宣言しているよ。神は死んだ。

彼女はその一言を真に受けも、冗談として聞き流そうともせず、ただ黙って立ち去ろうとした。後を追い、「もう少しオレの話を聞け」とその手を掴んだが、「あなたと一緒にいると、心が痛い」とその手を振り払われた。

結局、この一件を境に奈緒美との仲は険悪になってしまった。君は関係修復のために歩み寄りを続けたが、電話をしても、話は長く続かないし、部室で会っても、彼女の態度はよそよそしく、当て付けがましく、中国科の新入部員と親しげに話したりする。君の説得に一度は折れ、「冷たくしてごめんね」ともいったのだが、何かの拍子にまた態度を硬化させ、カフェに一人置いてきぼりを食らったこともあった。もしかすると、無意識に彼女を苛立たせるタブーを犯し、禁句を呟いているのではないか、と君は自分の言動に神経質になったが、具体的には何も思い当たらない。そのうち自分の存在そのものが彼女の心の傷を疼《うず》かせているのだと思い込んでしまった。

結局、奈緒美とはそのまま疎遠になってしまい、美術部で顔を合わせても、互いに敬語を使い、感情を押し殺し、衝突の回避に努めるしかなかった。二人も冷戦状態に入ったのである。

彼女はただ君に初体験をさせるためだけに遣わされた女だったのか？　三ヶ月のあいだに急接近し、急冷却した恋だったが、自分に非があったとすれば、「神は死んだ」といったことくらいしか思いつかない。彼女は君に手かざしをし、健康と心の安らぎを与えてくれたのかもしれないが、それは体にいいからと嫌いなミルクを無理強いされるのにも似ていた。後で彼女が熱心に通っていた「道場」のことを調べてみたが、手かざしは悪霊を振り払うための儀式であることがわかった。全くの偶然ではあるが、ちょうどその頃、君はドストエフスキーの『悪霊』を読み進めていた。

茶会

秋の追い込みで春の失点を挽回し、何とか落第は免れ、二十歳になり、かつ二年生になった。煩雑なロシア語文法の壁を越えたら、辞書と首っ引きではあったが、チェーホフを原語で読めるようになっていた。『小役人の死』や『犬を連れた奥さん』の一部を訳し、名訳の誉れ高い神西清《じんざいきよし》訳と比較してみたりもした。ドストエフスキーは『カラマーゾフの兄弟』を読み終えたところで、ひとまず区切りをつけ、マヤコフスキー、ブルガーコフ、ザミャーチンの翻訳を読み漁《あさ》った。都内各映画館でロシアの映画が公開されるのをこまめにチェックし、エイゼンシュテインの『戦艦ポチョムキン』に始まり、『アレクサンドル・ネフスキー』、『イワン雷帝』、ボンダルチュクの『戦争と平和』、カラトーゾフの『戦争と貞操』、タルコフスキーの『僕の村は戦場だった』、『惑星ソラリス』まで名作をこの目に焼き付けた。

一年次から付き合いのあったロシア科の面々とは「現代風俗研究会」なる非公式サー

クルを作り、八ミリ映画を撮ろうと画策していた。カネを出し合い、ヨドバシカメラで中古のカメラと編集機を買い、シナリオの執筆を始めた。試写や編集、会議を行う名目で大学から徒歩三分のところにある町の鉄工所が経営するアパートの一室を共同で借り、「現風研」のオフィスにした。家にあったソファベッドと蒲団を父に頼んで車で運んでもらい、寝泊まりできる態勢を整えた。

トイレ共同、流しとコンロ付きの六畳一間を「茶室」と呼び、ロシア科の綺麗どころを招待し、語らうことを「茶会」と呼んだ。キャンパスから近いこともあり、彼女たちは怖いもの見たさで代わる代わる招待に応じてくれた。畳を掃き清め、壁には君が描いた水墨画を掲げ、ラジカセでモーツァルトの『ディヴェルティメント』など流し、染井霊園から失敬してきた菊の花を活け、紅茶や一升瓶ワインでもてなした。「現風研」の一員で横浜出身の野原《のはら》は叔母さんが銀座《ぎんざ》のクラブのママで、彼女が顧客からもらった神戸牛の塊肉を譲り受けた時は、豪勢なステーキ・パーティを催した。逆に仕送り前でメンバーの懐が寂しい時はキャベツ炒《いた》めとダイコン鍋で空腹をしのいだ。

メンバーが集まれば、自ずと酒盛りになり、泥酔し、そのまま雑魚寝というお決まりのコースをなぞる。近くに銭湯もあるし、体育館では水シャワーも浴びられる。「茶室」を手に入れたことで君の都市遊牧民ぶりには拍車がかかり、親元に帰るのは体調を崩した時だけだった。体力に任せて無茶を重ねていたせいもあるが、この頃の君の体重は五十五キロ、身長百七十二センチ、体脂肪率は八パーセントしかなく、月に一度は風邪を引き、半年に一度は扁桃腺《へんとうせん》を腫らしていた。

映画のシナリオは君が書いたが、『罪と罰』の一部と『雨月物語』の一部を緩やかに結びつけたボーイ・ミーツ・ガールの話である。現代の東京に転生したラスコーリニコフが巣鴨の地蔵《じぞう》通りで幻影のソーニャと出会い、彼女を追いかけ、一夜をともにするが、朝目覚めると、青年は一人、墓地に倒れていたという内容だ。シナリオはできたものの、ソーニャを演じてくれる女優が見つからなかった。ロシア科の女子には断られたので、狭いキャンパスをウロウロし、二週間かけて品定めをし、中国科でダンス部の水城理恵《みずきりえ》に的を絞り、監督の君が口説くことになった。体育の授業で同じ社交ダンスを履修しており、一緒にワルツやジルバを踊ったことがあるので、全く知らない相手ではなかった。

「お芝居の経験はないけど、私でよかったら」といってくれた。

だが、このキャスティングは失敗だった。というのも、君が彼女の色香に惑い、女優としてではなく、恋人として接するようになってしまったからだ。映画の撮影は中断され、君は共同で借りた部屋に彼女を連れ込み、オナニストとしての自分の過去に復讐するようにセックス・マシーンと化した。一ダースのコンドームを一週間で消費する勢いだった。それほどまでに自分が精力絶倫ぶりを発揮できたのは、もしかして手かざしの効能か、と一瞬、考えたが、すぐに打ち消し、もっとシンプルに、宗教の呪縛のない相手とはこんなにも簡単に打ち解け合えるものなのだ、と結論づけることにした。

タスカー

一九八一年夏、君は横浜大桟橋埠頭《おおさんばしふとう》からバイカル号に乗り、ロシアへ旅立った。一年半に渡るロシア語研鑽《けんさん》の成果をチェーホフ、ドストエフスキーの故郷で確かめてみたかった。アメリカの実効支配下で反共防波堤にさせられている国で英語とポップカルチャーに塗《まみ》れ、資本主義に洗脳されている青年の意識に、ロシアはどんな化学変化を引き起こしてくれるのか、君の期待は大いに高まっていた。縄文の森と工場地帯で育まれ、東京の遊牧生活で磨かれた野蛮な知性は新世界を求めていた。果たして、君の意識に織り込まれたアメリカはロシアに置き換え可能なのか？　この旅行は今後の君のロシアン・スタディの方向や卒業後の進路を占うものになるはずだった。

横浜から太平洋岸を北上し、津軽《つがる》海峡を通り、五十時間かけて極東の港町ナホトカに向かう航路は『さらばモスクワ愚連隊』を書く前の五木寛之が十六年前に辿っている。

　出発前夜は、戦場に向かう兵士の休暇みたいに水城理恵と過ごしていた。スーツケースを引きずりながら、カフェや居酒屋を転々とし、最後はラブホテルで朝まで愛撫を重ねていた。母とその友人、平泉までもがわざわざ港まで見送りに来て、紙テープを投げてくれた。

長い船旅が始まったが、船内はすでにロシアで、四人部屋のキャビンは重油臭く、絶えずエンジンの振動が背中に伝わるので、日中は広くもない船内を歩き回り、バーでカニ缶をつまみに一杯九十五円のウオッカをちびちび飲んでいた。船客の中に見知った顔がいると思ったら、高校の倫理社会教師の大鏡だった。何しにロシアへと訊ねれば、「社会主義の実践をこの目で見るため」といいながら、目は笑っていた。

君が参加したのはレニングラード（現サンクトペテルブルク）でロシア語研修がある三十二日間のツアーで、各大学のロシア語学習者や定年退職者、教師、公務員、労組の専従職員などが集っていた。北海道の人が多かったのはロシアとの心理的距離が近いせいだろう。学生課で見たロシア科学生向けの夏休みアルバイト募集に、根室《ねむろ》で海上保安庁の巡視艇に乗り込み、ロシアの漁船に対してロシア語で警告を発するというものがあったことを思い出した。

昼と夜の食事は給仕付きのソビエト式フルコースだが、「ビフシテクス」と呼ばれるハンバーグが何気にうまかった。ボルシチの代わりに味噌汁《みそしる》のチョイスもあるのだが、試しに頼んでみると、やたらに濃い味噌汁とてんこ盛りの白いご飯にうるめいわしの干物を刺し、黄色い沢庵《たくあん》を添えたものが出てきた。仏様への供物のようで笑えた。

旅に出る前、君は原教授からこんな話を聞かされていた。モスクワやレニングラードの街を歩いていると、背後から「島田さん」と声を掛けられるかもしれない。日本人の知り合いかと思って、つい振り返りたくなるところを我慢し、ショーウインドウ越しに声を掛けてきた相手を先に見極めることができれば、KGBを出し抜いたことになる。原教授がモスクワに出かけると、常に尾行者がついていて、本人確認のために「原さん」と呼びかけるのだという。教授は反体制派の作家や詩人と個人的な交友があり、発禁本の翻訳も手がけているので、KGBのブラックリストに載っている。もしかすると、自分の弟子たちも監視の対象になっているかもしれないから、気をつけろ、というありがたい忠告だった。やっとロシア語の基本文法を身につけ、伝い歩きを始めたばかりの学生をそのように警戒してくれるとは光栄なことだが、スパイ活動を疑われて拘束されるのはごめんなので、常に無邪気に微笑んでいようと思った。

横浜出港後三日目の午後にナホトカに到着。入国審査を経て、すぐにバスに乗せられ、ハバロフスク行きの夜行列車に乗った。夜行列車で十三時間、ハバロフスクからは空路でモスクワに向かう。モスクワに到着したのは夕方だったが、赤の広場近くの「インツーリストホテル」で簡単な夕食をすませると、君は早速、一人で夜の街に繰り出した。船を降りてから丸一日以上経過するのに、体に船の揺れが残っており、惰性でゴーリキー通りが揺れていた。憧れの地下鉄に乗ろうと、エスカレーターで地下深く潜り、マヤコフスカヤ駅で降り、広場のマヤコフスキーの銅像に挨拶をした。すれ違うロシア人たちの体臭と甘い香水、排気ガスの臭いにむせながら、ホテルに戻ってくると、胸の谷間を誇示する娼婦《しょうふ》に声を掛けられたが、世間話をするだけに留めたのは部屋に一年先輩のルームメートがいたからである。

翌日は一日中、地下鉄に乗り続け、ノヴォデヴィチ女子修道院付属墓地にあるゴーゴリ、チェーホフ、エイゼンシュテイン、ショスタコーヴィッチの墓前に立ったり、ウクライナホテルや文化人アパート、モスクワ大学など市内に七つあるスターリン様式のビルを見て回ったり、地下鉄の終着点で、モスクワの新興住宅地ユーゴザーパドナヤに行ってみたりした。そして、その日の夜行列車でレニングラードへ向かった。

中心部から二十キロほど郊外にあるバルト海に面した保養施設に二週間滞在し、ロシア語の研修を受けるのだが、授業は午前中で終わるので、ランチ後の時間は気ままに過ごせる。ネイティブ・スピーカーと恋をするのが外国語習得のショートカットになることは君もわかっていた。アメリカで諜報《ちょうほう》活動に勤しむKGBのスパイは巧みにアメリカ人になりすまし、コミュニティに溶け込む必要がある。彼らは完璧なニューヨーク訛りや南部訛りをマスターするために熱心にネイティブ・スピーカーを誘惑する。結果的に彼らは最も友好的に敵国の女性たちと交わり、必要な情報とおまけの情愛を授かることになるわけだが、本気で相手に恋をしてしまうと、敵国に寝返ることになりかねないので、スパイたる者は冷淡に西側のビッチを一人でも多く不幸にする破壊活動のつもりで相手を誘惑しなければならない。

外国人用のホテルのロビーにたむろしているロシア美女との一夜は一律百ドルという料金設定になっていたが、彼女たちの多くは高学歴で、英語やフランス語、ドイツ語を流暢に話し、かつ音楽や美術、文学に造詣が深く、地下鉄やバスに乗っている一般ロシア女性には手が出ない西側ブランドのドレスと香水を身につけ、しかもモデル並みのスタイルと美貌を誇示していた。近頃は日本語も使いこなすハイパーインテリもいるという。原教授によれば、彼女たちの半分はKGBの諜報員なので、気をつけろといわれていたが、「我が国の歴代首相の半分以上がCIAの傀儡《かいらい》だ」という誰もが知っている国家機密を提供してでも、そのサービスを受けてみたかった。しかし、それをやると、君の旅の目的が語学研修ではなく、買春だと同行の大学の先輩に疑われ、軽蔑されるのは必至だった。

君は娼婦たちの誘惑には乗らず、一般ロシア女性との友好を深めることに専心した。最初に君が親しく接したのは中級クラスの講師オーリャだった。二十五歳未婚の彼女は英語教師で、授業中もずっと煙草をふかし、祖母と同じ口調で君のことを「マーチャ」と呼び、弟扱いするのが気に入らなかった。プーシキンの詩を暗唱したり、作文を添削されたりしながら、休憩を挟みつつ四時間みっちりロシア語を仕込まれた。

午後からは街に繰り出す。メインストリートのネフスキー大通りにあるヨーロピアン・ホテルを起点に、ゴーゴリの『外套』の主人公アカーキー・アカーキエヴィッチが盗まれた外套を探してさまよった運河沿いの道を歩いたり、『罪と罰』のラスコーリニコフが住んでいた下宿や大地にキスをした干草《ほしくさ》広場を聖地巡礼し、気まぐれに床屋で散髪してもらったり、アレクサンドル・ネフスキー修道院付属墓地でドストエフスキーの墓参りをしたり、プーシキンが決闘をした場所を訪ねたり、図書館に寄って、アフマートワやツベターエワの詩集を読むふりをしてみたり、ロモノーサフ記念民族学博物館に立ち寄り、結合胎児の標本を見たりした。もちろん、エルミタージュ美術館にも三回足を運び、レンブラントやベラスケス、近代絵画を眺め、黒いカタツムリと戯れながら、ネバ川に沈みそうで沈まない夕陽をいつまでも眺めていた。

講習の合間、バルト海の海岸でキャンプファイアをしたが、その時、同じホテル・キャンピングに滞在していたソフィーという十八歳のパリジェンヌと知り合った。このロシア語研修にはフランス人やドイツ人、イタリア人も参加していたが、一番可愛いソフィーが懐いてくれて嬉しかった。第二外国語を英語からフランス語に替えたので、片言のフランス語も使ったが、主にロシア語で会話をした。焚き火を囲み、免税店で買ったグルジア（現ジョージア）のコニャックを飲み交わすうちにいい気分になってきて、ベルリオーズの『幻想交響曲』のワルツのメロディを口ずさみながら、彼女と踊った。北海道のおばさんが持参した梅干しを手ずからソフィーの口に入れ、彼女がしかめ顔をするのを見計らってキスをし、「ほらこれで甘くなっただろ」と戯れたりした。

名所旧跡をほっつき歩くのに飽きると、もっぱら夜の外出を楽しんだ。何処かの公園をうろついていると、赤毛のスリムなロシア娘が煙草の火を借りに来たので、百円ライターで火をつけてやると、「ナターシャ」と自己紹介し、握手を求めて来た。「あなた、詩を書きそうな顔してる」というので、「詩も小説も書くよ」と答えると、興味を示して来た。近くに穴蔵みたいなディスコ・バーがあったので、そこで一杯飲むことになった。日本人の客は珍しいのか、ジロジロ見られた。外国人と接触を持つと、あらぬ疑いをかけられると警戒するロシア人が多い中、ナターシャはやけに親切だった。たまたま公園を散歩しているフレンチブルドッグを見かけ、「あの犬はマヤコフスキーが可愛がっていたブルカに似ている」といったら、わざわざ飼い主から借りて来て、写真を撮らせてくれた。試しに「明日も会おうか」と誘ってみると、「暇だから、案内してあげる」といった。

書店で買ったプーシキンの詩集を持って、「青銅の騎士」像の前に行き、同名の詩を朗読してもらったり、簡易食堂でペリメニを食べたり、公園のカフェでまずいコーヒーを飲んだり、簡単な日本語を教えたりと、まさにボーイ・ミーツ・ガールのレニングラード編を満喫しながら、君はある感慨を抱いていた。『時計じかけのオレンジ』のウルトラ・バイオレンスに衝撃を受けてから七年後、その君がまさか赤毛のナターシャと肩を組んで白夜のレニングラードを徘徊することになると誰が予想できただろうか？

その後も君は一日置きに仕事を終えたナターシャと会い、ネフスキー大通りを、フォンタンカ運河沿いを、プーシキン広場を歩いた。君が「二人が出会うことは七年前に決まっていた」というと、彼女はそれを受け、「わざわざ会いに来てくれてありがとう」といった。君たちはさながら、ドストエフスキーの『白夜』の男女のようだった。君はロシアに来る前に、ルキノ・ビスコンティとロベール・ブレッソン、イタリア人とフランス人の手による映画『白夜』を見ており、そのいくつかのシーンがまぶたの裏に焼きついていた。そして、急に踊り出したくなり、最初に会った時に立ち寄ったディスコ・バーに舞い戻り、そこでかかっていたロシアのポップスに合わせ、劇中でマルチェロ・マストロヤンニが披露していたステップを真似て、踊り出した。それは脱臼した骸骨のような奇天烈なダンスで、店に来ていた客には大受けした。

出会いから別れまでわずか十日間しかなかった。エストニアのタリンへ発《た》つ日、君はナターシャと最後のデートをした。彼女も詩を書いていることを知り、その詩を読みたいというと、自分が働いている事務所に君を連れて行き、自分の机の引出しからタイプ打ちした原稿を取り出し、プレゼントしてくれた。住所を交換し合い、手紙を書く約束も交わした。ナターシャは記念にといって、ディスコ・バーでかかっていた曲のレコードも手に入れてくれた。ロシアの歌姫アーラ・プガチョーワが歌う『レニングラード』

と『ムジカント（ミュージシャン）』という曲で、どちらもシベリアに流刑された詩人マンデリシュタームの詩だった。君はホテルのフロントや客室係に便宜を図ってもらおうと用意していたパンティストッキングとボールペン、そしてリップスティックをプレゼントした。何枚かの写真をカメラに収めておいたが、ツーショットも撮ろうと彼女がいうので、駅のスピード写真のブースに二人で入り、身を寄せ合って記念写真を撮った。全部で四枚の写真のうち三枚目にはキスをする二人が、四枚目には抱き合う二人が写っただろう。写真が出て来るまでのあいだ、二人は互いの肉の感触と温《ぬく》もりを貪り合っていた。だが、機械の故障で写真は出てこなかった。

別れ際、君が「また戻って来るよ。ぼくがいない街は寂しいだろうから」と精一杯のロシア語を駆使して囁くと、彼女は「今度来る時は町の名前が変わっているかもしれない」といった。レニングラードがペテルブルグに戻る日が来るとすれば、東京も江戸に戻っているだろうと思った。そうなるのは自分の死後のような気がして、悲しくなった。

タリンからキエフに飛び、モスクワに戻り、君の初めてのソ連旅行は終わろうとしていた。キエフのドニエプル河遊覧船に乗っていた時、たまたま文筆業を営む六十代の老人と隣り合わせ、生計はどのように立てているのですかと不躾《ぶしつけ》に訊ねると、子ども向けの世界文学全集のリライトで食っているといった。「本当は小説家として最後の一花を咲かせたいんだけどね」とも付け加えた。すかさず「ぼくも小説を書いています」と自己申告すると、「ほお、女の子の尻を追いかけ回すだけじゃないんだね」とからかわれた。君はガールハント目的でロシアに来たともっぱらの噂で、キャンプファイアでフランス人の子とじゃれ合い、駅でロシア人の子と別れを惜しむ一部始終も目撃されていた。

——全てが文学修業の一環なんです。

君のそんないい訳をその人は面白がり、「今度書いたものを読ませてくれないか？」といった。その人は野田開作《のだかいさく》という元慶應ボーイの独身者で、かつて「三田文学」にも寄稿していたが、鳴かず飛ばずのままこの歳になってしまったことに忸怩《じくじ》たる思いを抱いていることを知った。鎌倉材木座《かまくらざいもくざ》の一軒家を友人から借り受け、世界文学全集の微々たる印税でその日暮らしをしているから、今度、鎌倉で一緒に飲もうと誘ってもくれた。

帰国後、君は繰り返し『レニングラード』を聴きながら、ナターシャと歩いた白夜の街を思い出し、人々の眉間の皺や民警の帽子のエンブレムやレーニン像のイメージを反芻していた。ロシア式の憂愁「タスカー」は君の心に深く根を張っていた。

レニングラード

オシップ・マンデリシュターム
島田雅彦訳

ぼくは帰ってきた、自分の街へ
ぼくの涙も静脈も
子どもの頃、腫らした扁桃腺も知っているこの街へ

君は帰ってきた
さあ、早く飲み干せ
レニングラードの河岸を照らす街灯の魚油を
とっとと知るがいい
卵黄混じりの不吉なタールの十二月の日々を

ペテルブルグ、ああまだ死にたくない
君はまだぼくの電話番号を持っている
ペテルブルグ、ぼくの手元にはまだ
死者たちの声を聞き出す住所録がある

ぼくはまだ黒い階段の上にいる
肉ごと千切れる呼鈴がこめかみに響く
ぼくは夜通し、大事な客を待っている
ドアの鎖の足枷《あしかせ》を鳴らしながら

半年後、ナターシャから手紙が届き、そこにはレニングラードを離れ、カザフスタンのコルホーズで働くことになったと書いてあった。もしかすると、外国人と親しく付き合ったことを密告され、その懲罰として、僻地に送られたのかもしれず、心が痛んだ。

無料お試し男

秋になり、撮影を済ませたフィルムの編集に没頭し、何とか短編映画の完成に漕ぎ着けた。映画の完成は水城理恵との決別をもたらした。理恵はロシアから戻った君と再会し、「人が変わったみたい」といった。自分は何も変わっていないつもりだったが、抱き慣れているはずの彼女の体に何かしっくりこないものを感じ、露骨に冷淡な態度を取ってしまったかもしれない。

君はこれまでの軽薄極まる自分の行動を恥じ、改心の具体的な証《あかし》を立てようと、新たな小説を構想していた。当時の若者のあいだでは「自分探し」という精神修養が流行っていた。似非インテリが心定まらぬ女子を捕まえ、「君には確固たるアイデンティティがない」などと説教し、それを真に受けた女子が「かけがえのない私」の獲得に躍起になる。そんな「自分教」ブームを君は冷ややかに見ていた。一度眠りにつけば、自分が誰かなんてすぐに忘れる。これが自分だというイメージもしょせん、誰かの模倣であり、ファンタジーに過ぎないというのが、二十年間生きて来た君自身の実感だった。そもそも君は「我思う、ゆえに我あり」なんて欺瞞《ぎまん》だという考えを中学時代から抱いており、それを京大哲学科出身の堀妙子先生にぶつけ、「自分とは諸要素がぶつかったり、すれ違ったりする交差点みたいなもの」という悟りに到達していた。

君はアイデンティティ神話を葬るような小説、ニーチェの「神の死」宣言から百年後、「自意識の消滅」を宣言するような記念碑的作品を書きたかった。一本の青春小説を満たす細部は充分集まっていたが、それにふさわしいスタイルは未開発だった。その頃、君は群像新人賞でデビューした村上春樹《はるき》という新人に注目していた。団塊世代特有の汗臭く、貧乏臭い文体からは遠く隔たり、リベラル市民の憂鬱と徒労感が川端康成の「末《まつ》期《ご》の眼《め》」っぽい平板な文章で描かれている。『風の歌を聴け』も『1973年のピンボール』も大江健三郎の影響を隠しきれてはいないが、主人公の気分は団塊の世代より一回り下の君たち世代のそれと共鳴する。自分より一足先に時代の気分を体現するニューウエーブが登場したことに軽く嫉妬しながら、君は村上春樹とは別の路線を模索しなければならないと思った。

その頃、君は一年先輩が始めたソ連東欧研究会に誘われ、その活動として、ソ連の反体制知識人の解放を求める書簡をロシア語で書いたり、「クロコディール」というロシアの風刺漫画雑誌の記事を翻訳したり、十一月の外語祭で上演されるロシア語劇の演出を担当することになり、マヤコフスキーの『南京虫《なんきんむし》』を読み込んだりしていた。その流れでロシア・フォルマリズムとミハイル・バフチンの文学論に興味を持ち、関連書籍を貪り読むようになっていた。一九二〇年代から三〇年代初頭くらいまでに書かれた詩や小説には十九世紀のリアリズムを超越した革命的手法が駆使されている。同時代の日本の作家たちはトルストイやドストエフスキー、チェーホフの影響を色濃く受けたが、革命後の文学理論やブルガーコフ、ザミャーチン、プラトーノフといったニューウエーブから刺激を受けた作家は皆無といってよかった。ずっと後になってから大江健三郎がロシア・フォルマリズムに注目したものの、それらの文学潮流は現代のロシア文学の専門家が発掘するまで手付かずのまま残されていた。未開拓のニッチを見つけた君は一連の文学理論を自らの創作に応用するための戦略を練り始めた。

外語祭のロシア語劇の上演にはソ連大使館の御一行様がバスで観劇に来てくれた。一年生が運営するロシア料理の模擬店で上演後のレセプションが行われ、演出の君には花束が贈られた。上演に際しては『南京虫』の翻訳者である小笠原豊樹《おがさわらとよき》に面会して、アドバイスを受けた。小笠原氏は原教授の友人で、君が最も創作上の刺激を受けたザミャーチンの翻訳も手掛け、岩田宏《いわたひろし》の名前で詩も書いている。この偉大な先達の訳文は原文のインパクトを消さずに、情景を鮮やかに浮かび上がらせる詩的な日本語に移し替えられており、ロシア語翻訳の鑑《かがみ》というべきものだった。ロシア語学習は文学修業の大きな回り道だったが、最終的に小笠原氏によるザミャーチンの翻訳のような形で、自らの日本語の洗練を図れれば、吉と出ると思った。

その年の暮れ、七ヶ月間借りていた「茶室」を引き払い、大学生活を折り返した。年明けには再び落第の緊張に晒されたが、何とか及第点を取ると、ソ連東欧研究会の勉強会とサハロフ博士の支援集会などに奔走した。理恵と別れてからしばらくのあいだ、君は無料お試し男でいた。毎週、デートの相手を替えながら、女子の多様性に触れるうちに、毒舌を封印してガールズトークに合わせるのも上手くなった。デート前日に熱を出したり、急用ができるドタキャン・ガール、君を想像上の兄と見做し、近親相姦を夢想したがる農大《のうだい》女子、人の話の腰を折り、自分のことばかり話す自分教徒、顔は地味だが、巨乳のアラビア科女子、教育ママみたいな顔だが、超ミーハーのフランス科の先輩らの期待に応えようと努力を重ねるごとに君は少しずつ「ダンディ」になってゆくはずだった。体育で一年間みっちりと社交ダンスを習い、ワルツ、ブルース、ルンバ、ジルバ、チャチャは踊れるようになっていたが、ディスコ・ダンス全盛の時代にその素養を有効活用する場はほとんどなかった。一度、新宿歌舞伎町にあるダンスホールを覗いてみたが、自分の母親ほどの年齢のマダムの熱視線を浴びてしまい、早々に退散した。

時代に迎合しようと思えば、村上春樹の主人公を模倣するところだが、近い将来、ライバルになる相手とは同じ路線を歩むことは許されず、結果的に時代錯誤と受け取られかねない趣味嗜好に向かわざるを得ないのだった。君はそれまで幾度となく、「なぜロシア語?」と訊かれ、「チェーホフを原語で読みたかったから」と無難な答えを返してきたが、それにも飽き、こんな答えを繰り出すようになっていた。

英語とロシア語両方できれば、世界の美女の半分に自分の思いを伝えられるから。

実際、東西二極に分断された冷戦時代にあっては、アメリカの属国に育った人間が敵国の言語も使いこなせるようになれば、世界征服のショートカットになると錯覚できたのである。

奇妙な仕事

三年生になり、ロシア語運用能力も向上し、かなり余裕が出てきた。君は世界史のゼミに所属し、スターリン時代の粛清と言論弾圧についての研究を深め、原卓也のザミャーチン講読、第二外国語のフランス語に熱心に取り組むかたわら、濫読の日々を過ごしていた。貧乏臭い酒池肉林も継続していたし、本を買うカネも欲しかったので、受験生の英語の家庭教師、学習塾の講師、ロシア語の応用化学系論文の下訳、国際皮膚科学会のスライド映写係などのアルバイトも精力的にこなした。バイリンガルの帰国子女はすでに通訳の仕事で安定収入を得ていたが、君は時給千五百円の労働に甘んじるしかなく、もっと割りのいい仕事はないものかと思っていると、新宿二丁目のホストクラブなら日給三万円もらえると、新宿高校出身の佐久間《さくま》がいうので、チャレンジしてみることにした。スポーツ新聞の求人欄に載っていた電話番号に連絡を取ると、面接にくるようにいわれた。客が七人も入れば満員の狭い店内のカウンターの中には五人の憂い顔の青年たちが並んでおり、客は小柄な中年男一人。マネージャーが奥の部屋に君を連れてゆき、簡単な説明をする。

――うちは指名外出制で、客は男性中心です。指名に応じて、店外に同伴する。ショートで七千円、泊まりだと一万円。七時までに出勤すれば、二千円を保証します。

それを聞いて、佐久間に担がれたことを遅まきながら悟った。君は「今夜は用事があるので、失礼します」と店を出て行こうとしたが、たった一人の客がカウンターの中の五人から選べばいいのに、まだ売り物になっていない君を指名してきた。「こんなにすぐに客がつくことは滅多にない。余分に払うから、応じてくれ」とマネージャーはいう。君は「法事があるので」と見え透いた嘘をつき、必死に自分のアナルを防衛したのだった。

君はその失敗に懲りず、日を改め、今度こそは女性客相手のホストクラブでリベンジを目論んだ。場所は懐かしいカワサキ・ディープ・サウス、高校時代に文芸部の新入生歓迎会で訪れて以来、一度も足を踏み入れていない堀之内《ほりのうち》だ。「ナイトスキャンダル」という店に喪服を着て面接に行くと、その場で履歴書を書かされ、見習いとして即採用が決まった。マネージャーに「早く掟《おきて》を覚えろ」といわれ、階段とトイレの掃除から始めさせられた。男性用小便器は常に氷で満たしておくという奇妙なローカル・ルールがあった。店長はパンチパーマをかけた濃い顔で、沖縄の人だろう。ホストの主任は島《しま》といい、ハイカラーのシャツに太いネクタイを締め、「これが正統なジルバだよ」と講釈を垂れながら、客をリードしていたが、君が大学で習ったステップと違うのが気になった。「ナイトスキャンダル」のナンバー1は田代《たしろ》といい、パーマをかけた長髪をかき上げながら、ピンクのスーツで登場し、新入りにも愛想よく「おはよう」と声をかけてくる。ナンバー2はジョージというハーフの男で、はだけたシャツから胸毛を覗かせていた。ホストらしからぬ醜男《ぶおとこ》の浩《ひろし》は関西人乗りのトークで場を盛り上げていた。エレクトーンを弾ける謎の中年ホスト五郎《ごろう》は君に優しく、「客の前で頬杖《ほおづえ》をついちゃダメだよ」

とか「食べ方が綺麗だとモテる」とか「ダンスができるとポイント高いよ」と細かい指南をしたがる。

ホストたちの前歴も様々で、客が少ない時に狭い控え室で話をしたが、一人は元不動産の営業、一人は元大工、ジョージは元タクシー運転手で、島はバーテンダーだったという。容姿端麗の田代は意外にも左官だったらしい。皆が口を揃えていうには、この商売は思ったほど甘くない。初めはウェイターと同じで、指名料で稼がないと、基本給の五万だけの月もあるという。ナンバー1の田代には常連客がついており、気前よくシャンパンも開けてくれるので、コンスタントに月五十万以上は稼ぐが、五郎さんは月二十万がせいぜいだそうだ。

客は堀之内のキャバレーや特殊浴場に勤める女性がほとんどで、金満有閑マダムはごく少数だという。午前零時を過ぎると、にわかに店が混んで来て、君もテーブルに就き、水割りを作ったが、客と何を話したらいいかわからず、とりあえず映画の話でもしようと、「タルコフスキーの作品、見たことありますか？　溝口健二《みぞぐちけんじ》の『赤線地帯』って見ましたか？」などと訊いてみたが、全く話が通じない。得意のダンスで挽回しようとしたが、相手が全くステップを知らないので、うまくリードできず、必要以上にターンをさせて、「あんたと踊ると、疲れるし、めまいがする」と敬遠された。

ほとんどいいところは見せられないまま、フルーツのおすそ分けをもらって食べたりするうちに午前七時を迎えた。ヤクザ顔の店長が「今夜は同伴で来い。できなきゃ罰金だ」と気合いをいれ、一同「はいっ」と答えて解散となる。新入りの君にそんなアテがあるはずもなく、同級生をホストの毒牙にかけるわけにもいかず、罰金を払う気もさらさらないので、その日の労働の対価は諦めた。一日ホスト体験も小説の取材の一つに過ぎないということにして、日記には記さず、おのが記憶から抹消した。

難攻不落の鉄の処女

七月上旬、キエフのドニエプル河遊覧船で出会った鎌倉文士の野田氏から誘われ、横浜で会うことになった。それまでに書き上げていた小説を持って、出かけると、三十過ぎのもう一人の小説家志望も来ていた。中華街で食事をしながら、どんな作家を読んで来たか、どんな作品を書きたいかを話した。食後は「コペンハーゲン」というバーで飲んだが、その席には野田氏の愛人と思われる三十代のイラストレーターも加わった。イラストレーターは君に興味津々で、野田氏には「趣味を男の子に替えたんですか？」と問いかけていた。「アーティストとしての成功の唯一の鍵はゲイのユダヤ人であること」と何かの本で読んだことがあった。ユダヤ人にはなれないが、ゲイになれば、生きやすくなるのではないかと漠然と考えることもあった。実際、君はバレエ・ダンサーの肉体や股間のもっこりを見るたびに背中がくすぐったくなる体験を何度もしていた。

それはさておき、君が持参した小説を斜め読みした野田氏が「前祝いをしよう」といい出したので、「何の前祝いですか?」と訊ねると、「新しい才能の誕生だよ」と答えた。大抵の人は自分の才能の有無さえわからないのだから、他人の才能を一目で見抜けるはずはない。さてはこの人も君のお尻狙いかと警戒したが、「家に帰ってじっくり読み直してみるけど、出版社に持ち込んでみようか」とまでいうので、彼を信じたくなった。

横浜で大人の飲み方を教わった夜から二週間後、野田氏から電話があり、中央公論社の「海」という雑誌の編集者を知っているので、そこに持ち込まないかというオファーだった。二つ返事で引き受け、君は指定された日に京橋《きようばし》に出向き、谷崎潤一郎の『鍵』のベストセラーで建った通称「鍵ビル」で編集者と面会した。

それからしばらく編集者からの連絡を待つ日々が続き、入試の合格発表を待つ日々の再現のようになった。その不安を和らげたい君は神保町交差点のディスカウントショップで買ったバイオリンを我流で弾きまくっていた。その頃、君の家族は住み慣れた町を離れ、溝《みぞ》の口《くち》のマンションに引っ越していた。君には北向きの四畳半の部屋があてがわれ、そこはたちまち本で占拠された。坂口安吾《さかぐちあんご》の書斎よりはよほど片付いていたが、この狭さが妄想の強度を高めるのに最適だった。「茶室」を引き払ってからも相変わらず、友人のアパートを巡回する遊牧生活だったが、家に帰ると、自室に閉じ籠り、読書と執筆に明け暮れていた。デビューの可能性をほのめかされ、俄然執筆意欲が高揚していた。

夏休み前になっても、編集者から連絡がないので、こちらから電話してみたところ、「原稿は中央公論新人賞に回し、二次選考までは進みましたが、残念でした」とつれない返事だった。「会いませんか？」ともいわれ、君はのこのこ出かけて行ったが、コーヒーを飲み、「才能はあるので、これからも頑張ってください」と、通り一遍のことをいわれただけだった。野田氏からは「あいつは若い才能を発掘するガッツもセンスもなかったんだ」と慰められ、「諦めるのは早い。もっといい作品を書いて見返してやれ」と叱咤《しった》激励された。

君はそれまで日本の文芸評論をほとんど読んでいなかったが、現在は何が争点になっているのかを知るべく、新聞の文芸時評や文芸誌の評論で活躍している批評家の著作を片っ端から読んでみた。日本の文芸においてはフランス文学者が優位を占めているようだったが、蓮實重彦《はすみしげひこ》、磯田光一《いそだこういち》、柄谷行人《からたにこうじん》、川村二郎《かわむらじろう》、菅野昭正《かんのあきまさ》、前田愛《まえだあい》らの評論を通じて、日本近代文学がどのような時空間や文脈に裏打ちされているのかを学ぶことができた。また、中上健次《なかがみけんじ》を読み、戦後民主主義的常識が全く通用しない世界があることを知り、主人公の感情の振幅の大きさ、わけのわからない破壊衝動に動揺した。ここには忘れられた日本、可能世界の日本があるとさえ思った。もし、君がカワサキ・ディープ・サウス体験をしていなければ、中上の世界観には一歩たりとも近づけなかっただろう。無論、中上と同じ土俵に立つことなどできないし、村上春樹の後追いを拒否した身としては、もっと軽やかに、不埒に、世間からずれていたかった。郊外の丘陵地帯で育ち、やさぐれた工場地帯の異文化に触れ、さらに敵国の言語、文化に通じた異端者の文学的生息域を確保すること、それが自らの使命だとおぼろげながら認識し始めた。

秋が深まってくると、真剣に卒業後の進路について考えるようになった。就職活動はまだ先だが、気の早い同級生たちは先輩を訪ねるなり、公務員試験の準備を進めるなりしていた。君は公務員や会社員になる自分の姿を全く想像できなかった。そこはおちゃらけに血道を上げる悪友たちも同様だったが、先輩たちを見る限り、四年の夏頃には就職を決めてくる。ソ連東欧研究会の一年先輩はすでに銀行や商社の内定をもらっていたが、リーダーの内池《うちいけ》さんは大学院に進むことになっていた。美術部の先輩たちはというと、公務員、保険会社、専門商社、新聞社などに駒を進めた。

もし就職するとしたら、君は新聞社、放送局等の報道関係に進みたいと漠然と考えていた。ロシア語の使い手はどんな業種の企業に入っても、ほぼ確実にモスクワ支社や支局に配属となる。中には五年十年とロシアに駐在し、ロシア美女を奥さんにもらう人もいる。それも悪くないと思ったが、やはり自分は中学の時に立てた志に従い、小説家になるべきだと強く思っていた。在学中に何らかの成果を上げなければ、回り道をすることになるので、ここで大博打を打っておく必要がある。現時点で自分が身につけたあらゆる手法と経験を全て投入した作品を書いておけば、たとえそれがボツになっても後悔せずに済む。

君は二年半の大学生活の経験から、アンチ団塊の世代のマニフェストたりうるような青春小説を構想した。ザミャーチンの短編の翻訳を通じて獲得した手法を使おうと決めていた。だが、それだけでは単にブッキッシュな知識を駆使して、頭だけで書いた小説と貶《けな》されることは目に見えていた。青春小説の定番であるボーイ・ミーツ・ガールは欠かせないが、実体験に根ざし、その悲しみが世代を超えて共感を呼ばなければならない。女に不自由しない自分の日常をありのまま書いたりしたら、嫌味にしかならず、モテない男の系譜たる近代文学から異端視されるので、ここはモテない男のふりをすべきところだった。

その頃、君はオーケストラでバイオリンを弾いているイタリア科の古瀬《ふるせ》ひとみに目をつけており、ロシア科のオケ団員からその評判を聞き出そうとしていた。一年の時、君を袖にしたバイオリン女子は「私を口説くより十倍難しい」といい、松川の彼女になっていたチェロの元絵《もとえ》は「典型的な田舎の令嬢」と評し、美術部でイタリア科の宮地《みやじ》にいたっては「難攻不落の鉄の処女」とまでいった。ナンパ成功率の高さを密かに誇っていた君は、奇跡を起こしてみせようじゃないかという気になり、オケの練習の終わりを見計らい、待ち伏せを繰り返した。彼女と定期的に会う口実に「絵のモデルになって欲しい」と迫り、承諾を得た。これまでで最大の四〇号のキャンバスを用意し、気概を見せた。

　確かに彼らの見立ては間違っていなかった。ひとみはカソリック系の女子修道院が経営する女子寮にいて、門限が九時、電話の取り次ぎも九時までというガードの固さで、ほとんどムスリムの娘を誘惑するくらいの困難に直面した。幸い彼女は毎日、律儀に授業に出席しており、履修科目を把握することで日に二度、「やあ、また会えたね」ということができた。だが、そんな偶然を装うのも面倒になり、彼女ともっと長く一緒に過ごす画期的な方法を思いついた。君もオーケストラの一員になってしまえばいいのだ。オーケストラのコンサートに奏者として加わってみたいという憧れは以前からあったが、基礎練習が苦手で我流で通していた。だが、しょせん我流では楽曲を完璧には弾きこなせず、限界を感じていた。次の定期演奏会ではチャイコフスキーの『悲愴《ひそう》』をやるというのも魅力的だった。君はバイオリンのセンチメンタルな音色があまり好きではなく、鼻声の女性を連想させるビオラの音色の方に惹かれていた。オケ所有の楽器を貸してもらえるというし、『悲愴』ではビオラが大活躍するので、浩宮《ひろのみや》の後追いをするつもりはなかったが、ビオラを選んだ。ただ、ひとみの気を引くためだけに入団したんだろうと「現風研」の連中にからかわれたが、音階も満足に弾けずに赤恥をかくリスクも高かった。普通は新入生のうちから入団し、みっちりスケール練習を積み、コンサート・デビューは二年になってからという慣《なら》わしだったが、君は「半年で必ず物にしてみせる」と宣言した。美術部員でオケ団員というのは前例がないらしく、果たして美術部の変人首君がたった半年で『悲愴』を弾けるようになるか、オケ団員のあいだでは密かに賭けが行われていたようだ。「弾けない」方に賭ける人数の方が多いと知って、軽く凹《へこ》みながらも、多数派に損をさせてやろうと発奮した。

初めて手にしたビオラはバイオリンよりも指のポジションが遠く、勘所を摑むまで音階もままならなかった。しかも、見慣れないアルト記号に戸惑い、スコアに指番号を打つところから始めなければならなかった。メロディはこれまでの我流でなんとかなるが、第三楽章はテンポが速く、複雑な刻みに終始するので全くお手上げだった。苦肉の策でビオラのパート・リーダーに頼んで、二十八ページあるパート譜を全て弾いてもらい、カセットに録音した。ビオラが奏でる音を全部耳で覚えてしまえば、少なくとも音の逸脱をすぐに修正できる。

そんなわけで三年生の秋は、勝負の小説執筆、四〇号の大作制作、ソ連の反体制知識人支援、二年連続でのロシア語劇演出、そしてビオラの練習、さらには「難攻不落の鉄の処女」攻略と、何でも屋フィガロ的多忙を極めた。全ては小説家として世に出るための回り道であり、迸《ほとばし》る表現欲の捌《は》け口《ぐち》だった。左右の脳も左右の手足もフル稼働だった。とりわけ小説を書き、絵筆を握り、ビオラの弓を持つ右手にかかる負担は大きく、一日八時間のビオラ猛練習の後など親指の付け根が軽い腱鞘炎《けんしょうえん》になり、ペンを持つ手が震えた。ビオラを挟む左の顎の下には痣ができ、楽器をしまった後も同じフレーズが頭の中で反復され、不眠になったりした。もし、この時期、無為に身を任せていたら、君はあり余った知力体力を行き当たりばったりのナンパと愚行に濫費するしかなかっただろう。身の程を知らぬ者は無為でいるより、無茶をした方がよい。

二度目のロシア語劇『ムツェンスク郡のマクベス夫人』は田舎で退屈と抑圧に喘《あえ》いでいたカテリーナが下僕のセルゲイに犯され、ぞっこんになってしまい、邪魔な夫と舅《しゅうと》を殺し、相続人の子どもも殺し、殺人犯として流刑地に送られるが、そこでセルゲイが別の女囚とできてしまい、嫉妬に狂ったカテリーナがその女囚を道連れに湖に身を投げるという全く救いのない話である。これはニコライ・レスコフの原作をショスタコーヴィッチがオペラ化したことで知られるが、当時はその原典版の上演がソ連では禁じられていた。君はそれを意識し、この作品を芝居の演目に選んだのだった。

ちょうどその頃、「停滞の時代」のボス、ブレジネフが死去し、ＫＧＢ議長だったアンドロポフが書記長になった。体制内改革への期待が高まっていたが、アンドロポフはソルジェニーツィンを国外追放し、サハロフ博士を流刑にした張本人だった。

首猛彦との決別

三年の冬休みに君は勝負の小説を書き上げた。誤字脱字だらけの第一稿の清書の手伝いをひとみに頼むと応じてくれた。最終的に百三十枚の原稿が仕上がり、空白部分には『優しい左翼のための嬉遊曲』と書き込み、一日経ってから、「左翼」を「サヨク」とカタカナ表記に改めた。「ヨサク」とか「サヨコ」とわざと読み違える奴も出てくるだろうと思ったが、高校時代に君の初恋の邪魔をした「左翼」へのリベンジの意味を込めた。もはや社会主義に対する幻想など微塵《みじん》も抱いていないが、アメリカに従属するのも嫌だし、市民の自由と権利を守り、人道を貫く国際的連帯を模索する自分たちのスタンスは内ゲバ体質の左翼諸セクトと一線を画しておく必要があった。

二月半ば過ぎ、君は鎌倉の野田氏にその原稿のコピーを送った。一週間後、野田氏から電話があり、「これはいける。すぐに作戦会議をしよう」と誘われ、今度は鎌倉に出向いた。おでん屋、小料理店、ゲイバーとハシゴを重ねながら、書き直した方がいい点を指摘され、野田氏の戦略を聞いた。

――どの編集部に持ち込むか、それが問題だ。面倒臭がりの編集者に当たると新人賞に回される。各誌新人賞の選考委員の顔ぶれを見てみたが、どいつもこいつも頭の中身は戦時中か、せいぜい六〇年代だ。若い書き手を出したがるのは河出の「文藝」だが、その「文藝」の元編集長の寺田博《てらだひろし》が福武書店に移籍して、「海燕《かいえん》」という文芸誌を始めた。新人賞はまだ一回しか出していないので、きっと若い有望な新人を渇望しているだろう。あいにくぼくは寺田氏を直接は知らない。だが、寺田氏の友人を知っているので、その人に口をきいてもらって、寺田氏との面会の約束を取り付けよう。

君は出版界の事情を全く知らないので、野田参謀に従う以外の選択はなかった。その寺田氏の友人というのは青土社社長の清水康雄《しみずやすお》氏だという。君は「現代思想」や「ユリイカ」の愛読者だし、青土社の出版物にはかなり世話になっていたので、青土社を訪問すること自体が楽しみだった。

野田氏が清水氏にアポを取ってくれ、指定された日時に君は神保町のオフィスを訪ねた。雑居ビルの一室の空気は張り詰めていた。ちょうど編集会議の真っ只中で、タイミングが悪かったなと思ったが、君が名前をいうと、「ああ、ちょっと待ってて」と無愛想に答え、その場で寺田氏に電話をしてくれた。

――四月四日の午後二時に四谷の福武書店に行きなさい。

君は口利きしてくれた清水氏に深々と頭《こうべ》を垂れ、編集部を立ち去った。滞在時間はわずか五分、椅子も勧められなかった。ちょうどその時、青土社刊の岸田秀《きしだしゅう》の『ものぐさ精神分析』を読んでいて、浦島太郎が子宮回帰願望を暗示し、黒船来航のペリー・ショックが社会に出る子どもの心境と重なるという説を読み、日本の真珠湾攻撃は思春期の反抗に当たるのかと著者に訊いてみたかった。

春休みには千葉の磐井《いわい》でオーケストラの合宿があり、君も参加したが、楽器のフェティッシュばかり集まっているのか、休憩時間も食後も練習している連中に腹が立ち、不眠に陥った。英米科の後輩の中には多少、話の合う奴もいたが、このままずっと合宿所にいたら、狂うと思い、内房《うちぼう》線で十五分の館山《たてやま》に里帰りしているロシア科の後輩笛木《ふえき》の家に避難し、一宿一飯の恩義に与《あずか》り、潮干狩りやサイクリングで気分転換を図った。

そうこうするうちに面談の日が巡ってきて、君は一応、一張羅のスーツなんて着て、福武書店に出向いたのだった。パーティションで仕切られた応接室に通され、待つこと三十分。恰幅《かっぷく》のいい五十代の寺田編集長が現れた。緊張して、モジモジしていると、「小便したいの？」と子ども扱いされ、憤慨し、そのことで頭のギアが入り、ロシア・フォルマリズム仕込みの文学論をぶち上げ、「大江健三郎の解釈は間違っている」とハッタリまでかました。

――新人の持ち込み原稿はデスク脇に子どもの背丈ほど積み上げてあって、君のはその一番下に入るので、二、三ヶ月は待ってもらうことになるよ。

寺田氏はそういって、君が持参した二つの手書き原稿を受け取った。一つは『優しいサヨクのための嬉遊曲』、もう一つは『大道女優ハラセツコ』という短編で、君は寺田氏に「短編を先に読んで、お気に召したら、長い方も読んでくださると望外の喜びです」と慇懃《いんぎん》に挨拶し、内心で「ちゃんと読まないと後悔するぞ」と唱えながら、微笑みかけると、「何だこいつ」という顔をされた。

それから一週間後、野田氏から電話があり、有能な新人を紹介してくれたことへのお礼の連絡を寺田氏から受け取ったという。その翌日には寺田氏から「原稿を掲載したい」という電話があった。三ヶ月待ちを覚悟していたのだが、このスピーディな展開に驚き、「なぜそんなに早く読んでくれたんですか？」と訊ねると、「どうも君の生意気な言動と顔が気になって、家に持ち帰ってすぐに読んでみた」といった。短編の方は図式的過ぎて駄目だが、『サヨク』の方は「若い世代の気質や現代風俗が鮮やかに描かれていて、語りに批評性があり、実に面白く読んだ」と原稿を持ち込んだ時の不機嫌そうな態度からは想像もつかない絶賛ぶりなので、君は「いやあ、村上春樹は青春の回想ですが、ぼくは現在進行形なんで」と照れた。書き直しが間に合えば、五月七日売りの六月号に掲載したいというので、「海燕」は新人に飢えているという野田氏の予想は見事に当たった。

間もなく新年度が始まり、君は原卓也教授のゼミに入り、ザミャーチン論を書くことにした。三年の時に履修した科目を取りこぼさなかったので、卒業に必要な単位はフランス語と一般教養の心理学、ゼミとロシア語の専門科目一つだけだった。本を読む時間、小説を書く時間はたっぷり取れるし、原稿料がもらえる身分になれば、ただれた皮膚のスライドを映すアルバイトもせずに済む。

四月半ば、幼馴染みの平泉はすでに同志社を卒業していたが、就職はせず、一人で中米放浪の旅に出ようとしていた。前の年に平泉は高校の同級生で法政の井口《いぐち》と二人でメキシコ、グアテマラ、パナマ、ベリーズをバックパックで回っていたが、その折にグアテマラでミリアムという娼婦と恋仲になり、再会を約束したのだそうだ。その計画を聞いた時から、「牛に四つの胃袋があるように娼婦にも四つの心があるんだぜ」といって、律儀に約束を守ろうとする平泉を引き止めようとしたのだが、彼は自分の竜宮城を再訪しなければ、人生の次の一手を考えられないようだった。

これから成田に向かおうとする平泉を彼のおふくろさんと一緒に西日暮里《にしにっぽり》まで見送った。

——お前の留守中にオレは小説家としてデビューするからな。

——おお、掲載誌が出たら、旅先に送ってくれよ。

君たちは小六以来十年以上にも及ぶ交遊を思い出しながら、お互いが向かう先は違っていても、何処かでまた交差することもあるだろうと固い握手を交わし、別れた。

君は推敲《すいこう》を三度重ね、百六十枚まで増やした『優しいサヨクのための嬉遊曲』を脱稿した。君は首猛彦のペンネームを保持していたが、寺田氏に「埴谷ファンを怒らせることになるし、本名の字面がとてもいいから、思い切ってそのペンネームは捨てた方がいい」といわれ、すんなり本名に戻すことを承諾した。修業時代の名前は二度と使われなくなったが、その後もしばらく、大学時代の友人は君を「首」と呼び続けた。

一九八三年五月七日は君の人生前半のベスト・デーとして記憶に刻まれることになる。君の処女作が初めて活字になった日であり、また虎ノ門《とらのもん》ホールでビオラ奏者として最初で最後のステージに立った日でもあった。「海燕」六月号の表紙には『サヨク』の書き出しの数行が躍っていた。父は書店を四軒も回り、「海燕」を二十冊も買ってきた。『悲愴』の方は熱に浮かされたような状態のまま演奏が始まり、必死に棒に食らいつき、第三楽章途中から乗りに乗ってきて、ふと我に返ったら、第四楽章終盤のドラが鳴っていた。心地よい虚脱感に君が廊下で一人放心していると、ひとみが寄ってきて、「本当に全曲弾いちゃったね」というので、褒美にキスを要求した。桐生《きりゅう》から父親がコンサートを聴きにきていたらしく、彼女を赤坂《あかさか》プリンスホテルまで送ると、父親がロビーで待っていて、「わざわざ娘を送ってくれてありがとう」と礼をいわれた。

雑誌発売後、君の両親がお礼をいいたいというので、野田氏に横浜まで来てもらい、労《ねぎら》いの食事会を催した。それにしても野田氏は、何処の馬の骨ともわからない四十歳も年下の青年が書いた原稿の価値をよくぞ認めてくれたものだ。彼は自分の見立てが間違っていなかったことを素直に喜んでくれたが、デビューの段取りまでつけてくれた恩に報いるには、ひたむきに書き続け、本格派としての存在証明をするほかない。彼は「君から刺激を受け、創作意欲を取り戻したので、感謝するのはこっちの方だ」ともいった。君はそのダンディな謙虚さに心打たれた。

六月初旬、平泉からエアメールが届き、消印を見ると、サンサルバドルになっていた。再会を期したミリアムとはすれ違いになり、今は別の女のヒモになって、自堕落に日々を過ごしていると書いてあった。掲載誌をサンサルバドルのホテル気付で送っておいた。新聞や文芸誌の文芸時評では『サヨク』が大きく取り上げられ、新世代作家の登場を歓迎しながらも判断を保留している感じだった。露骨な拒絶反応や、バカの一言で片付ける論評もあった。持ち込み原稿を即時掲載した寺田氏の元には団塊世代、あるいはその少し下の若い批評家たちから一斉に「見識を疑う」といった否定的な意見が多数寄せられ、静かに炎上していたらしい。予想以上に賛否両論真っ二つの様相を呈していた。「東大新聞」と「平凡パンチ」が早速、関心を示し、インタビューを求めて来た。版元の福武書店の営業も君のポートレイトを撮影し、売り込みの準備を始めた頃、『サヨク』が芥川賞の候補になったという通知が届き、思わず小躍りした。君の作品を腐《くさ》した連中に対して「ザマアミロ」と思いつつ、芥川賞というのはこんなに簡単に候補にしてもらえるものなのか、と拍子抜けしたというのが正直なところだった。「ある朝目覚めると、有名になっていた」バイロン卿《きょう》の心境がわかる気がした。このトントン拍子には確固たる裏付けがあったと君はいいたいだろう。何事もあるレベルに到達するまでには十年かかるという法則があるが、性の目覚めと表現意欲の覚醒が同時にやってきたのがちょうど十年ほど前。音楽、美術、文学、映画、柔道、登山、坐禅、恋愛、飲酒、愚行を触媒にして、呼吸するように妄想を積み上げるうちに、いつの間にか臨界点に達し、夢想家から小説家に相転移《そうてんい》していたのである。

寺田氏に呼び出され、食事と酒が振る舞われた。氏は「顰蹙《ひんしゆく》はある程度買った方がいい。賛否両論の星取りは八勝七敗でギリギリ勝ち越せばいい」と編集長としての経験に基づく自説を語った。君は繊細でありながら、鈍感、つまりは注意力散漫ゆえに、こき下ろされてもさほど堪《こた》えなかった。寿司をご馳走《ちそう》になった後、新宿温泉近くの「アンダンテ」という店に連れて行かれたが、カウンターに中上健次と柄谷行人と三浦雅士《みうらまさし》が並んでいたので君は凍りついてしまった。ほどなくして、古井由吉《ふるいよしきち》と司修《つかさおさむ》が連れ立って登場した。君は全員に紹介されたものの、いじられるのが恐ろしく、顔見世だというのになるべく目立たないように体をコンパクトに丸めていた。数日前、中上健次が『サヨク』を評して、「無意味な会話が面白い。こいつはIQが高い。磨けば玉になる」というようなことを書いてくれていて、寺田氏は「いや、助かった。地獄で仏を見た気がしたよ」と感謝しているので、君も一緒に頭を下げた。柄谷行人はカウンターの一番奥で、ひたすら自分の前髪を神経症的に弄んでいた。『隠喩としての建築』を読んだばかりで、何か話したいと思ったが、取り付く島もなかった。

寺田氏は中上健次の代表作『枯木灘《かれきなだ》』を掲載した編集長なのだが、右目の下に傷があり、どうやらそれは中上にビール瓶で殴られた痕らしい。新宿の酒場での凶行で、寺田氏は小滝橋《おたきばし》通りにある春山《はるやま》外科に担ぎ込まれ、十九針縫ったという。それを聞いて、君は震え上がり、中上の顔を直視することができなくなった。なまじ目を合わせれば、「ガンを飛ばした」とかいわれて、ビール瓶が振り下ろされるだろうし、逆に露骨に視線を外していると、「オレを無視しやがって」と逆鱗《げきりん》に触れることになりかねず、結果、目のやり場に困り、視線を蠅《はえ》のように飛ばすしかなかった。幸い、その日の中上は機嫌がよく、「二作目書いてるのか」と声をかけてくれた。

下士官の苛《いじ》め

君が酒にそこそこ強いことがわかると、寺田氏は頻繁にハシゴに付き合わせるようになった。第二作『カプセルの中の桃太郎』も早々に書き上げ、原稿を持って行くと、君をお供にまた新宿へ繰り出した。小島信夫《こじまのぶお》、後藤明生《ごとうめいせい》、高井有一《たかいゆういち》、田久保英夫《たくぼひでお》と次々と動き、息をする作家たちが現れ、謁見させられ、くたびれてしまうが、後藤明生とは面識があったので、少しホッとした。デビュー直前、外語大の大会議室で国際ゴーゴリ・シンポジウムが開催され、学生にも開放された。日本とロシアの権威たちが集結し、比較文学的見地からゴーゴリと魯迅《ろじん》、ゴーゴリと小島信夫を関連づける発表を興味深く聞いたが、その場でコメントを求められた後藤明生は『笑いの方法　あるいはニコライ・ゴーゴリ』を二年前に上梓《じょうし》しており、落語調で長広舌を振るい、アカデミシャンたちを唖然《あぜん》とさせていたのが印象的だった。君が原卓也の教え子だと知ると、まさにシンポジウムの時と同じゴトー節で文学論とも世間話ともつかないお喋りを一方的に畳み掛けてくるのには閉口した。小島信夫は後藤明生の師匠筋に当たる人だが、こちらも絶妙のおとぼけをかましてくる。バフチンやロラン・バルトも熱心に読んでいるらしく、しきりにその話を振ってくるので、君はたじたじとなった。

どうやら寺田氏が君を酒場へと連れ回すのは、作家たちに君の存在を認知させ、文壇の末席にねじ込む一種の営業活動で、それによって芥川賞の下馬評を高めようという魂胆だった。寺田氏は新宿二丁目、五丁目、ゴールデン街、西口と夜毎《よごと》、酒場巡礼を繰り返しているらしく、酒代が年間三百万円になると聞いて、開いた口が塞がらなかった。それまで君は深酒をしても、午前一時には寝ていたが、寺田氏に付き合うと、午前四時までハシゴを重ねることになる。馴染みの流しジローちゃんが現れると、持ち歌の『憧れのハワイ航路』や『啼《な》くな小鳩よ』を歌い出す。君と同い年の娘がいるが、福武書店にはファザコンの若い女子社員が多いらしく、彼女たちに慕われ、しょっちゅう一線を越えていると陽気に告白するので、いつか彼女たちの恨みを買い、刺されるのではないかと心配もした。「君もこれからモテるぞ」と予言されたが、まだ駆け出しの身ゆえ、浮ついたことは慎もうと自分を戒めた。

七月十四日に芥川賞の選考会があり、その結果を自宅で待っていた。マンションの中庭には取材の車も来ていた。七時四十分頃、文藝春秋の担当の井上氏から連絡があり、「残念でした。今回は該当作なしでしたが、最後まで残り、評価はもっとも高かった」と説明を受けた。君は舌打ちし、深いため息をつき、最後は「これで受賞していれば、最年少記録を更新できたのに」と地団駄を踏んだ。父は「次がある。今回受賞したら、嫉妬を買うし、潰されるかもしれないから、逆に運がよかったと思え」といった。「現風研」の島津から電話があり、残念会に誘われ、渋々、出かけることにした。

大学の近所の誰かの下宿に泊まり、翌日、ゼミに顔を出すと、原教授がビールで歓待してくれ、その流れで院生や新田《にった》教授、原教授お気に入りの女子も一緒に巣鴨の「キングコンパ」に流れた。

春学期最後の日、学生課から呼び出しがあり、出向くと、就職票がまだ提出されていないが、どうするつもりか訊かれた。芥川賞候補になったことで位相が変わったので、会社員になることは考えにくくなった。とはいえ文筆一筋でやっていける保証などありはしない。目下のところ創作意欲は旺盛だが、その反動でスランプに陥ることは避けられないだろう。何か保険をかけるとしたら、大学院への進学か？　ひとまず君は判断を保留し、第三作の執筆に取り掛かっていた。

芥川賞の選評も出て来て、大江健三郎が一九二〇年代ロシア文学の手法を使っていることを見抜き、強く推してくれたが、丹羽《にわ》文雄《ふみお》が強く反対し、遠藤周作《えんどうしゅうさく》がくだらない風俗小説と切り捨て、吉行淳之介《よしゆきじゅんのすけ》が時代遅れと評し、開高健《かいこうたけし》と安岡章太郎《やすおかしょうたろう》がもう一作見ようといった結果、受賞作なしとなったことを知った。大江氏以外の選考委員からは軽くいなされたようである。

二作目の『カプセルの中の桃太郎』の評価は芳しくなかったが、ロシア旅行の体験をベースに書いた第三作『亡命旅行者は叫び呟く』は、処女作を「どうぞご勝手に」と突き放した批評家が「あり余る才能」と絶賛に転じたり、君をバカ呼ばわりした批評家から「ちゃんと物を考えている奴だった」と見直されたりした。君はやや自信を取り戻し、『亡命旅行者』の続編を構想し、大阪を舞台にしようと企んだ。寺田氏はその構想を面白がり、「取材旅行に行こう」といい出した。

団塊世代の反発は強まる一方だったが、その世代のチャンプであり、文壇の若頭《わかがしら》だった中上健次の庇護下にある感じがしていた。ところが、秋になると、中上の態度は豹変《ひようへん》した。二度目に新宿西口のバーで会った時も彼とは友好的に文学論を交わしていたのだが、一体何が気に障ったのか、「島田を殴る」とあちこちに吹聴し始めたのだ。その理由がわからないまま不安な日々を過ごしていると、寺田氏が原因はこれじゃないか、と岩波書店の「世界」を持ってきた。大岡昇平《おおおかしようへい》と埴谷雄高が「二つの同時代史」という連載対談を行っていたのだが、その最終回で大岡氏が君に言及していた。君の第三作目を評して、「全部戦後のパロディーになっている」といっているのはいいが、続く段落の発言に中上は激怒したのではないか、というのである。

大岡　中上は『優しいサヨクのための嬉遊曲』の書評を書いているんだけど、これがまた下士官の苛めなんだよ（笑）。そこがなんとも面白いよ。知能指数がいまの作家はだいたい一〇〇だけど、これは一五〇ぐらいある、とりえはそれだけだ、とかコチョコチョいや味を言っているんだけど、要するにてめえが追い越されそうだというおそれだよ。

大岡氏は以前、中上の『枯木灘』を谷崎賞に推したが、彼が文壇で褒められ、威張り出したから、他の選考委員の反感を買ったと裏話を紹介しながら、中上は近頃、自分たち老人の後追いをして、ボケが著しいと毒舌の限りを尽くしている。

寺田氏の見立てが正しければ、中上は大岡氏を恨むべきところだが、文豪を殴るわけにはいかないので、島田を身代わりに血祭りに上げてやろうというのだろう。文壇ではこんな理不尽がまかり通るのか、君は今まで出会ったことのない他者に対する大いなる不安を抱え込むことになった。

この頃、世間ではニューアカデミズムのブームが起きていた。浅田彰《あさだあきら》の『構造と力』や中沢新一《なかざわしんいち》の『チベットのモーツァルト』がベストセラーになり、東大の大学院生たちがブームに乗り遅れるなとばかりに続々と著作を世に問うていた。君はフライング気味にデビューしたものの、一年もすれば、後続の若手作家が君を追い越そうとするのは目に見えていた。君は先行逃げ切り体勢を整えるべく、第四作の執筆のため大阪西成区《にしなり》と生野区《いくの》への取材に出かけた。なぜその場所を巡礼先に選んだのか、何か動機があったはずだが、忘れた。ただ、君の二本の脚はもっぱら見知らぬ土地をほっつき歩くために授けられたことだけは確かである。

歩行と思考は分かち難く結びついており、人は歩いた距離に比例して賢くなり、多くを発見し、進化する。ルソー、ランボー、ボードレール、いずれも孤独な散歩を通じ、自らの身体に自然や都市を通過させ、表現を模索していた。中世、近世の歌人、俳人も大腿《だいたい》筋とアキレス腱《けん》を使って、詩を紡ぎ、さすらいの騎士や流浪の王子も旅を通じて、おのが使命を悟った。ラスコーリニコフもファブリス・デル・ドンゴもほっつき歩きながら考え、やがて何らかの結論に到達する。君も多摩丘陵、多摩川、カワサキ・ディープ・サウス、新宿、渋谷、モスクワ、レニングラードと歩行の遍歴を重ねて進化してきた。未踏の地はまだいくらでもあった。

大阪下町巡礼には開高健の『日本三文オペラ』をガイドブックにした。冒頭から列挙法と饒舌体《じょうぜつ》を駆使して新世界《しんせかい》界隈の猥雑さが活写されるが、実際にその場に身を置くと、その圧倒的な場末感、タイムスリップ感にめまいがした。もともと明治期にパリを模した博覧会都市として設計され、通天閣《つうてんかく》や動物園、美術館を配したモダニズムの殿堂だったが、空襲で焼かれた後、闇市となり、ドヤ街となったところだ。小説の主な舞台は旧大阪砲兵工廠《こうしょう》で、そこに埋もれている鉄屑《てつくず》を盗んで生計を立てる盗賊集団「アパッチ族」を開高健が取材した際、案内したのが詩人の金時鐘《キムシジョン》である。光栄にも君はその金時鐘に紹介され、生野区のリトルコリア界隈を直々に案内してもらい、「山羊《やぎ》料理」をご馳走になった。翌日、消化した後にあれは「犬料理」だったと知らされ、寝苦しかったのはそのせいだったかと納得した。

新世界、旧釜ケ崎《かまがさき》、飛田新地《とびたしんち》、旧猪飼野《いかいの》界隈をひたすら歩き回り、縁の薄かった大阪と自分のあいだに何らかのコネクションを結ぼうとし、その過程を『大道天使、声を限りに』という小説にした。それはレニングラードと大阪、二都物語の試みだった。

ちょうどその頃だったか、大韓航空機がソ連の戦闘機スホイに撃墜されたのは。乗員乗客合わせて二百六十九名全員が死亡し、その遺体はほとんど回収されなかった。当時はアンドロポフのソ連とレーガンのアメリカのあいだで核戦争による滅亡時計が二十三時五十八分まで進んでいた。ソ連の非人道的行動に対する国際的非難、クレムリンとソ連空軍の責任逃れと秘密主義、そして、根も葉もない陰謀説が交錯する中、君は体制の崩壊、それが無理なら、せめて体制内改革が進むことを願っていた。当時、最年少の政治局員ゴルバチョフが後継指名されることを期待する声はソ連東欧研究者のあいだで高まっていた。

再びの門前払い

原稿料はデビュー作の『優しいサヨクのための嬉遊曲』の時に一枚千円だった。三年生の時、『強化カーボンの分子構造』というロシア語の学術論文の下訳を頼まれたが、一枚二千円もらえた。小説家稼業は五木寛之がエッセイで書いているほど気楽なものではないと覚悟したが、芥川賞候補になると、いきなり一枚二千五百円になったので、一人なら筆一本で暮らしていけると思った。当時は芥川賞を受賞すれば、風呂付きアパートに引っ越しできるといわれていた。最初の単行本の印税も振り込まれ、にわかに懐が温まり、これまで君の東京遊牧生活を支えてくれた面々に「村さ来」や「養老乃瀧」や「シャノアール」よりも少し高い小料理屋やレストランで奢れる身分になった。それまで長崎屋やダイエーで買っていた服も伊勢丹や髙島屋《たかしまや》で買えるようになった。新聞や雑誌のインタビューを受けたり、コピーライターの糸井重里《いといしげさと》が司会のNHKの番組『YOU』にゲストで呼ばれたりとメディアの注目を集め始めていたが、ナンパ雑誌の編集者が一様に君を「今時、クラシックなんか聴いて、純文学なんて書いてる変わったボーイ」扱いするので、「クラシックなんか聴いて、純文学なんて書いていても、モテるので、心配はご無用です」と応えながら、「どいつもこいつも春樹に毒されやがって、今に浮かれている自分を闇に葬りたくなるぞ」と密かに予言していた。

団塊世代からの風当たりは相変わらず強かったが、祖父や父の世代の知識人が君に好意的な態度を示してくれたのは意外だった。連合赤軍に見られる左翼の内ゲバ体質、ソ連の全体主義体制にうんざりしていた旧世代は君のパロディに微笑を誘われたようで、ロシアン・スタディ出身の論客内村剛介《うちむらごうすけ》からは手紙をもらい、現代詩の巨人鮎川信夫《あゆかわのぶお》からはお褒めのコトバを頂戴し、批評家の磯田光一は君の登場を過剰に面白がり、のちに『左翼がサヨクになるとき』という左翼の変遷史を辿った著作を上梓するほどだった。

八〇年代半ば頃には、文壇は確実に機能していた。反核運動を巡る論争、埴谷雄高と吉本隆明《よしもとたかあき》の論争、大江健三郎と江藤 淳《えとうじゅん》の対立など文学者や批評家は喧嘩に明け暮れる俠《きょう》客《かく》といってよかった。その緊張の中で「敵の敵は友」というような力学も働く余地があったのだ。

文学者同士が批評の応酬を重ね、酒杯を重ね、潰したり、持ち上げたり、発掘したり、蘇らせたり、断罪したり、葬ったりする空間のことを文壇と呼ぶ。もうそんな場は消滅し、ただ市場だけが残り、その市場も縮小の一途を辿ることになる。

元々不安定な物書き稼業は農業にも似て、専業でやっていくには相応の覚悟が要る。二足の草鞋《わらじ》を履く選択もあるが、文筆活動を積極的に応援してくれる会社があるわけでもない。残業や飲み会の後に机に向かって、いい作品が書けるとも思えない。三島由紀夫は大蔵省の役人生活を二年ほど経験しているが、寝不足でプラットホームから線路に転げ落ちたという。日本で最も多忙ともいわれた大蔵官僚と小説家の兼業は最悪、轢死《れきし》という結末を迎えていたかもしれない。大江健三郎は在学中のデビューという点では君の大先輩だが、反安保闘争時代のシンボルであり、代表的知識人でもあり続けたので、参考にはならない。大江とほぼ同世代の古井由吉はといえば、病気との付き合いを経て、ドイツ語教師の道に進み、その後、三十代前半に専業となった。中上は「ジャズ喫茶」という大学に通いながら、羽田《はねだ》空港で荷役に従事するかたわら、同人誌に寄稿していた。博報堂から平凡出版を経て、専業になった後藤明生は典型的な脱サラ作家だった。

第三作の『亡命旅行者』も芥川賞候補になり、君の創作意欲はさらに亢進《こうしん》していたが、ザミャーチンについての卒業論文も書かなければならないし、大学院入試の準備もしなければならなかった。東大の外国文学系の大学院は外大の植民地といわれるほど、外大出身者が多かったが、君は早稲田でソルジェニーツィン研究をする計画を立てた。それはあくまでも専業作家として立つことの不安を解消する保険のつもりだった。

一九八〇年代前半はバブル前夜、景気は低迷しており、先行きの見通しは立ちにくかった。当時の学生に人気の就職先は大手保険会社、都市銀行、電通、博報堂などの広告代理店、サントリー、丸紅、三井、住友、三菱などの商社だったが、ロシア科同級生たちの進路はもっと地味で、ロシア専門の商社、ブルドーザーのメーカーや旅行代理店などが多かった。ロシア語使いの需要が高まるのはもう少し後、ゴルバチョフが登場し、ペレストロイカに着手するまで待たなければならなかった。カタギの出世頭と見做されたのは、三年生の時に外務省専門職員採用試験に合格した水野《みずの》で、ヤクザの出世頭といわれたのが、君だった。卒業写真ではロシア科の教授陣の左右両隣に座らされたのを覚えている。

ジョージ・オーウェルのディストピア小説の年、一九八四年の元旦の朝日新聞にはこれからの時代を担う人物として、各界で活躍する二十代のポートレイトとインタビューが掲載された。薬師丸《やくしまる》ひろ子《こ》やラグビーの平尾《ひらお》選手らの溌剌とした笑顔に君の憂い顔のおまけがついていた。紙面の一番下、美術部の部室で撮影された二日酔いの君の顔とコメントは元旦から読者を暗い気分にさせるものだっただろう。暗い未来に耐える備えをしている若者に明るい未来を語らせる企画自体に無理があった。

一月半ば、下半期の芥川賞の選考があり、今度こそ文壇に認知されることを期待したが、再び門前払いを食らい、君の性格はまた少し歪《ゆが》んだ。

夢遊王国

卒論を書き上げると、一ヶ月ほど中断していた小説を無性に書きたくなり、残りわずかな学生生活を『夢遊王国のための音楽』の執筆に捧げた。芥川賞に二回連続でスルーされ、逆に欲が出てきて、自分に票を入れなかった選考委員全員を必ず後悔させてやると誓った。三日と空けずに図書館や駅前書店に行き、一日に三冊のペースで読書をこなし、創作意欲をトップギアに入れて、書きまくった。行き詰まると、自転車で近隣を暴走し、立ち食いの焼鳥屋でアルコールの補給をした。大学の授業がなくなり、酒のお供で寺田氏に朝まで付き合わされるうちに、すっかり夜行性に変わり、明け方まで四畳半の部屋で妄想の強度を高め、昼頃に起きて、使えない思いつきを消去するというサイクルを以後、十年ほど続けることになった。

北向きの日当たりの悪い暖房もない部屋で、君は毛糸の靴下を履き、ダウンジャケットを着て、ひたすらペンを走らせたが、原稿の枚数を重ねるうちにペン習字のような字体になってゆくのは驚きだった。ごく稀に天然の覚醒物質が分泌され、無心の境地に入ることがある。自分では何も考えていないのに、右手が勝手に枡目《ますめ》を埋めてゆき、我に返ると、いつの間にか四時間ほど経過していて、十五枚もの原稿が書き上がっている。

そうなると、眠れなくなり、翌日に反動が出て、途端に書けなくなってしまう。そのようなライターズ・ハイは集中力や思考力を前借りすることでもたらされるので、必ず後で「つぶれ」がくる。一時、座を盛り上げはするが、何かを掠《かす》めて去ってゆく手癖の悪い客みたいなものだった。やはり、高揚感はほどほどに、中庸の気分を保ち、規則的なタイムテーブルで机に向かうのがよかった。

三月、卒業式の後に早稲田の大学院の試験があったが、『夢遊王国』の執筆に集中するあまり、院入試の準備がおろそかになり、至極当然な結果が待ち構えていた。「今まで外大生で早稲田の院に落ちた奴はいない」という原教授のコトバを思い出し、恥ずべき前例を作ってしまったことに頭を抱えた。これで君は晴れて「Nowhere man」すなわち、何処にも行き場のない男になった。当時はフリーターとか非正規といった労務カテゴリーはなく、何処かの正社員でない者は一律に「失業者」と括《くく》られていた。「作家」なんて自己申告の職業名に過ぎず、君も否応なく失業者に甘んじるしかなかった。君は二十三歳になったばかりだったが、すでに隠遁者《いんとんしゃ》の境地に至っていた。通勤先もないし、人前に出る予定もないのに、時計とスーツを新調したのは一種の自虐だった。

ひとみとの付き合いは続いていたが、彼女は日産自動車の中南米部に配属となり、銀座のショールームの受付をやらされたり、ミニスカートで野球の応援に駆り出されたり、似非ラテン男にちやほやされたりと華やかなOL生活を送る中、君は図書館、駅前書店、新宿のバー、溝の口の焼鳥屋、高津《たかつ》の名曲喫茶以外に行くところもなかった。誰かにかまって欲しかったが、就職組に暇人はおらず、自ずと孤独の耐性を鍛えることになった。それは物書きの試練の一つであることは織り込み済みだったが、運動不足を嫌って、自転車で多摩川の河原に向かい、石投げをしながら、結局、孤独な人間は自分のスペアを再生産するしかないのだなと君は悟ったのだった。

他者は地獄だが、他者のいない地獄よりはマシという考えもある。それは「雑居房か、独房か」という刑務所の究極の選択にも似ている。自分以外の囚人に塗れ、ギリギリの競り合いを重ねるか、自分という囚人の欲望や狂気ととことん付き合うか、どっちに分があるかを見極めなければならない。

それでも週末にひとみと会えるのが唯一の救いだった。卒業間際に福島への小旅行に誘い、「難攻不落の鉄の処女」は遂に君の粘り強い攻略によって、陥落したが、その直後くらいに彼女は母親を亡くした。君は桐生の実家まで出かけ、葬儀に出席したが、ひとみの親戚一同の注目を浴び、バツが悪かった。後で聞いた話だが、彼女の母親は生前、何かしらの勘が働き、晩生《おくて》の長女は最初の彼氏である君と結婚するだろうと予言したのだそうだ。

『夢遊王国』は統合失調症の語り手が世界崩壊の過程を描くという設定の作品だが、「夢のお告げ」が重要な要素になっている。これまでも君が実際に見た夢は創作の裏打ちをしていたが、この作品では夢が小説に転移する様態を捉えようとした。神話は古代のシャーマンが見た夢であり、夢は脳が勝手に紡ぎ出したフィクションである。後世の人間はその神話に批評や解釈、詳細な描写を加えることで物語や歴史や演劇、自然科学を開発した。あらゆる秩序や意味がカオスから生まれたとすれば、創造の原点もまたカオスである。そのカオスを身近に感じられる現場が夢である。創作に行き詰まったら、夢に回帰し、カオスからの再出発を繰り返す。そうすることでいつでも自分を更新できるという秘術を君は『夢遊王国』の執筆で会得したのだった。

さらにもう一作、君は『スピカ、千の仮面』という少女崇拝の物語を書く。スランプに陥った中年ピアニストの主人公は、リズムもアーティキュレーションも狂った奇天烈な演奏をする少女スピカに思い入れ、彼女を天才ピアニストとして売り込もうとする。だが、天真爛漫なスピカに翻弄されるうちに、キャリアを投げ捨て、徐々に正気を失ってゆく。これは谷崎の『痴人の愛』とナボコフの『ロリータ』へのオマージュであり、また一九八二年に没したピアニスト、グレン・グールドへの弔辞のつもりでもあった。『夢遊王国のための音楽』も芥川賞にノミネートされ、誰もが「三度目の正直」を口にし、無責任に「今度こそ取れる」というので、君も歓喜の雄叫《おたけ》びをあげる練習をしていたが、「二度あることは三度ある」という結果に甘んじることになった。三回連続で候補にしてもらえるということは君に受賞させたい人が一定数いるという証拠なのだが、三回連続落選させる悪意の前では彼らの善意は無効にされる。選考委員会内部では何が起きているのか知りようもなく、秘密のベールの向こう側では君にだけは受賞させまいとする陰謀が進行していると、被害妄想を募らせることしかできなかった。「出過ぎた杭《くい》は打たれない」と思ったのだが、敵は杭の隣に階段を設置してまで打とうとする。こうなったら、地下に深く潜って、敵の意表をついて飛び出すしかないなどと思うようになった。

　そんなわけで君は一旦、芥川賞レースと距離を置き、初めての長編に挑戦しようと企んだ。すでに「海燕」以外の文芸誌「文學界」や「新潮」、「群像」からも依頼があり、短編を寄稿するようになっていたが、初めての長編は世話になった寺田氏に献上しようと、構想を練り始めた。帰国子女の兄と妹の近親相姦幻想を軸にしたファミリー・ロマンスで、主人公の真理男《まりお》はトリックスター的な突飛な行動によって、学校や社会を攪乱《かくらん》し、最後は言語や意味の彼岸に旅立つという奇想天外な小説だった。どうやら君は端《はな》から純文学の枢機卿の皆様の文学観に背いているのだから、芥川賞欲しさに彼らの顔色を窺うことは迷惑行為以外の何物でもない。君は孤独な文筆活動で充分、卑屈になっており、これ以上、卑屈の上塗りをしないためには、失敗作とこき下ろされようが、思う存分、妄想の翼を広げ、創作の自由を謳歌すべきだった。またそれがもっとも精神衛生によいはずだった。

一九八四年の暮れ、君は『夢遊王国のための音楽』で野間文芸新人賞を受けた。ドイツ文学者の川村二郎が強く推してくれたお陰だが、これが君にとって最初の文学賞だった。二十代の作家が続々登場する兆しが見えていた。松浦理英子《まつうらりえこ》や中沢けいは十代の頃から書いていたが、佐伯一麦《さえきかずみ》、小林恭二《こばやしきようじ》、山田詠美《やまだえいみ》が続々デビューし、同世代との交遊ができるようになった。

クリスマスから正月にかけて、君は長編の取材を兼ねて、東欧とロシアの旅に出た。アエロフロートでフランクフルトに飛び、鉄道を乗り継ぎ、プラハ、ブダペスト経由でモスクワに向かった。東欧の二都市では温泉やサーカスやキャバレーで一人遊びをし、モスクワでは赤の広場前のナツィオナル・ホテルに泊まり、ＮＨＫモスクワ支局長だった大学の大先輩小林和男《かずお》のアテンドで外国人のモスクワ生活のディテールを取材した。氷結したゴーリキー公園でのスケートがたたったか、風邪を引き、二日間寝込んだりして、その後、グルジアのトビリシに飛び、ディスコ・バーで大歓待を受けた。地元の綺麗どころが集められ、代わる代わる君とダンスに応じてくれ、酒も食事も全て店主の奢りだった。コサックの戦士共同体の接待文化を満喫した後、タシケントに飛んだはいいが、霧のために到着が大幅に遅れ、町にも出られず、空港の外国人専用待合室にたった一人で十三時間も閉じ込められていた。空港内をふらふらしていたら、税関の女性係官に呼び止められ、詰問されたが、あまりに寂しく不安なので散歩しているというと、事務所でお茶を出してくれた。タシケントからシベリアの都市イルクーツクへ飛び、一泊してからシベリア鉄道に乗った。それから三泊四日、コンパートメントに代わる代わる乗ってくるシベリアのロシア人たちと一期一会を楽しみ、ハバロフスクから新潟に戻ってきた。この大旅行で君は他者との対話に自信をつけることができた。

無限旋律

帰国後、満を持して長編執筆に取り掛かると、それまで以上に部屋に引き籠りがちになった。あの頃は引き籠りに不可欠なインフラが未整備で、ネットも各種宅配サービスもなく、外界との回路はテレビやラジオ、電話に限定されていた。我が身をスニーカーや電車やバスに乗せて、何処かに運ばない限り、本一冊、飲み物一つも入手できないので、完全な「箱男」になるのは物理的に不可能だった。原稿依頼や受け渡しも編集者と面会するのが基本だったので、最低でも週に一度は外の空気を吸うよう仕向けられた。六日間も狭い部屋に籠っていると、確実に視野が狭くなり、頭の回転速度が落ちる。自分の左右一対の脳だけでは思いつくことに限界があるので、他人の脳を借りに酒場へ足を運ぶ必要があった。

寺田氏に案内された酒場は新宿に集中していた。新宿西口には老姉妹がやっている老舗文壇バーの「茉莉花《まつりか》」があり、大学教授の溜まり場になっている育子ママの「火の子」があり、大久保《おおくぼ》駅近くには井伏鱒二《いぶせますじ》先生御用達の「くろがね」がある。新宿二丁目には美人ママの「棗《なつめ》」があり、五丁目には故高橋和巳《たかはしかずみ》の愛人だったママさんのいる「英《ひで》」と移転したばかりの「アンダンテ」、開店したばかりの「風花《かざはな》」があった。ゴールデン街に出かけると、占い師とは別の「新宿の母」がいる「まえだ」、ゲイバーの「道」、映画関係者の溜まり場「ラ・ジュテ」などがあった。寺田氏はそれらの店からその日のローテーションを決め、ハシゴをする。デビューから一年以上経過すると、君は一人でもそれらの店に顔を出すようになった。

女性誌や週刊誌のインタビュー依頼も増え、出版業界の曲者や若いフリーランスとの接触も増え、全くの素人だった君も少しずつ業界の仕組みがわかってきた。酔っ払い人口は他業種の追随を許さないだろう。君はしょっちゅう聞こえよがしの嫌味をいわれたり、からかわれたりしていたが、場数を踏むごとに周囲を味方につけ、相手をやり込める技を身につけていった。

中上健次が夜毎、新宿を徘徊しているという噂は聞いていた。締め切りを過ぎても一枚も書かずに行方をくらました中上をゴールデン街や二丁目の店をしらみ潰しに探すのが、連載を担当している編集者共通の業務だったが、君は中上と鉢合わせしないよう細心の注意を払っていた。遭遇率の高いバーと出没する時間帯を調べ、店の前を一度素通りし、横目で中の様子をチラ見したり、ドアに耳を当て、客の声に中上の声が混じっていないか確かめた。「島田を殴る」という宣言には時効がなく、君は不安を抱えたまま飲み歩くことになるのだが、そのスリルを求めてしまうところもやはり島田マゾ彦だった。中上は編集者からは逃げ、彼から逃げようとする者の元に現れる。

中上にロックオンされたら、もう逃げる術はなかった。早い時間帯はまだ普通に会話を交わせるのだが、三軒目、四軒目くらいになると、罵倒語中心の自画自賛に終始する。土気色のあばた顔の奥の小さな目はライオンの目に似て、表情が読み取りにくいが、人懐こい笑顔を見せているあいだは殴られることはなさそうだった。節くれだった指には常に煙草が挟まっていたが、拳には根性焼きの痕があった。この拳の一撃で相手の顔を自分の顔に似せるんだろうなと思うと、つい頬杖などついて防御の姿勢を取ってしまう。酒でつぶれ気味だが、わりに滑舌よく繰り出される即興的なコトバは取り留めがなかった。ドライブがかかると、過去の文豪が憑依《ひょうい》したみたいに鬼気迫る独演会になった。君がワーグナー好きだと知ると、いきなり『トリスタンとイゾルデ』の話をし始める。——オレの文体はワーグナーの無限旋律なんだ。句読点も改行もなく、そろそろ終わるかと思うと、もう一発、さらにもう一発かましてくる。トリスタンとイゾルデがまぐわう時のあの陶酔感は変な和音の浮遊感を伴って、クライマックスが何度も畳み掛けられるだろう。あれに似てる。よほどの体力がないと、中折れする。

それは見事な自己解説だった。中上は徒手空拳で偉大なる先達に決闘を申し込む癖があった。相手はセリーヌだったり、ジャン・ジュネだったり、ドストエフスキーだったりする。バフチンのポリフォニー理論のことも知っていて、「自分の小説はドストエフスキーよりもさらにポリフォニックで、紀州《きしゅう》の路地だけでなく、世界中の路地にいる朋《ほう》輩《ばい》たちとの終わりなき対話を繰り広げている」といい出したりする。

文豪にマウンティングするこの不遜、この自己顕示こそが中上だった。文学者は誰しも多かれ少なかれ自己愛の塊で、肥大化した承認願望を抱えているものだが、君を含めて大抵の人は被害妄想に縮こまっており、自分教の布教にまでは至らない。ところが、中上ときたら、創造の神は自分を贔屓《ひいき》にしていると信じて疑わないし、自分がメインで過去の文豪は前菜に過ぎないとまで思い上がることができた。中上教の教祖中上健次は夜な夜な新宿の裏道のバーをハシゴしながら、たまたまそこにいる酔客相手にかなり効率の悪い伝道を行っていた。

酒場で誰彼となく絡む中上の様子を眺め、「小説家は誰もがあんな風にノイローゼなの？」と君に訊ねた人がいた。まだ東大教授だった頃の西部《にしべ》邁《すすむ》である。中上はよく君に「作家ならもっと自分の話をしろ」といった。そういわれても、中上に聞かせられるような武勇伝などないし、複雑な血縁関係もないし、紀州の路地のような特権的な地縁もない。中上からみれば、君は郊外産の規格化された羊だっただろう。もっと気骨ある舎弟は故郷にいくらでもいるだろうに、なぜか彼は君を放っておけないようで、鉄拳制裁を封印し、何かと君を構ってくれるようになった。

中上は時々、君が両親と住んでいる家に電話をかけてきた。「中上っていう変な人から電話だけど」と母が取り次いだ電話に出ると、「奢ってやるから、今から新宿に出て来い」とか「韓国からサムルノリを呼んで公演するから、聴きに来い」などと度々誘われた。一度、目つきの悪い舎弟らしき男が一緒の席に呼ばれ、飲んでいると、「こいつ生意気だから、殴っておきましょうか」と舎弟が余計な気を利かした。君が身構えると、意外にも中上は「おまえに島田を殴る資格はない」と守ってくれるではないか。その時、「島田を殴る」という宣言は「島田を殴るのはオレで、ほかの奴には絶対殴らせない」という意味だったことを悟った。いつかは中上に殴られる日が巡ってくることには変わりはないが、その権利を中上が握っている以上、誰も手出しはできない。あの頃は、酒場での暴力の応酬が日常的に見られた。酒場に暴力を奉納する儀式のつもりで、酔客同士が喧嘩するのだが、中上がその場にいれば、抑止力となり、むしろ穏やかに酒杯を重ねることができたのである。もっとも、宮本輝《みやもとてる》や三田誠広《みたまさひろ》ら中上と同世代の作家はすでに容赦なく血祭りに上げられていたようである。

週に八日間飲み歩いているともいわれた中上は一体、いつ書いているのか、それは誰もが抱いている疑問だったが、彼はミューズの降臨をバッカスとともに待っていたのである。いよいよ、追い詰められ、担当編集者の顔が引きつってくると、中上はまず酒を抜くために一日何もしない日をあいだに置く。そして、二日目の夜あたりからようやく机に集計用紙を広げ、罫線《けいせん》に沿って丸みを帯びた丁寧な手書きの文字を連ねてゆく。無限旋律的なその文章は改行も句読点もなく、写経しているかのように淀《よど》みなく、かなりの速度で書きつけられる。不眠不休、絶食で集中し、二日間の完徹もしばしばだった。中上の生原稿をのちに寺田氏に見せてもらったが、万年筆で書かれた原稿に直しはほとんどない。基本、行組と校正は編集者任せで、数日後には三日間で書いたとは思えない奇跡的な完成度の作品が活字になっている。

そんな話を寺田氏から聞いて、君は書きかけの長編小説で中上の執筆スタイルを真似てみたものの、過労で寝込む羽目になった。中上のシャーマン体質だけは誰にも真似ができない。

八五年の春には長編『天国が降ってくる』を脱稿し、しばらくは抜け殻のようになっていた。自分はこの先、何処に向かうことになるのか、全くわからなかった。中上は『地の果て 至上の時』で路地を崩壊させ、アジア、アメリカのスラムに流離した貴種を探す旅を重ねていたが、君も中上に促されるように、他者と交わり、雑多な外部を取り込み、自己の更新、いやいっそ別人になり変わってしまいたい衝動に駆られていた。

第四部

文豪列伝

師匠たち

家庭教師のアリストテレスから直接、教育を受け、高貴なるギリシャ精神を身につけたマケドニア王アレキサンドロスは、当時最強と謳われた軍隊と戦術を与えられ、自らの手でペルシャを滅ぼし、自らの左右の目でインドを見て、師匠の世界観を遥かに超越した世界帝国を実際に作ってしまった。若き王は奇跡の連鎖を起こすことで、尊敬するアキレウスをも凌駕《りょうが》する英雄になった。君はアレキサンドロスではなく、『時計じかけのオレンジ』の不良アレックスを模範にし、小説家になったものの、鉛筆一本で奇跡を起こせるほど世界は君に都合よくできていなかった。アレキサンドロスと似たところがあるとすれば、師匠に恵まれていたことだけだ。

大学時代に直接教えを受けたのは原卓也教授だったが、卒業後に君は新たに三人の師匠と巡り合った。三人とは柄谷行人、養老孟司《ようろうたけし》、唐十郎《からじゅうろう》で、それぞれが批評、サイエンス、演劇に残した足跡を辿りながら、自分を早くプロ仕様に変えようとしていた。彼らは君を弟子と認めないかもしれないが、面と向かい、バカな質問を投げかけたり、意表を突いたりしていたので、私淑より密な関係を結んでいたのは確かだ。十五歳年長ですでに君を舎弟扱いしていた中上は師匠というより、目の前に立ちはだかる分厚い壁だった。師匠は壁にドアをつけておいてくれるが、中上は「勝手にぶち破れ」と無茶をいう。「朝日ジャーナル」に『奇蹟』を連載していた中上はニューヨークに滞在中で、君はしばし難を逃れられた。その間、君は三人の師匠の下で一種の英才教育を受けていた。

君はもっぱら柄谷行人を通じて、カント、マルクス、フロイト、ウィトゲンシュタイン、ゲーデル、漱石、小林秀雄《ひでお》、安吾を再発見した。同時代の読者も後世の読者も往々にして原典に書かれてあることを見落とし、偉大な思想家を矮小化《わいしょう》化してしまう。それゆえ原典を注意深く読みさえすれば、いくらでもリサイクル可能になる。とかく回りくどい批評のいい回し自体を否定するように、ニーチェ的な断定調で畳み掛けてくるスタイルにも痺れた。酒場で話す時も、多少訥弁《とつべん》になるだけでその口調は変わらない。たとえ相手が小学生だろうが、おかまいなしにカント論、マルクス論で押してくるし、突然その場にいない人を激しい口調で批判し始める。空《くう》に向かって罵倒しても、調子が出ないせいか、いつも君に向かって、怒りを発散させる。「なぜぼくが代理で怒鳴られなければならないんですか？」と微妙に目を逸《そ》らしながら、不平をいうと、「そこにおまえがいるのが悪い」。もしかすると、中上より柄谷の方が凶暴で、理不尽かもしれないと君は思った。

常に苛立ち、あらゆる事象に批判的な批評の師匠の当たりの強さに較べ、サイエンスの師匠は終始、物静かで、ダンディだったが、時々、身も蓋もないことをいう。「バカの壁」は後々にベストセラーになった著作名だが、東大医学部の解剖学教室にいた頃からの養老先生の口癖だった。君を養老氏に引き合わせたのは朝日出版社の小池《こいけ》氏で、「レクチュア・ブックス」というシリーズで誰か話をしたい先生はいるかと訊かれ、君が養老先生から解剖学講義を受けたいと希望し、実現した。先生はまだ四十代で、脳に脳に関する論考を立て続けに世に問うているところだった。君は先生の研究室を頻繁に訪ね、戦前からある漱石の脳や死刑囚の頭部、無脳児、侠客の全身刺青《いれずみ》などの標本を展示した標本室を見学したり、解剖学実習に立ち会ったりしながら、解剖学や脳科学の基礎を授けられ、また進化、形態、発生の観点からヒトを見る術を学んだ。酒や食事にも付き合ってくれ、自分が臨床医にならなかった理由なども語ってくれたが、昆虫採集やミステリーの話をする時が最も楽しそうだった。

養老先生の目に映る君は「とにかくよく動く」という印象が強かったようで、君の書く小説に対しても「be動詞の使用法を知らないのではないかというくらい、あらゆる表現が動詞的表現となる」と評した。基本、「動かない死体」を相手にする解剖学者は「よく動く生体」に揺さぶられ、疲れてしまったらしい。

唐十郎との出会いは、当時、河出書房新社の編集者だった詩人の平出隆《ひらいでたかし》の仕切りだった。

――「状況劇場」に体験入団し、公演にも参加して、役者体験記を書いてみませんか？　唐さんにはもう話を通してあり、歓迎してくれるそうです。

それはかなりの無茶ぶりだったので、即答は控え、二、三日迷う時間をもらった。確かに君は大学時代にロシア語劇の演出を二度やったが、セリフを覚えるのが面倒で役者としてはチョイ役しかこなしていない。「状況劇場」のテント芝居は一度だけ観たことがあり、役者たちの瞬発力に満ちた機敏な身のこなしと早口言葉みたいなセリフ回しに圧倒された。唐メソッドで鍛え抜かれた役者集団にいきなり素人を放り込むなんて、デスクワークのＣＩＡ職員をいきなり工作員として敵国に送り込むようなもので、平出氏は君に恥をかかせたくてしょうがないのだと疑った。

しかし、元来「マゾ彦」たる君は三日後にその無茶ぶりを受けて立つことにした。長編の執筆ですっかり体力が落ちており、そのリハビリになると思ったし、自分を遠くへ飛ばす遠心力を得られるなら、酷評されても、顰蹙を買っても、元は取れると考えた。二十四歳の君は及び腰ながら、前向きではあった。浜田山《はまだやま》にある「状況劇場」の稽古場に行くと、唐さんがにこやかに迎えてくれ、君を劇団員たちに紹介してくれた。稽古場には六平直政《むさかなおまさ》、金守珍《キムスジン》、田中容子《ようこ》、菅田俊《すがたしゅん》ら主力の役者たちが勢揃いしていたが、のちに有名になる渡辺《わたなべ》いっけいは君が不在の時の代役を務めていて、周囲とあまり馴染めないようで、君同様浮いていた。

「状況劇場」は小林薫《かおる》、根津甚八《ねづじんぱち》、佐野史郎《さのしろう》らの看板スターたちがごっそり退団した後で、全盛期は過ぎていたが、野田秀樹《のだひでき》、鴻上尚史《こうかみしょうじ》、川村毅《たけし》、渡辺えり子《こ》ら後継世代の劇団が人気を博し、小劇場は何処も満員御礼だった。アングラ劇団の草分け「状況劇場」は「天井桟敷」と並び、演劇界の伝説であり、君のデビューの年に亡くなった寺山修司と唐十郎は教祖的存在だった。君は安藤組《あんどうぐみ》組長安藤昇《のぼる》主演の唐十郎監督映画『任俠外伝　玄海灘』を観ていたし、NHK大河ドラマ『黄金の日日』で海賊役を演じる唐十郎も見ていた。

紺のブレザーに白靴下というその場の雰囲気に全くそぐわない身なりの君に唐さんは「裸足になって舞台に」と促した。初回は挨拶だけだと思っていたのだが、ショック療法のつもりか、いきなり狭い舞台を駆け回る集団の一員に加えられ、思うがままに動いてみるよういわれた。

案の定、長径二メートルほどの楕円を描きながらの全力疾走にはついていけず、自分の前に隙間ができ、遠心力で集団の輪からはじき出されそうになった。指定された場面に自分で考えたセリフを加えてもいいといわれ、その場で数行のセリフを書くと、声に出してごらんといわれた。心の準備をする暇も与えられず、今しがた書いたセリフを発音してみたものの、なぜか外国人みたいな訛りが出てしまう。

　翌日からの稽古場通いに合わせて、ストリート・ファッションに替え、にわかに腹筋や腕立て伏せなどして、役者陣の身体能力に近づこうとした。状況劇場のアンサンブルに溶け込もうと精一杯の努力はしているのだが、「何かが変だ」という違和感を場面の端々でつい醸し出してしまう。芝居の進行上、そこにいてはいけない飛び入り野郎が偉そうに屁理屈《へりくつ》をこね、劇の滑らかな進行を妨害する。これこそが唐十郎の狙いではないか、と君は演出家の意図を勝手に深読みした。それ以外に自分の立ち位置を確保する術はなかった。中学時代から脈絡を無視し、落ち着きなく動き回り、場をかき乱すことだけは得意だった。

　自分のポリシーは早々に悟ったものの、「若手作家のホープか知らんが、自意識過剰な演技をしやがって」と周囲の役者たちが噂していそうな気配を君は敏感に察知していた。本来、劇団員になるには高い競争率のオーディションを勝ち抜かなければならないのに、いきなりブレザー姿で現れ、特別待遇を当たり前のように受け止め、敬語をうまく使いこなせるのをいいことに座長に意見をしやがり、休憩時間に子守役の女性編集者からおやつを差し入れてもらい、古参団員にタメ口をきくクソ貴公子……それが君だった。この完全アウェーの環境で、いかに劇団員たちの信頼を獲得するか、次に悩むべきはそこだったが、稽古帰りにおにぎりをおごったりして憎まれないようにした。

稽古中の演目は新宿ゴールデン街の一角にある「スペースDEN《デン》」という小劇場で上演される若衆公演の『少女都市からの呼び声』だった。唐十郎の臓器移植幻想を前面に押し出した作品で、君のために急遽、医師のインターン役が付け加えられた。大道具も小道具も衣装も全て役者たちが調達してくる。廃品回収業者や解体業者とは懇意にしていて、舞台装置に転用する柱や戸板、畳、テーブルや椅子はもちろん、着物や白衣、ドレスや制服や着ぐるみの類、松葉杖や自転車、宝石箱、刀、担架なども手に入れてくる。特殊な小道具の一つにフランケ醜態博士の食事シーンで使うマグロの頭というのがあったが、これは五日おきに築地《つきじ》で買ってくる。彼らは誰もが機敏なジャンク・アーティストだった。中でも六平直政は武蔵野美術大学の彫刻科出身で、もともと造形の才溢れる男だった。

本番のステージでの君の演技に観客はどう反応していいのか戸惑い、白けていたが、一人だけ大笑いしている男がいると思ったら、劇団「第三エロチカ」の川村毅だった。六平直政から紹介されたが、強面《こわもて》の彼の前で君はニヤニヤしているしかなかった。のちに川村は「俳優SHIMADAのこと」という一文にこんな意味のことを書いている。

若い俳優たちは何者かになろうとして、無駄に叫び、汗を出す。これは間違いだが、仕方がない。そこにシマダがヒラヒラと現れる。何者かになろうとする意志を最初から放棄しているシマダは胡散臭《うさんくさ》いが、屹立《きつりつ》する。何処か若い頃の植木等《うえきひとし》にも似ている。自分では周囲に溶け込んでいるつもりでも、落ち着きなく浮かれている分、悪目立ちしてしまう。もしかすると、その気質は父から受け継いでしまったのではないかとも思った。

ビッチ・エリート

　首相官邸で行われるガーデン・パーティへの招待状が届き、野次馬根性で出かけてみた。庭にテントが設営され、その中で各界の著名人たちが芋洗い状態になっていた。君は中曽根《なかそね》首相の背後に忍び寄り、二階堂進《にかいどうすすむ》との立ち話に聞き耳を立てたり、パステルカラーの宝塚の女優たちをナンパしたり、五木ひろしやイッセー尾形《おがた》と世間話をしたりし、最後の一人になるまで官邸で遊んでいたのは、もうここには二度と来ない気がしたからだった。

　君はその頃、ＮＨＫからのオファーに応え、『スピカ、千の仮面』のラジオドラマ化に関わった。スピカのいかれたピアノ演奏を再現するためにモーツァルトやドビュッシーの原曲スコアを編曲し、それをプロの演奏家に弾いてもらうという手の込んだことをした。君は高津駅そばにある名曲喫茶「珈琲の詩《うた》」に入り浸り、リヒャルト・シュトラウス崇拝者のマスターと音楽談義にふけり、洗足学園音楽大学器楽専攻《せんぞくがくえんおんがく》の女子にちょっかいを出したりしていた。「音楽現代」という雑誌で音楽エッセイの連載を始め、コンサートのチケットや新譜を融通してもらえるようになったのは嬉しかった。さらに「現代詩手帖《げんだいしてちょう》」からは演劇評の連載を依頼され、劇場に足繁く通うようになった。ヤン・ファーブル、ピナ・バウシュの来日公演、利賀村《とがむら》の演劇フェスティバルにも足を運んだ。

横田基地の黒人米兵との同棲《どうせい》生活を描いた『ベッドタイムアイズ』で君より二年遅れの一九八五年にデビューした山田詠美は、早熟な文学少女と読書なんてしない「ビッチ」双方の絶大な支持を得る一方、保守オヤジたちの顰蹙を買い、反米ニヒリストたち大和撫子《やまとなでしこ》の末裔《まつえい》の冷笑の的となっていた。占領時代以来の劣等感を引きずる男たちは、が気軽に米兵を乗せるイエローキャブになり、円高の利を生かして彼らを養ってやる時代になったことに隔世の感を抱いていた。村上龍の『限りなく透明に近いブルー』のセンセーションから十年、もう誰も「ヤンキー・ゴー・ホーム」を叫ばず、何の屈託もなく「カモンナ・マイハウス」とおもてなしをする。ただでさえ、政府は在日米軍に気前よく思いやり予算をばら撒《ま》いているのに、今時の尻軽女たちは日本男児など見向きもせず、米空軍兵士や軍属に性的奉仕までした挙げ句、小遣いまでやっている。それが悔しくてたまらないという男はまだ正直だったが、「ふしだら」と彼女たちを忌み嫌う男女は単に世間体を気にし、保守側に同調しているだけだった。

メディアも詠美に飛びついたが、時に相手の注文に応じ、挑発的な振る舞いをする彼女は見ていて清々しかった。作家デビュー前はブロージョブを描くのが得意な漫画家で、その作品もたまたま目にしていたが、その文章を一読し、中学高校時代はかなり早熟な文学少女だったな、と直感した。キレのある文章にはかなりの元手がかかっているのは確かだった。読んできたものは互いに異なるが、自分と同類の匂いを嗅ぎつけ、俄然興味が湧いた。噂では銀座でホステスをしていたこともある「人たらし」で、先輩作家たちに可愛がられているらしいが、同世代の作家とも交流したがっていると編集者から聞いて、一緒に遊んでみようと思った。その頃、君は二十代の小説家、劇作家、詩人、批評家らと「奴会《やつかい》」という仲良しグループを結成し、不定期で読書会や勉強会を行い、会がはねると、夜遊びにかまけていた。詠美にもそのメンバーに加わってもらうことにした。

川村毅や小林恭二も交え、新宿で朝まで飲んだり、箱根《はこね》に一泊旅行に出かけ、混浴したり、中学生みたいにじゃれ合いを重ねるうち、彼女が転勤族のビジネスマンの娘で、宇都宮で少女時代を過ごし、高校時代は柔道部の男の子の彼女だったり、山岳部のマネージャーをやっていたという地味な過去を知った。地方都市の片隅で華麗なる脱皮の時を待っていたところは君とよく似ていた。君が洗練とは程遠い愚行を重ねていた頃、彼女は着実に「ビッチ・エリート」の階梯《かいてい》を上っていたのだ。

彼女は一度、君が両親と暮らすマンションを訪ねてきた。母がこのはね返り女にどんなリアクションをするか、ぜひこの目で確かめたかった。母は警戒しながらも手料理でもてなし、君はソウル・ミュージックばかり聴いている彼女にショスタコーヴィッチやシェーンベルクを押し売りしたが、詠美は礼儀正しく、人懐こく、巧みに母の緊張を解き、見事に和気藹々ムードを醸し出した。長居するとボロが出るかもしれないので、君は気を利かせて、彼女を外に連れ出し、ボウリングなどして別れたが、母はすっかり詠美のことが気に入り、「外見は派手だけど、中身は育ちのいいお嬢さんだね」と本質を突いていた。暗に詠美と結婚したらいいんじゃないかと勧めそうな勢いに、息子は大いに困惑した。

結婚を急ぐ

その頃、福武書店の寺田氏は水上勉《みずかみつとむ》、古井由吉、笠原《かさはら》淳、干刈《ひかり》あがた、そして君といった「海燕」ゆかりの作家を集め、社長宅で社員らと定期的に親睦会を開くようになった。元々は参考書や模擬試験で急成長した教育産業だが、文芸部門の充実と社内での認知度を高めたい寺田氏の思惑が絡んでいた。

君より四十二歳年長の水上勉の圧倒的な存在感を前に萎縮するしかなかったが、水上氏の方は若者好きだった。持っていたトートバッグを褒めると、中身を紙袋に入れ替えて、「持ってけ」と譲ってくれた。近代文学はモテない男の系譜だといわれながら、いつの時代も絶えることなくダンディ文士が活躍していた。やっかみも半端ではなかっただろう。カミソリのような芥川、ナルシスト全開の太宰、詩人では萩原朔太郎《はぎわらさくたろう》、野口米次郎《のぐちよねじろう》、中原中也《なかはらちゅうや》、戦後派では大岡昇平、埴谷雄高のインテリ・ダンディ、これらの系譜から水上勉、小川国夫《おがわくにお》、吉行淳之介、五木寛之を外すわけにはいくまい。水上氏の若い頃は映画『飢餓海峡』の主演俳優三國連太郎《みくにれんたろう》のイメージと重なるが、君が知っている「勉さん」は白髪の前髪が一筋額にかかる憂い顔の老イケメンだった。

水上氏は自分の経験に基づき、君に流行作家の実践的心得を授けてくれた。

——三十代になったら、新聞や週刊誌の連載を掛け持ちして、量産してみたらどうや。自分の限界を拡《ひろ》げておくと、作家寿命が延びるぞ。

そのアドバイスを実行に移すのは三十代半ばになってからだが、「勉さん」は正しかった。

社長の邸宅は岡山市街を一望できる丘にあり、庭には滝が落ち、小川が流れていた。社長は市内随一の料亭の板前と仲居を自宅に呼び、食事と酒を振る舞った。以前、パーティでぶっきらぼうにお酌をすると、社長は「おまえ可愛い奴やな」と気に入ってくれ、海外取材に行く時には気前よく餞別《せんべつ》をくれた。国吉康雄《くによしやすお》やウォーホル、ラウシェンバーグなどの絵のコレクションの話からいつの間にか三百万円もする羽毛蒲団を買わされたという話題になり、その寝心地を確かめる役が君に振られた。軽いことこの上なく、実に暖かかったが、社長宅に泊まるのは辞退し、代わりに東京支社の若い女性社員が投宿するホテルに夜這《よば》いをかけ、歓迎されるという粋な一幕があった。

一九八六年六月、君は大学三年の秋から付き合い始めたひとみと結婚することにした。無論、迷いはあったが、三島由紀夫が「結婚したら、後悔するだろうし、結婚しなくても、後悔するだろう。どちらの後悔がマシかの問題」というようなことを書いていて、もっともだと思った。君は人生で最もモテる季節を迎えていたので、独身のままでいると、酒場、パーティ、講演やイベント会場、国際線の機内などあらゆる場所に仕掛けられた無数のハニー・トラップを、日課のようにクリアし続けなければならない。そんな気苦労を背負《しょ》い込むよりは、早々に既婚者となって、誘惑にバリアを張るのが得策と考えたのだった。

結婚式の仲人は大学の恩師原卓也教授にお願いし、福武書店社長を主賓に招待する計画を立てたが、社長は結婚式直前に急逝された。川村二郎、唐十郎、川村毅、佐伯一麦らが披露宴に参列し、養老先生に乾杯の発声をお願いすると、「解剖学実習のために献体された方のご遺族にお悔やみを述べる機会が多く、このような晴れやかな場に招かれることは滅多にないのですが、島田君の頼みですので仕方がありません。乾杯」と身も蓋もない、しかし微笑を誘う祝辞を述べてくれた。披露宴の音楽は君が選曲したが、新郎新婦入場の際にリヒャルト・シュトラウスの交響詩『ドン・ファン』を流す悪趣味をわかってくれたのは川村二郎だけだった。

かつての「難攻不落の鉄の処女」は「文壇の貴公子の妻」となったが、何の因果か、中学高校時代に君が住んでいた商店長屋「富士マーケット」で新婚生活を始めることになった。長屋は新築されていたが、近隣にはかつての隣組が肉屋、魚屋、雑貨屋、酒屋の商売を続けていた。これほど貴公子に似つかわしくない新居はなかったが、収入はまだ安定せず、都心のマンションを買うカネもなく、ひとまず家賃の安い郊外に身を置き、浮いたカネと円高の恩恵を生かし、気ままに海外旅行に出かけるなどして、遊び呆けることにしたのだった。手始めに熱帯リゾートへの憧憬を満たすために結婚式の前にモルディブへ、その年の暮れには改革開放における「四つの近代化」の実態を見るために上海《シャンハイ》、北京《ペキン》へと二回の新婚旅行を行った。

インド洋のサンゴ礁の島では他の新婚カップルの観察をする以外に、特に何もすることはなかった。君は熱帯の眩しい太陽が苦手で、直射日光を浴びたとたん何かのアレルギー症状が誘発され、くしゃみ鼻水が止まらなくなる。そのせいでせっかくリゾートに来たのに、マリンスポーツに興じる人々を尻目にずっと日陰でビールを飲み、時々、アーチェリーやビリヤードなどして時間を潰した。ビーチに横たわるアザラシみたいなフランス人やオーストラリア人を見ながら、アレクサンドル・コジェーブが説いた歴史の終焉《しゅうえん》後の人間のあり方に思いを馳《は》せたが、後にコジェーブは単に空疎な形式をもったいぶって踏襲するだけの日本人をその典型と見做したのだった。

いや歴史はそう簡単には終焉しない、と君は思っていた。眠れる獅子《しし》たる中国が目覚めようとしているし、アフガンではイスラムの戦士たちが聖戦を掲げ、最終戦争に勝利したつもりでいるアメリカ、ソ連が滅亡するまで戦う覚悟だったから。

モルディブから帰国して間もなく、タミール人によるテロでエア・ランカ航空の旅客機が爆破される事件が起きたが、ちょうど一週間前に君たちが乗ったのと同じ便だった。日本人の新婚旅行客も犠牲になったが、一週間予定がずれていたら、君も巻き添えになっていた。

実はこの年の四月に君は一人でモスクワ、レニングラード、キエフを回る取材旅行に出たが、この時も帰国して一週間後にチェルノブイリで原発事故が起き、辛くも危機を回避するという偶然が重なった。この年はほかにもスペースシャトル「チャレンジャー」が爆発したり、三原山《みはらやま》が大噴火したりと、カタストロフが相次いだ。

十二月になって、君たちは神戸から鑑真号《がんじん》に乗り、船で上海に渡り、蘇州《そしゅう》、北京を回って来た。初めてのロシア旅行以来の船旅だが、船酔いを避けるためにウイスキーをちびりちびりやりながらの四十八時間だった。三日目の朝、外が騒がしいのでデッキに出てみると、船はすでに長江《ちょうこう》の支流を航行していた。小型貨物船、漁船が強引な追い越しや横断をする中、野菜を満載した木造船が鑑真号に並走しており、船上で朝食をとる人に手を振ると、向こうも箸を持った手を振り返してきた。

街中にはまだ人民服や人民コート姿の人が多く、道路を埋め尽くす自転車の大群に圧倒された。上海にはまだ高層ビルはほとんどなく、租界の老舗ホテル和平飯店に泊まり、上海蟹《がに》を食べ、ひとみに毛皮のコートを買ってやり、自分には胡弓《こきゅう》を買った。

草野球デビュー

八五年から八六年にかけて、『僕は模造人間』、『ドンナ・アンナ』、『未確認尾行物体』が相次いで芥川賞候補になったが、いずれも受賞作なしという最悪の結果を突きつけられた。トータル六回候補に挙げられながら、五回も受賞作なしという事態はむろん前代未聞であるが、当時の選考委員たちの思考停止ぶりは目を覆うばかりだった。本来、他人に冷淡な世間さえもが君に同情した。君も選考委員たちのネグレクトにブチ切れて、週刊誌の取材に応じ、名指しで安岡章太郎や開高健を罵倒した。同時期に詠美も繰り返し候補に挙がっていたが、彼女も君と同様に異端視されたか、芥川賞に嫌われ、最終的に直木《なおき》賞に拾われた。

この時期に新選考委員に加わった古井由吉から後に聞いた話だが、「戦犯」は安岡章太郎で、自身の体調不良と日々の鬱屈から新奇なものは頑なに認めず、開高健が大きな声で同調し、他の選考委員を引かせるという展開だったらしい。つまりは一人の作家に取り憑いたふさぎの虫がこの時期の芥川賞を低迷させていたということになる。なぜこうも君が嫌われるのか、いくら考えても「頭がよく、顔もいい生意気な青二才だから」という理由しか思い浮かばなかった。

君は不名誉な最多落選記録を樹立してしまったが、これを機に芥川賞の主催団体の文藝春秋からは一方的に「卒業宣告」を受け、以後は候補作にしない旨を通達された。あれだけ振り回され、トラウマを背負わされたのだから、慰謝料くらいくれても罰は当たらないと思ったが、その請求はせず、毎年盆と正月の二回、なるべくくだらない奴が芥川賞を受賞し、その歴史的使命を終える日が一刻も早く訪れるよう呪いをかけることにしたのだった。

新婚生活で古巣の稲田堤《いなだづつみ》に舞い戻ったが、同じ町の多摩川の土手に程近いアパートには佐伯一麦が家族と暮らしていた。娘二人と息子一人の子沢山で、生計を電気工事の仕事と私小説でギリギリ立てていた。その頃、商店街の一画でブティックを営む夫婦がおり、夫は小説家志望だった。デビュー前の浅田次郎《あさだじろう》である。

仙台一高出身の佐伯は伝統のバンカラ気質を秘め、往年の私小説作家岩野泡鳴《いわのほうめい》や嘉村礒多《かむらいそた》に私淑し、青葉繁れる青春時代や電気工の実体験に裏打ちされた実存的ファミリー・ロマンスを書いていた。バブルの狂騒が日増しにエスカレートしてゆく時代にプロレタリア文学を打ち出すアナクロニズムが売りで、トイレ共同のボロアパートの四畳半を仕事場に、茶箱を机に原稿を毛筆で書く念の入れようだった。天井にアスベストが張られた古いビルの電気工事を行ったため、塵肺《じんぱい》を患っており、時々激しく咳《せ》き込むのだが、それがまた結核で夭折した梶井基次郎《かじいもとじろう》のイメージと重なるのだった。仙台訛りの朴訥さと口髭が似合う一昔前の男前に惹かれ、君は近所付き合いを始めた。お近づきの印というわけではないが、君の家のビデオ、ゲーム機器とテレビの配線をしてくれたのも彼である。

酒を酌み交わすのはいつも沖縄料理店の「ふなや」で、沖縄北部出身のマスターは二人の若い物書きを応援していた。ゴーヤチャンプルーやソーミンチャンプルーをつまみに泡盛を飲みながら、互いの小説や文豪たちの最新作を批評し合ったり、ベートーヴェンのピアノ・ソナタを誰の演奏で聴くかといった音楽談義を交わしたり、愚行自慢を応酬したりした。佐伯は電気工事を通じ、他人の私生活を垣間見る機会が多いらしく、銀幕スターT田Aの愛人宅に工事に行った折、愛人に迫られて、つい応じてしまったが、タイミング悪く御大が帰宅し、「何してるんだ」と詰問され、「電気工事です」とベタに返して逃げて来たという間男話には笑った。

その頃、君は「奴会」のメンバー有志に担当編集者を加え、草野球チーム「ジャンクス」を結成した。元早稲田実業野球部二軍の新潮社の風元正《かぜもとただし》やラグビー経験者の文春の吉安章《よしやすあきら》らを助っ人にし、エースに佐伯を擁立した。文壇には各出版社のチームや同好の士を集めた野球チームがあり、最も熱心なのは平出隆率いる詩人のチーム「ファウルズ」で、年間五十試合もこなすというから、ほとんど草野球のプロである。詩は試合のない日に片手間に書いていたのだろう。蓮實重彦や柄谷行人、赤瀬川原平《あかせがわげんぺい》、中上健次ら批評家、作家はチーム「枯木灘」に集結していた。文壇の先輩たちに二十代作家の存在感を強烈にアピールするには彼らとのゲームで勝利するのが手っ取り早いと考え、担当の風元にセッティングを依頼した。

塵肺のエースは村田兆治《むらたちょうじ》のマサカリ投法を思わせる投球で速球とカーブを投げ込んでくるが、打者を打ち取るたびに咳き込むので完投は難しいかもしれず、継投策を練っておかなければならない。君は近所のよしみで佐伯を児童公園に呼び、投球練習を重ね、リリーフ登板に備えた。

デビュー戦の相手は「ファウルズ」だったが、敵は予想を遥かに上回る機動力とセコさを発揮した。粘り強くフォアボールを選ぶし、盗塁やヘッドスライディングもするし、送りバント、スクイズ、果ては振り逃げまで繰り出し、着実に得点を重ねてゆく。外野フライもしっかり捕球するし、ピッチャーは牽制球を投げるし、ファーストは隠し球まで仕掛けてくる。そんな小技にかまけて楽しいかと訊ねたら、「野球でできることは全てやる」と真顔で答えただろう。

ピッチャーは養老先生との共著を担当した小池氏、野手にはねじめ正一《しょういち》、稲川方人《いながわまさと》らがいて、平出隆は司令塔として、ブロックサインを送り、「ジャンクス」の弱点を徹底的に攻めた。結果、五回を終えたところで18対1というほぼコールド負け状態となり、佐伯は降板、君がリリーフでマウンドに向かった。小学生の頃は万年補欠で、その後ソフトボールを少し嗜《たしな》んだ程度だったが、児童公園で密かに磨き上げた魔球が「野球しかない」詩人たちに通用したら、一矢を報いることはできる。ちょうど魔球にうってつけの時間帯になっていた。それは打者から見て、真上から降ってくるようなスーパー・スローボールだった。君がいくら全力投球をしても、時速九十キロが関の山で、草野球の名手たちには打ち返しやすい球にしかならないが、思い切り脱力投球をすれば、タイミングを外され、空振りするだろう。当たっても、球威がない分、遠くには飛ばず、ボテボテのゴロになる確率が高い。ただ、絶妙なコントロールが必要で、ホームベース上でワンバウンドするように投げれば、ストライクゾーンを通る。午後の傾いた日差しは打者には逆光となり、山なりに落ちてくる球には後光が差し、見えにくくなるはずだった。「ファウルズ」の面々は最初、あまりに遅い球を見て、「ボールの縫い目が見える」とか「蝿が止まれる」などと冷やかしていたが、君が三者凡退に打ち取り、初めて無失点で敵の攻撃を退けると、「おお」と歓声が上がった。打席に立ったねじめ正一は「ボールと太陽が重なり、目が眩《くら》み、かすりもしない」と詩的な一言を漏らしていた。「ジャンクス」は風元のタイムリーヒットで一点を加点し、18対2で負けたが、君は二イニングを無失点に抑えたので、個人的には負けた気がしなかった。この活躍は戦力補充を定期的に行っていた「ファウルズ」に評価され、その年のドラフトで三位指名されたが、入団は断った。

　第二戦に負けたら、チームを解散する決死の覚悟で「枯木灘」に対戦を申し込んだ。中上健次は不在だったが、先発投手柄谷行人、リリーフ渡部直己《わたなべなおみ》、キャッチャー蓮實重彦、野手に赤瀬川隼《しゅん》・原平兄弟、絓秀実《すがひでみ》らがいた。若手作家は批評家による抑圧をバットで跳ね返そうと、士気が上がっていた。君は光栄にも蓮實重彦に初長編『天国が降ってくる』を添削された恩返しをするべく、魔球を磨き上げ、本番に臨んだ。

　ゲームはシーソー式に拮抗していたが、先発の佐伯に疲れが出て、君が二番手として登板し、まずは渡部直己との対戦となった。打ち気に逸《はや》るせっかちな気質を見抜いた君は速いモーションから手練《てだ》れのスーパー・スローボールを投げ、ピッチャー・ゴロに打ち取ると、「ああ、引っ掛けちまった」と甲高い声で叫びながら、走り出す批評家に不敵な微笑みを投げかけ、ゆったりとファーストに送球した。そして、渡部氏の師匠蓮實先生との対戦を迎えた。身長百八十五センチの偉丈夫キャッチャーは打席に立つ若手作家一人一人に優しく声がけをしてくれるのだが、「島田さん、何か不安を抱えているようですね」とカウンセリング口調でいなされ、調子が狂った。だが、打席とマウンドは離れている分、批評的介入はなく、勝負に集中できた。ダンスではないが、スロー、スロー、クイックの配球をあらかじめ考えていた。この試合に備え、投球モーションを改良し、セットポジションからのクイック・モーションでスローボールと速球の両方を投げられるようにした。スローボールは三十キロほどなので、九十キロ程度の速球は百二十キロくらいに感じられるはずだった。蓮實先生を空振り三振に打ち取ったことで、君は個人的にはこの試合に勝ったが、「ジャンクス」は7対5で敗戦した。批評家の抑圧に抗うことは叶わず、チームは一勝も挙げられないまま「枯木灘」に吸収合併されることが決まった。緑に黄色くJUNKSとプリントしたトレーナーは文字通り、ジャンクになり果てた。

教祖と君

一九八〇年代後半には一八九七年生まれの宇野千代《うのちよ》、一八九八年生まれの井伏鱒二はまだ健在で、この二人より一世代下の戦後派の作家、さらにその下の第三の新人は健筆を振るっていた。君の親の世代に当たる黒井千次《くろいせんじ》、後藤明生、大江健三郎、古井由吉はまだ五十代で、問題作を世に問い続けていた。

君は寺田博に誘われ、八四年に山の上ホテルで行われた「梅崎春生《うめざきはるお》二十回忌の会」に出席したが、そこに顔を出せば、戦後派の文豪たちを一網打尽にできるといわれたからだった。料理や酒の用意は整っていたが、埴谷雄高と野間《のま》宏がそれぞれ三十分ずつ話したので、乾杯まで一時間待たされた。野間さんとは新宿の「アンダンテ」で偶然、隣り合ったことがあり、「うわっ文学史が座っている」と緊張で固まってしまった。あまり体調がすぐれない様子で、カウンターに上体を乗せ、よく聞き取れない低い声でぼやきながら、薄い水割りを舐めていた。ママから紹介してもらうと、いきなり「君、何かぼくの本読んだことある?」と訊かれ、『暗い絵』と『崩解感覚』と『真空地帯』を読みましたと答えると、「ああ、よかった」と微笑んだ。こちらこそ読んでおいてよかったと胸を撫で下ろした。年齢差はちょうど祖父と孫だが、文壇バーのマダムが媒介になり、新旧世代の交流が図られていた最後の時代の光景である。

埴谷さんは君に最もフレンドリーに接してくれた。心臓に持病があったが、紙袋に入ったニトログリセリンをグロンサン二本で飲み干し、「これで君たちと二時まで付き合える」といい、ずっとドストエフスキーやカントの話題で酒を飲むのである。話は抽象的だが、そこにはダンディな実体を伴った埴谷雄高がいる。寺田さんを介し、吉祥寺のお宅を訪問する許可をもらったが、高校大学時代に「首猛彦」を名乗っていたことの事後承諾を得るいい機会になると思った。

――大江君は『同時代としての戦後』でここを陋屋《ろうおく》と表現しているが、刑務所を出てどう生計を立てるかという時に「先ずは住む場所を」と母が建ててくれた、当時としてはモダンな洋館だったんだ。

埴谷さんのコトバ通り、家は古いが、応接室の板の間の漆喰《しっくい》の塗り壁や塗り天井が伯爵邸のそれを思わせた。平屋には寝室、書斎、納戸、ダイニングキッチンがあり、ススキやセイタカアワダチソウが繁茂していたが、立派な庭もあった。『死霊』の主な舞台となっている洋館のように薄暗く、ソファの前のテーブルにはべたつく輪染みがあり、それは埴谷さんの好物のトカイワインのものであることがわかった。首猛彦の件を切り出すと、「好きにしなさい」といってくれ、自ら「ボレロ的饒舌」と評した通り、ほとんどこちらに口をきかせてくれず、一人で喋り倒していた。

三十分くらいしてようやく君にも話をさせてもらえたので、高校時代に『死霊』を読み、それまで読んでいた江戸川乱歩や夢野久作とは違う何かべらぼうなものに出会った気がしたと告白した。おそらく、学生運動華やかなりし頃は、カリスマ性溢れる埴谷雄高を「教祖」と崇《あが》める若い信者が連日、お宅に押し寄せてきただろう。君はかなり遅れてやってきたことになるのだが、埴谷さんは「百年後にはぼくも島田も同時代人と見做される」といった。年齢差が五十一年もあるので、それはどうかと思ったが、おのが妄想の強度を高め、べらぼうなものを書いてみたい、との誘惑に駆られていた君自身が『死霊』の派生物みたいなものだった。

埴谷さんが視力を失い、寝たきりの状態になるまで計六回ほどお邪魔しただろうか？話に引き込まれ、時間を忘れ、つい長居してしまうこともあったが、埴谷さんは「寿司でも食べていきなさい」といい、自ら馴染みの寿司屋に電話し、「いいところを頼む。中トロを多めに、シャコとエビとイカは要らない」と細かい注文をするのを君はこっそり聞いていた。文豪はどんな寿司の食べ方をするのか、観察していたが、中トロにしか手をつけなかった。カントやドストエフスキーの話ばかりでなく、映画や宇宙論、テクノロジー、ファッションと話題は多岐にわたった。「変な女に付きまとわれているが、残り少ない人生なので相手を慎重に選びたい」、「向かいの未亡人が食事を差し入れてくれるが、残すと機嫌が悪くなるのでこっそり捨てている」という「ここだけの話」には苦笑したが、もう時効だと思うので、暴露する。

『死霊』には随所にドストエフスキーの『カラマーゾフの兄弟』や『悪霊』が共鳴している。母親の違う首猛夫と矢場徹吾《やばてつご》の二人を含む、三輪家の四人兄弟は、異母弟のスメルジャコフを加えたカラマーゾフの四人兄弟と対応しているし、四人がそれぞれの思想を実践する展開も、完全に『カラマーゾフの兄弟』だ。『死霊』というタイトル自体も『悪霊』を意識しているはずだし、スパイ・リンチ事件のエピソードが盛り込まれていたり、非合法活動にのめり込む若者たちの群像が描かれることなども、『悪霊』の世界を二十世紀日本で再現していると読める。

小説は「私は何処から来て何処へ向かうのか？」と絶えず問いかけるジャンルである。『オイディプス王』以来、ヒトはそうした「自分探し」に呪われている。父を殺し、母と交わるオイディプスの呪縛は「自分は本当は捨て子ではないか」というフィクションを立ち上げ、やがてそれを忘れることによって相対化、矮小化される。君も中二の時に「自分探し」の前段階として、その手の「神経症のファミリー・ロマンス」を紡いだ。このような「自分を捏造する癖」は誰もが持っているが、その悪癖を最後まで捨てないのが小説家というわけである。

「私は何処から来て何処へ向かうのか？」を考える者は、まずは「先祖がいるから、ぼくがいる」と考え、自分の家族や血筋に思いを致し、さらに遠い過去に遡り、歴史的経緯の中に自分を配置し、過去と現在を因果で結ぼうとする。それがごく一般的なやり方であるがゆえ、先祖崇拝が定着し、「ファミリー・ロマンス」が時代を超えて小説の王道となった。

埴谷雄高は先祖崇拝やファミリー・ロマンスといった方法論を採らなかった。個人的な体験や由来を最初から突き抜け、「存在の探求」という方向にシフトを切った。

彼は「日帝」時代の台湾《たいわん》で植民地経営に携わったブルジョワ家庭に育ち、現地の人々に暴力を振るう自分の身の周りの世界に対して違和感やトラウマを抱く幼少時代を経て、東京に戻ってきてからは、実際の革命を夢見て非合法活動に入り、逮捕・入獄を繰り返しながら最終的に文筆の世界に入る。二十代で『死霊』の構想を獲得し、書き始めるが、四章まで書き終えたところで病に臥《ふ》し、二十数年間の中断を挟みつつも、ライフワークとしての完成を諦めなかった。のちに女優と結婚し、「人間にできる最も意識的な行為として、自殺すること、子供をつくらないことの二つがある」という主義から、妻に三度も堕胎を強い、結果、妻は子宮の摘出を余儀なくされるといった苦い経験を含めて、一人の実体のある「身勝手な男」としての人生を生きながら、自分から逃れるように「自同律の不快」を唱え、「虚体」の探求をしていた。

「虚体」とは、実数に対する虚数のように考えれば、imaginary body すなわち「想像上の体」となる。人間も、人間が駆使する言語能力も自然の産物であるが、言語が産みだすものは、自然界には存在しない想像の産物である。たとえば「永遠」とか「無限」とか「神」といったものは自然界には存在しない虚構である。死者の世界である「あの世」も、交換の道具である「貨幣」も、ヒトが気ままに暮らせる状態である「自由」も、ヒトの行動を制限する「法」も、専制君主が君臨する権力構造である「帝国」も同様に虚構に過ぎない。しかし、同じ脳の構造を持つ人間同士はそれら想像の産物を巡って議論し、共感もし、現実を構築してゆくので、虚構も実体を伴っている。

『死霊』は第五章あたりから幻覚の領域あるいは霊が憑依したシャーマンの心理状態に入り、霊や神との対話劇になり、完全に「脳内オペラ」状態になる。第七章以降は、豆が喋ったり、「黒服」、「青服」と命名された、よくわからないものが登場する。どちらも「死霊のひとり」だが、黒服は「はじめのはじめのはじめの生誕時で停《と》まったままの単細胞」、青服は「はじめのはじめのはじめの未出現で停まったままの単細胞」だという。イエス・キリストや釈迦《しやか》まで登場し、時空を超越した論争が繰り広げられる。

寄り道や繰り返しも多いこの巨大な対話篇《へん》を一本の起承転結の軸で貫こうとすれば、埴谷雄高という一人のシャーマンが、最初は牢獄とか癲狂院《てんきよういん》といった閉鎖空間から、深い無意識の奥底へと遡行する物語と捉えることができる。地獄巡りと浄罪山《じようざいさん》登山を経て天国へと昇天してゆくダンテの『神曲』、魂をメフィストフェレスに売って永遠の生命を得て若返り、古代に旅し、皇帝の側近になったりする、時空を超えた魂の遍歴の物語であるゲーテの『ファウスト』にも喩《たと》えられる。『ファウスト』第一部の構想は『若きウェルテルの悩み』の時期にすでにあったが、第二部が完成したのは最晩年だったところも似ている。

ところで、ベトナムにはカオダイ教という釈迦、老子《ろうし》、孔子《こうし》、キリスト、モハンマドの五聖人を同じ神棚に祀《まつ》るハイブリッド宗教がある。世界宗教の教祖たちのパワーを総動員して現世利益を追求する。日本も同様に漢字を借用し仮名を作ったり、仏教と神道の融合を図ったり、キリスト教が密教化したり、ヨーロッパの近代文学を私小説にアレンジしたり、善かれ悪《あ》しかれ独自の改良を加えたハイブリッドを生み出してきた。『死霊』はジャイナ教の経典に影響を受けて書き始められたが、イエス・キリストや仏陀《ぶつだ》に論争を仕掛け、DNA神学、宇宙論、量子力学まで取り込み、最終的に「埴谷教」の未完の経典としかいいようのないものを残した。埴谷さんの本名は「般若《はんにゃ》」さんだったので、もう一つの「般若心経」か。彼は確信犯として異端の立場を選び、創作家の自由を最大限に行使し、新たな宗教を作ってしまったのである。

異端の系譜

埴谷さんは最晩年に五十一歳年下の君のために「二十一世紀作家」というタイトルの

遺言を残してくれた。

頭の働きが鋭い島田雅彦の仕事は、すでに老化した私を深く感心させるが、時間の幅を大きくとって遠望すれば、変容する文学の今後にどのように対応するかという一種のっぴきならぬ試金石の重い役割を彼は負っていて、二十世紀ももはや終るあと数年間、極めて困難な位置にいつづけるであろうと思われる。（中略）彼は、喜劇的、パロディふうに振るまっているけれども、一種悲愴な作家といわねばならない。

ロシア語を専攻した島田雅彦がまず直面したのが、ロシア社会主義の頽廃《たいはい》と解体であったことはまことに象徴的であって、ついで、彼はのっぴきならず、すべてのすべての解体、即《すなわ》ち、全解体に息をつぐまもなく対峙した。社会や政治にはじまり、生物の、人間の、民族の、性の、文化の、世界の、つまり、「生と存在」のすべての解体の開始に直面しつづけた彼に、ひきつづいて私が驚かされたのは、そのすべてのすべての解体に彼がまともに答えつづけたからである。

この解体期における彼の解答の特質は、左翼はサヨクに、人間は模造人間に、作家は偽作家に、青年は青二才になるよりほかない命名の適切性に示されている（……）。

後にも先にもこれほどの高評価を君に与えてくれた人はいない。文学には、人間の奥深い底にひそんでいる暗い心の洞察に向かうやり方と、ぼんやりと輪郭を現しただけの未知の領域を探求するやり方があるとした上で、埴谷さんは君たち若い世代が向かう先をこう予見している。心の神秘は解き明かされ、心の洞察はゲノム解読によって相対化され、未知の領域はコンピューターの情報処理能力の飛躍によって相対化される、と。自分の死後も書き続けるであろう孫世代の君がＡＩによってもたらされる未来に対処するようエールを送ってくれたのである。同時に埴谷さんは暗黙裡《り》に自らの異端性を弟子が受け継ぐよう促した、と君は受け止めた。彼は戦後派のみならず文学一般に受け継がれてきた価値観を守れとはいわなかった。文学なんか解体しても一向に構わないから、果敢に新しい心の露呈に対面せよと迫ったのである。つまり、伝統を保守する正統なんか目指さず、異端のままでいよ、と。

かつて、大岡昇平は、東アジアの日本の人文学者が西欧文学の根底にある神の問題を理解しようとすれば、自ずと異教徒、あるいは異端の立場から考察することになる、と考えた。また、戦場で敗走していく兵士の経験に重ねて、神の問題や究極的な道徳の問題を考えようとした『野火』は、西欧の文脈に置けば、カタリ派や改宗ユダヤ人やロシアの分離派といった異端による神や道徳の考察と同じことになると考えた。日本人が世界文学としての普遍性を意識した作品を書こうと思えば、ヨーロピアン・スタンダードへの同質化圧力に抗いながら、結果的に文化多様性をもたらした異端の立場を目指すしかないということになる。

大岡先生とは一度だけパーティ会場でお目にかかった。当時の「新潮」編集長坂本忠雄《さかもとただお》氏を介して、挨拶に行くと、わざわざ椅子から立ち上がり、スーツのボタンを掛けて、応じてくれた。ああ、この人が生存率三パーセントの南方戦線ミンダナオ島から生還したご本人か、この人が『野火』や『レイテ戦記』を書き、また捕虜になった過去を理由に日本芸術院会員を辞退した方か、と仰ぎ見る思いだった。

このパーティの直前、大江健三郎の講演があり、君は会場にいたが、講演中に「大江はまた子どもの話をしてやがる。つまらないから出る」とずいぶん辛辣な文句を垂れる爺がいるもんだなと思って、声のする方を見たら、大岡先生だった。このべらんめえ口調と君に示したダンディな立ち居振る舞いとのギャップも面白かった。

埴谷雄高や大岡昇平の異端性は確実に大江健三郎に受け継がれただろう。「ずっと大江健三郎の時代だった」と筒井康隆《つついやすたか》は語っているが、確かに学生時代のデビューから安保闘争時代、全共闘時代、オイルショック前後、実存主義から構造主義、文化人類学のブームの時も、大江さんはいつも中心にいて、しかも周縁にはみ出る強い遠心力を保っていた。

日本近代文学は漱石、芥川の時代から膨大な読書量に支えられてきた。大江さんの背後にも見えない図書館が控えている。仮にその蔵書を全て読み込んだとしても、『万延元年のフットボール』も『洪水はわが魂に及び』も『同時代ゲーム』も書けない。なぜなら、大江さんはロシア・フォルマリズムやトリックスターの理論やウィリアム・ブレイクの詩、西洋古典の数々に向き合いながら、誤読をも辞さず、それらを素材に誰も見たことがないストレンジ・フルーツを作り続けて来たからだ。正統的解釈しかできない外国文学者や文化人類学者や哲学者と違い、大江さんは堂々と異端を極めることができた。

大江さんの作品を注意深く読むと、作者の偏愛の対象がおぼろげに浮かび上がってくる。概して食べ物の話はあまり出てこないが、豚足料理については細部まで入念に言及されていて、よほどの好物であることが行間からにじみ出ている。また女性の陰毛に対する執着が異様に強く、ほとんど「陰毛礼賛」といっていい場面が随所に見られる。そうしたフェティシズムも大江作品の魅力だし、若い読者を虜《とりこ》にする秘訣《ひけつ》はその中二病的要素にあることは間違いない。

初めて本人への御目通りが叶ったのは「群像」の対談の時だった。君は担当の石坂《いしざか》さんと軽井沢《かるいざわ》の別荘を訪ねた。わざわざ駅まで迎えに来てくれて、酒屋で買ったビールを両手に歩く大江さんの水泳で鍛えた背中を見て、みんなこの背中を追いかけて来たのだなど思った。その時、君は同世代の息子さん、イーヨーこと作曲家の大江光《ひかり》にも会った。

窓から見える白樺の林に差し込む光を一緒に見つめながら、ロシア・フォルマリズムの話をしたかもしれない。君はこれまで自分の作品を支持してくれたことへの謝意と自分が大江文学から受けた影響を伝えたような気もするが、緊張のあまり何を話したかほとんど覚えていない。ただ、大江さん自ら作ってくれたジャーマン・ポテトをつまみにビールを飲み始めると、昔働いた狼藉のエピソードを話してくれたことは覚えている。パーティがはねた後の二次会の席か何かで、大江さんはウイスキーの水割りが入ったグラスに吸い殻やつまみの食べ残しなどをぶち込み、それを同席していた阿川弘之《あがわひろゆき》の頭にぶちまけたというのである。酒を飲むと、そんな奇行癖が飛び出すので、以後は酒を控えることにしたそうだが、若い頃の大江作品には「怒り」と「狂気」が漲《みなぎ》っていることを知っている読者は、大江さんがエキセントリックな知性、あるいは痴性を兼ね備えたオールラウンダーであることを忘れたことはない。

「ずっと大江健三郎の時代だった」のは彼が偉大な異端思想の継承者だったからにほかならない。同質化圧力の強い日本社会は、異端がもたらす多様性に冷淡だった。単に共感を育むだけでいいなら、和歌を詠み、互いの心を慮《おもんぱか》っていればいいが、それでは外圧に対抗し、日本文化の限界を越えることはできず、力ある者に屈して終わりだ。対米従属しか能のない思考停止状態の人々が共謀して国民に洗脳を施している中、異端は左右二つに割れた脳を生かし、面従腹背、ダブルスタンダードで洗脳を免れてきた。それこそが異端の強みである。異端者の持久戦、撤退戦を支えるノウハウは大江さんの作品群にしっかりアーカイブされている。

箱男と飲む

米ソ冷戦末期の一九八〇年代は核の冬の真っ只中にあり、誰もが核戦争による滅亡後の世界を描く想像力を競っていた。弱肉強食の戯画『マッドマックス』の影響は大きかったが、日本でも『風の谷のナウシカ』、『北斗の拳』、『漂流教室』などのアニメや漫画を筆頭に、演劇や文学でも登場人物たちがサバイバル狂想曲を繰り広げていた。安部公房は「生きのびる価値のある奴と、ない奴」の選別と完全なるシェルターの構築をテーマにした『方舟《はこぶね》さくら丸』を発表したが、「朝日ジャーナル」の依頼で君はその書評を書いた。

世の中には自分にとって嫌な奴が二割、常に味方でいてくれる人が二割、そして、残り六割はどちらともいえないという怪しい統計がある。二割の味方だけで構成される社会はその人には居心地がいいかもしれないが、さぞかし排他的だろう。現実的には、気に食わない他者たちとも共生せずには、都市生活も農村生活も成り立たない。競争よりは共生の努力をした方がより多数が生きのびやすいことは確かである。他者への寛容は、社会の多様性を保持するために必要なことであり、多様性は滅亡の保険にもなる。だから、ノアの方舟には多様な種を乗せたのである。誰が生存の適者で、誰が淘汰《とうた》されるかはあくまで結果論でしかない。人は特定の目的のために未来に向かっているつもりでいるが、その目的も多様で、ある人の目的をほかの人が妨害したりするので、未来は誰の思い通りにもならないし、結果的に未来像も多様になる。進化論には人類の未来の予測はできず、意外な結果が未来で待ち構えているだけである。

だいたい、そんなようなことを書いたのだが、全力投球した甲斐があり、「島田君のが一番当たっている」と安部さんがいったと編集者伝《づ》てに聞いた。

その安部さんと会う機会が不意に訪れた。「新潮」が創刊一〇〇〇号記念エディションの巻頭グラビアで、新旧文学者交流の図を撮りたいといってきたのだ。遠藤周作と中沢新一、山田詠美と宇野千代、などのカップリングがある中、君は安部公房とセッティングされた。撮影は新潮社の地下二階の防災センターで行われたが、そこが近場で最もシェルターっぽい場所だったからだ。撮影が済むと、安部さんはすぐに帰ろうとしたが、奥さんに電話して家に食事の用意がないと知ると、「めし行こう」となり、神楽坂《かぐらざか》の料亭にご一緒することになった。

君は安部公房がひたすら黎明期《れいめい》のシンセサイザーやワープロ、自ら開発したチェーンやカメラなどメカの話をし続けることに興味をそそられた。安部さんのメカ好きは有名だったが、日本にまだシンセサイザーが三台しかなかった頃、一台はNHK、もう一台はプロのプレイヤーで作曲家の冨田勲《とみたいさお》、そして、三台目を安部さんが持っていた。日本語ワープロも一台六百万円だった頃に購入し、IBMの日本支社長自ら納品にやってきたそうだ。君はそれを見たことがあるが、五百リットルの冷蔵庫ほどの大きさだった。

この時、安部さんは二つだけ文学の話をした。君がロシアン・スタディ出身だと知ると、こういった。

——みんな偉そうにドストエフスキーやチェーホフの話をするけれども、本当に読んでいるのかね？

なぜそんな疑いを抱くのかと思いながら、君が「いやみんな読んでると思いますよ。安部先生もカフカのヒューモアにニヤリとされたでしょう？」というと、安部さんはしれっとこういった。

——カフカの小説を読んで笑える人は世界にそんなにたくさんいるはずがない。人類はそこまで賢くない。

安部さんは普段、一人で箱根の山荘に引き籠り、月に一度か二度、愛車パジェロで下界に降りてきて、定宿の京王プラザホテルに泊まる。文壇付き合いをしないので、友人もおらず、木村伊兵衛《きむらいへえ》写真賞の審査員をしていた関係で「アサヒカメラ」元編集長の丹《たん》野清和《のきよかず》を指名し、酒の相手をさせていた。君は丹野さんとは新宿「風花」でよく顔を合わせていたが、中上健次と手塚治虫という日本で最も世話の焼ける作家の担当を務めていた。その彼がいうには、安部さんは、自分以外はみんなバカとばかりにマウンティングする癖があり、大江健三郎も、唐十郎も自分の爪の垢を煎じて飲むべきだと思っている。さらに安部さんの自分至上主義を律儀に模倣しているのが中上だというのである。

安部さんは密室で奇想を練り上げるマッド・サイエンティスト・タイプの作家であり、自分の糞《ふん》を餌にする昆虫「ユープケッチャ」など作中で様々な発明を行っている。コロンビア大学から名誉博士号を授与されることになり、ニューヨークに出かけたが、ホテルの部屋に籠りきりだったという。フェリックス・ガタリと会う約束もしていたが、ホテルのロビーで背中合わせに座っていたのに気づかず、すれ違いになってしまったそうだ。一度だけセントラル・パークに散歩に出て、ホームレスに異様な関心を示していた、とアテンドしたポール・アンドラ教授は証言している。ああ、「箱男」とは安部さんの自画像だったのだなと君は思った。やがて、「箱男」は日本社会のみならず、世界中に増殖してゆくことになるが、安部公房は間違いなくその先駆けで、新規テクノロジーのパイオニア・ユーザーになる先見性と合わせ、未来を先取りする異端だった。

酒仙の薫陶

古井由吉と後藤明生は最もよく酒場で顔を合わせた先輩だ。どちらも寺田博の盟友で本当に酒が好きで、おそらくは日本文学史上最もたくさん飲んだ人たちだった。同世代の大江健三郎が文学的知性を代表して矢面に立っていたので、彼らは別の生息域を探さなければならず、その結果、日常性の中に留まり、創造的な右往左往を重ねていた。

多少自己紹介に趣向を凝らすエンターテインメントとしての「私」があらゆる領域で幅を利かせているが、それは「キャラ」と呼ばれるものに過ぎず、本来、文学が目指していたのは、名付けようのない「私」を微分することだった。無神経な批評家から「内向の世代」と一括りにされた古井さん、後藤さんだが、彼らは「サラリーマン」の実存を見据え、意外に深い心の闇に迫り、隠された欲望を解き放っていた。

軍国主義から民主主義へ、統制経済下での窮乏生活から経済成長下での飽食、結婚後の団地暮らしへ、戦中から戦後にかけての急激な変化に対する強烈な違和感が彼らの出発点である。古井さんの場合はこれに結核の長患い、大学教員の仕事、東京や金沢での下宿生活が挟まれ、後藤さんの場合は、北朝鮮での幼年時代、九州での引き揚げ生活、サラリーマン生活が絡む。二人の分身である語り手はことあるごとに「なぜ自分はここにいるのか」という存在論的不安に駆られ、にわかにおのが出自を再確認したくなる。ちょうど君の父親の世代に当たるので、その複雑な胸中は何となく察しがつく。

古井さんは一貫して記憶と時間を巡る考察を重ねて来た。ほとんど、実存主義哲学のようだが、どの小説にも肉の感触の生々しさが満ちている。古井さんは五十歳になった頃から老人小説を書いていたが、おそらくその時から時間の経過が止まったのだろう。当時の年齢のまま三十年くらい生きてきたように見える。

誰もがほかの人とは取り替えようのない「この私」を生きているつもりでいるが、「この私」は他者や死者の影響なしには存在し得ない。いや、人間関係のみならず、家庭、団地、職場、都市、酒場などあらゆる場所、植物、水、土、空気もまたその人の気分と思考、そして存在を規定している。「私」はこの肉体に生起するあらゆる現象の結果である。古井さんは一貫して、自分を自分たらしめている記憶や時間、意識の本質を森羅万象や他者との関わりの中で見据えてきた。時に生死の際に立ち、自身の肉体や意識に起きる異変を敏感に察知し、「私」の変容を冷徹に観察してきた。そのせいか、古井さんの口から漏れるコトバは、冥界からのメッセージのように聞こえることがある。ヒトは寿命が訪れて突然死ぬのではなく、何十年もかけてじわじわと死んでゆくものなのである。古井さんの作品は少しずつ死に接近してゆくプロセスを克明に記録しているので、全作品をつなぎ合わせた時、ヒトが死ぬとはどういうことかの全貌が明らかになるだろう。

後藤さんは専業作家になる前は博報堂に勤務していた。広告代理店の社会的認知度がまだ低かった頃で、大学の恩師に就職の報告をしに行ったら、文房具店と勘違いされたという。彼は何か企画を出せといわれ、「トリスを飲んでハワイへ行こう」をもじった「ドストエフスキーではありません。トリスウイスキーです」というコピーを酩酊中に閃《ひらめ》いたが、ボツにされ、結局、在職中は何一つ企画が通らないまま平凡出版に転職したという。

後藤酩酊というあだ名もあったほどに、いつも酔っていた後藤明生だが、延々と続く与太話の語り口と小説の語りはほとんど変わらない。たとえ素面でも、そこに話し相手がいなくても、自分を聞き手に喋り倒すだろう。たまたまそこに机と原稿用紙がある時に、小説という形式に収められるのである。小説とエッセイ、エッセイと酒場の与太話、会話と独り言の区別さえつかない独特の後藤節は実は極めて批評的、思弁的で、あの飄々とした酔いっぷりは実は韜晦《とうかい》だったのである。

後藤明生によって一九八七年に樹立された「風花」の最長滞在記録は未だ破られていない。彼は夜十時に来店し、翌日の午後五時まで居座っていたのだ。最後は紀久子《きくこ》ママも帰ってしまい、一人ぼっちで眠りこけ、ビールが切れたのでわざわざ酒屋に買いに行き、留守番しながら飲んでいたそうだ。他方、古井さんはいくら飲んでも乱れない。思い出したようにパイプの掃除をし、時々、不気味な微笑を浮かべながら、仙人の知恵を呟く。新宿のマルメラードフといえば、後藤明生のことで、新宿の老子といえば、古井由吉のことである。君はこの二人の酒仙に文士たるものの模範を見てしまったのであった。

酒仙たちの薫陶を受けた君もいつしか大酒飲みになっていて、新宿の行きつけを巡回するのが癖になっていた。後年、あれは佐伯一麦が野間文芸新人賞をもらった時だったか、生活苦の彼にとって百万円の賞金は『歓喜の歌』を絶唱したいほどに嬉しかったに違いなく、君はその祝いに駆けつけ、いつものようにハシゴの最後を「風花」で締めくくろうとしていた。後藤明生の長っ尻《ちり》が習慣化し、「風花」は客が居座る限り、営業を続けてくれるのをいいことに午前七時頃まで飲んでいた。同じ町に住んでいるので仲良く電車で帰ればよかったが、互いに名残《なご》り惜しい気がして、仲良く一風呂浴びようということになった。川西蘭《かわにしらん》も同行し、カプセルホテルにチェックインし、湯上がりにレモンサワーを飲んでいるうちに佐伯が浴衣をはだけ、股間丸出しで寝落ちしてしまった。仕方なく、彼をカプセルに放り込み、君たちも仮眠を取った。午後二時頃、佐伯が「賞金を銀行に預けてから、ちょっと寄るところがある」と先にチェックアウトしたので、君と川西は再び風呂に入り、遅れてチェックアウトし、蕎麦《そば》を食い、カフェで迎え酒をしながら、佐伯を待った。

午後五時頃、戻ってきた佐伯に何をしていたのか訊ねると、馴染みの女に会いにファッションヘルスに行ってきたという。賞金の最初の使い道がそれかとからかいながら、ビールのお代わりをしたが、二日酔いで調子が上がらない。こんな時は泳ぐのがいいと元水泳部の佐伯が無茶をいい、それを信じて、プール付きのサウナに行き、少し運動したら、復活し、またビールを飲み始めた。漫然とテレビを見ていると、鍋物の特集をやっていて、食欲を刺激され、鍋を食いに繰り出すことになった。それから、何軒かハシゴし、十時くらいに「風花」に戻ると、紀久子ママに「あらま」と呆《あき》れ顔で迎えられた。結局、次の日も午前五時まで長居してしまい、三十六時間耐久ハシゴ酒の記録を樹立したものの、精根尽き果てて帰宅した。何度もサウナや風呂に入るうちに全身の脂っ気が抜け、ささくれた指で鼻水を拭ったら、鼻の下が切れた。

ああ、自分も後藤、古井の足跡をなぞっているなと思った瞬間だった。

亡命計画

君は八七年頃から、雑誌取材やシンポジウム、テレビ番組の収録などでローマや南仏ニースやアメリカのアトランタ、ブルガリアのソフィア、アララト山からカッパドキア、イスタンブールまでトルコを一周するツアーなど頻繁に旅に出るようになっていた。

　ソフィアでは国際文学シンポジウムが開催され、中野孝次《なかのこうじ》、日野啓三《ひのけいぞう》、立松和平《たてまつわへい》、福《ふく》島《しま》泰樹《やすき》らとともに参加し、君はテクノロジーと文学という分科会に出席し、「今後人間はコンピューターとのインターフェースを一層深め、コンピューターなしには生活が成り立たなくなるばかりか、サイボーグ化が加速してゆくだろう」というようなことを述べた。それに対し、イギリスやイタリアの作家は君に与《くみ》してくれたが、ロシアや中東の作家、詩人から「人間の尊厳」が機械によって奪われるような未来は断固拒否するといった産業革命時の「ラッダイト運動」を思わせる意見が相次ぎ、君も本気を出して、機械との共生はすでに行われているし、「人間の尊厳」を奪っているのは人間だし、テクノロジーの発展がファシズムを生み出したのではなく、テクノロジーを悪用して全体主義社会を作る統治者が悪いのだと主張した。また、中野孝次が宴席で各国代表たちに「反核運動のために乾杯しよう」と呼びかけたのだが、君は「ロシアや中国の作家が反核運動をすれば、反体制として抑圧を受ける現状では乾杯をしても虚《むな》しい」と拒否した。主催のブルガリア作家同盟の人々は困惑していたが、作家同盟会長からは最も論争を巻き起こした青年として褒められた。

　会期中、日野啓三が倒れ、ロシア語ができる君が、深夜、救急車で搬送される日野さんに付き添って、病院に行ったが、女医の診断では「狭心症を起こす恐れがある」というので即入院ということになった。刑務所のように鉄格子のある病室に一人、日野さんを残していくのは気の毒だった。事務局の人の手回しで日野さんは二十四時間後に戻ってきたが、「いやあ、隣は精神病棟だし、何されるかわからず実に怖かったね」というその顔は安堵《あんど》に満ちていた。

君がデビューした一九八三年は新種のウイルス発見の年でもあった。ＨＩＶ、ヒト免疫不全ウイルスが引き起こす病ＡＩＤＳ、後天性免疫不全症候群の脅威に世界が震撼《しんかん》していた。日本でも八五年に最初の患者が現れた。君は好奇心から早速、この病気についてのリサーチを始めた。宿主のＤＮＡに寄生し、その情報を逆転写して、免疫系を破壊するウイルスの働きに触発され、結核小説、ガン小説に続く病気小説の新機軸を構想した。それが『未確認尾行物体』だった。

君は以前からポーランド出身の異端作家ヴィトルド・ゴンブローヴィッチを偏愛しており、とりわけ短編集『バカカイ』所収の『クライコフスキ弁護士の舞踊手』という元祖ストーカー小説の不気味さに惹かれていた。当時はまだ「ストーカー」という用語は定着していなかったが、付きまとい行為は存在し、君も被害者の一人だった。講演会やサイン会で泣きそうな顔で君を凝視し、「私と交わした約束を守ってください」と詰め寄ったり、折り込み広告や破ったカレンダーの裏に妄想を炸裂させた怪しい手紙を二日おきに送りつけたり、「これ以上、私の身辺を嗅ぎまわり、小説に書くのはやめてください」と自宅に直談判《じかだんぱん》に来たりする困った人たちに悩まされていたので、他人事《ひとごと》ではなかった。いっそ、そういう人物を主人公に据えたら、困った人たちも自重してくれるのではないかと思った。

ゲイの主人公ルチアーノを産婦人科医のストーカーに仕立て、その付きまといの一部始終を描くからには彼らの心理を深掘りする必要があった。君は自分がストーカーになったら、何をするかを徹底的に考えながら、HIVウイルスのメタファーで主人公の行動を描き、かつAIDSに対する誤解から生じた差別や偏見、人間関係の不信、社会的混乱を風刺するという難しい仕事をうまくやってのけたつもりだった。

『未確認尾行物体』は芥川賞の最多落選記録樹立の節目の作品になり、次いで第一回三島賞の候補になった。三島賞は不遇の自分を慰撫するために創設された賞だと君は思い上がっていたが、またしても梯子《はしご》を外された。選考委員は江藤淳、大江健三郎、筒井康隆、中上健次、宮本輝の各氏だったが、全員推す作品が異なり、君は大江さんに支持されたものの、激論の末、賞は江藤さんが推した高橋源一郎《げんいちろう》に授けられた。後で聞いた話だが、この時、中上は「絶対に島田には賞をやらない」と宣言していたらしい。ニューヨークから戻ったと思ったら、また性懲りもなく君を抑圧しにかかってきた。

これ以上、日本にいてもろくなことはない、早々に見切りをつけて何処かに逃亡しようと思い始めた。伝手《つて》があるのはニューヨークくらいだった。ロシアン・スクールからアメリカン・スクールへの乗り換えはあまり気が進まなかったが、尊敬する文豪たちは何らかの形でアメリカと個人的な関わりを持ち、自身の内で強烈な違和感を育み、それを創作の核にしてきた。大岡先生は米軍の捕虜になり、のちにアメリカに留学しているし、大江健三郎、江藤淳もアメリカの大学のフェローだった経験がある。親米になるにせよ、反米になるにせよ、君は自身の「アメリカと私」を紡がなければならなかった。

君は新たな長編小説『夢使い』を構想していた。それまでも夢を創作に導入する試みを繰り返し行ってきたが、他人の夢に自在に侵入し、意識を操作できたら、この世界は思うがままに変えることができる。たとえば、アメリカ大統領の夢に侵入し、ある決断に誘導することで、世界を今より少しだけましにすることができるかもしれない。そんな発想から書き始められた小説を一言で要約すれば、こうだ。

「レンタルチャイルド」として育てられた「夢使い」マチューは今日も他人の夢を渡り歩く。

夢は目覚めるそばから忘れてしまうが、それを見たままに真空パックできないものか、と高校時代から考えていた君にとって、『夢使い』のような小説はおのがシャーマン修行の成果を世に問うものでなければならなかった。君は埴谷先生の『死霊』に鼓舞され、タントラ・ヨーガの瞑想法やイグナチオ・デ・ロヨラの『霊操』を読み漁り、夢見る能力にさらなる磨きをかけ、自らの内に「新しい心」を宿すことを企んだ。

エクソダス・アゲイン

一九八八年六月、君は傷心を抱え、ひとみとともにニューヨークに出立した。柄谷行人の友人でコロンビア大学教授のポール・アンドラが君を快く客員研究員として迎えてくれることになった。

最初の夜はミッドタウンのホテルに宿泊し、翌日から一週間、コロンビア大学のゲストハウスで過ごし、そのあいだにアパートを探さなければならなかった。マンハッタンの住宅事情の悪さからすると、それは綱渡りで、住人が休暇中にアパートを又貸しするサブレットを転々とすることも覚悟したが、駄目元の飛び込み交渉が偶然、上手く運び、三日目にして、七番街十五丁目角のチェルスモア・アパートメントの空き部屋に転がり込むことができた。そこは前の年まで四方田《よもた》犬彦《いぬひこ》や写真家の北島敬三《きたじまけいぞう》が暮らし、中上健次も寄宿していたアパートで、ユダヤ人のオーナーが日本人にフレンドリーだったことが幸いした。

四階の「4U」の部屋は前に中国人の三人娘が住んでいたらしく、かなり汚れていたので、壁の塗り替えとキッチンの大掃除を要求し、三日後に新規テナントとして入居した。最初のゲストは何と養老先生だった。ちょうど学会でニューヨークに来ているという連絡をコロンビア大学経由で受け、食事を共にした後、アパートで寛いでもらった。

ディスカウント・ショップが並ぶ十四丁目でシーツだのモップだの生活雑貨を揃え、最寄りの銀行に口座を開いた。通常、ソーシャル・セキュリティ・ナンバーがなければ、口座は持てないのだが、君は窓口で支店長と話したいといい、二百万円分のトラベラーズ・チェックを無造作に机の上に出すと、支店長は揉み手で歓迎し、すぐにキャッシュカードと小切手帳を用意してくれた。銀行預金の習慣が薄いアメリカでは年利七パーセントという高利回りだった。

チェルスモア・アパートメントにはマーサ・グラハム・カンパニーに所属するダンサーの折原美樹《おりはらみき》が長年、二階の部屋に暮らしており、バレエ修業中の同居人雪美《ゆきみ》ちゃんを交え、早速、近所付き合いが始まった。アパートはアジアのビジュアル、パフォーミング・アーティストを支援するアジアン・カルチュラル・カウンシル（ＡＣＣ）と契約していて、中国からソプラノ歌手の燕燕とダンサーの金星、日本人のアーティストも三人住んでいた。その中に毛利蔵人《もうりくろうど》というちょうど十歳年上の現代音楽の作曲家もいて、君はこの人のやるせない曲想の器楽曲がけっこう好きだった。彼とはよく音楽談義をしたが、神経質な人で、しょっちゅうパーティに来た客と口喧嘩をしていた。その彼はそれから十年もしないうちに、四十代にしてガンで他界する。君より五つ年下の金星は中国に帰国した後、中国で最初の性転換者になり、孤児を養子に取り、メディアの寵児になったことを知ったのは十五年後のことである。

彼らとの交友とコロンビア大学通いが始まると、それまでの東京郊外の生活が一気に遠のいていった。それまで君は都心のど真ん中に暮らしたことはなかったし、外国生活も初めてで大いに浮かれていた。マンハッタンほど落ち着きのない遊歩者向けの街はない。早く土地勘を身につけ、このクレージー・シティの生態に順応しようと、地図上にその日歩き回った通り、乗った地下鉄に印をつけ、地図が真っ赤になるようにした。

当時はまだ治安が悪く、午後八時過ぎの外出には気をつけろとか、イースト・ハーレムやブロンクスには近づくな、イースト・ヴィレッジのアヴェニューAを越えるな、ハドソン・リヴァーサイドには行くなと細かい注意を受けていた。しかし、君が住んでいた界隈はミート・パッキング・エリアと呼ばれるドラッグの売人が多い地域だし、コロンビア大学キャンパスの東側も発砲事件多発地域なので、ある程度運を天に任せるしかなかった。ひとみは通りを歩く際、向こうから黒人の大男がやってくると、君の陰に隠れようとするくらい露骨に怖がっていた。最初の二ヶ月くらいは君もビクビクしながら、グリニッジ・ヴィレッジやソーホー、チャイナタウンなど比較的安全な界隈を徘徊していたが、慎重に様子見をしながら徘徊の範囲を広げ、危険地帯にも足を踏み入れ、ポーランド系移民労働者たちに混じってビールを飲んだり、奥のテーブル席でジャンキーがつぶれているアイリッシュ・パブに出入りしたり、ハーレムにソウル・フードを食べに行ったりするようになった。

君は何ヶ所かお気に入りの暇つぶしスポットを開拓したが、その一つがスタッテン島行きのフェリーだった。地下鉄①の終点のあるバッテリー・パークから出ているフェリーは地下鉄と同じ料金で海に出られ、自由の女神もよく見える。島には上陸せず、ただ漫然と船で往復するだけなのだが、マンハッタンが島であることを実感でき、またいい気分転換になる。もう一つはコニーアイランドのそばにあるブライトンビーチで、ここにはロシア人のコミュニティがあり、看板もロシア語が目立ち、店にはロシア製の食品が売られ、安いロシア料理店もたくさんあった。君は遊園地で遊び、海辺のボードウォークを歩き、レストランでペリメニやキノコのマリネ、イクラなどをつまみにウオッカを飲み、塩鮭を買って帰るのだった。三つ目のスポットはコロンビア大学のそばにある「月宮酒家」という中華料理店で、君は芝海老《しばえび》とクワイがたくさん入ったおこげスープが大好物だった。後にポール・オースターというユダヤ系作家が『ムーン・パレス』という小説を発表するが、その舞台がここである。彼も足繁く通ったらしく、ニアミスがあったかもしれない。ニアミスといえば、十五丁目のアパートのそばのカフェにはしょっちゅうキース・ヘリングが甘いものを食べに来ていて、何度も見かけたが、彼は間もなくＡＩＤＳで亡くなった。

チャイナタウンの飲茶《ヤムチャ》も好きで、二週に一度はサンデーブランチをしに行ったが、折原美樹の自転車を借りて、食材の買い出しにもよく出かけた。彼女の部屋はアーティストの溜まり場になっていて、一番暇な君がよく食事当番を頼まれ、鍋物や天ぷら、魚料理を作っていた。歌手の燕燕が無類のわさび好きで、チューブから直接すすり、ドラッグじゃあるまいし、恍惚となっていた。チャイナタウンは物価が安く、日本食品や魚介も豊富で、一尾六ドルのロブスター、八ドルのスッポン、二ドルのナマズ、ロングアイランド産のヒラメ、生のタコ、マグロの輪切りなどを買ってきた。鮮度のいいヒラメは昆布締め、タコはグリル、スッポンはスープ、ナマズは蒲焼《かばやき》、マグロはねぎま鍋、ロブスターは茹《ゆ》でてポン酢という具合に、市場に鍛えられ、料理のバリエーションが増えていった。店で食べると高いチェリーストーン・クラムを買って、生で食べたら、食当たりし、一週間下痢に苦しんだりもしたが、食生活はかなり充実していた。それまで偏食で脂っこい料理が苦手だった君はハンバーガーやピッツァ、フライドチキンの洗礼を受け、次第に耐性を獲得しつつあった。

せこく貧しく図々しく

アンドラ家のパーティでコロンビアの院生の友人もでき、彼、彼女たちのアパートのパーティにも頻繁に出かけるようになると、ロックンロールと葉っぱをセットで勧められたりした。君も自宅でパーティを開き、友人たちを招待したが、ある時、呼んでもいないニヤケ面の男がちゃっかりひとみを口説いていたので、ムッとして、「ぼくの妻に何か用ですか?」と詰め寄ると、「あ、すいません。奥さんだったんですか。ぼくは美術やってる是枝《これえだ》です。今度、一緒に飲みに行きませんか?」とやけに馴れ馴れしい。君は大学時代美術部だったので、ニューヨークの現代美術事情にも興味があり、そのガイド役をしてもらおうとその誘いに応じることにした。以来、この是枝 開《ひらく》が君の最も重要な飲み友達となったのだった。彼はマンハッタンに点在する画廊やブルックリンの共同アトリエに案内してくれたが、会えば必ずバー・ホッピングになる。ハーレムに住んでいながら、ダウンタウンに飲みに行くのが大好きで、イースト・ヴィレッジを縄張りにしていた。鹿児島市内の旅館業を営む家の次男で、フィラデルフィアの美術学校を出た後、コロンビア大とシカゴ大に合格し、誰からもシカゴ大を勧められたにもかかわらず、ニューヨークのバーの営業時間の方が長いというただそれだけの理由でコロンビア大に来た根っからの酒好きだった。類は友を呼んだらしい。

午前四時に酒場は閉店することになっているが、それ以後も闇営業で酒を出すところはあった。是枝はその事情にも精通していた。深夜のイースト・ヴィレッジを徘徊するには相応の覚悟が必要で、常にポケットに二十ドル紙幣を入れ、ナイフや拳銃を突きつけられたら、それで見逃してもらうというのが鉄則だった。家に帰る時は韓国人が経営する二十四時間営業のグローサリーを点と点で結んだコースを辿り、いざという時はそこに逃げ込むシフトを取った。アジア人の顔はブルース・リーを想起させることもあり、ギャングも迂闊《うかつ》には手を出さない。その思い込みに助けられてもいた。ダウンタウンのバーを五軒回り、トップレス・バーで散財し、午前四時過ぎから闇酒場にしけこみ、明るくなるのを待ち、バッテリー・パークの芝生で屋台のホットドッグを食べ、仮眠し、余力でエリス島に渡り、自由の女神の額のところまで上り、体力を消尽して帰宅する耐久ハシゴ酒ニューヨーク編も敢行した。

ニューヨークには大量のジャパン・マネーが流れ込んでおり、JALがセントラル・パーク・サウスの高級ホテル、エセックス・ハウスを八四年に買収したのを皮切りにマンハッタンのあらゆる不動産、クリスティーズで競売にかけられる美術品、ブランド品が買い漁られており、そのうちハワイやサンフランシスコが日本に買収されるとまことしやかな噂まで流れていた。君はフィリップ・K・ディックのパラレル・ワールド物SFの傑作『高い城の男』のアイロニーが現実になったと思った。小説では第二次世界大戦でドイツと日本が勝利し、アメリカはニューヨークを中心に東部諸州をナチス帝国に、カリフォルニアを中心に西部諸州は大日本帝国に分割統治されている。アメリカ人はレジスタンス運動を展開しているが、憲兵やゲシュタポの厳しい弾圧を受けている。この小説はドイツがアメリカに先んじて核兵器を開発していれば、そうなっていたかもしれないという発想に立脚しているが、戦後から四十年以上経過すると、かつての敗戦国は経済成長を遂げ、GDPでアメリカに次ぐ二位、三位の地位を占め、貿易摩擦が生じていた。ホワイトハウスと米企業がタッグを組んで熾烈《しれつ》な日本叩きをしていたが、『高い城の男』におけるレジスタンスに対応しているように見えた。

巷にも日本人イコール金持ちという短絡が満ちていた。郷《ごう》ひろみが予約の取れない人気レストランで百ドルのチップを渡し、すぐに席に案内されたという自慢話を書いていて、「そんなことをするから、貧乏人はとばっちりを受けるんだよ」と舌打ちした。バブルのトリクルダウンは全然君には落ちてこなかった。アテにしていたACCの奨学金も「パフォーミング・アート限定」を理由に断られた。「戯曲も書いている」と食い下がったが、「決定が覆ることはない」といわれ、頭を抱えた。

君は『夢使い』を書き継いでいたが、連載の仕事はなく、単発の仕事もないので、収入は激減していた。日本からの送金もなく、月千百ドルの家賃も重くのしかかっていた。預金を切り崩しながら、生活を質素にするほかなかった。そんな中、円高の恩恵を味わおうと日本からの訪問客が相次いだ。「朝日ジャーナル」の連載企画「若者たちの神々」以来付き合いのあった筑紫哲也《ちくしてつや》、日本脱出直前に共著『天使が通る』を出した浅田彰、君よりデビューが一年早かった高橋源一郎、友人の川西蘭、「新潮」担当編集者風元正、

「海燕」担当の根本昌夫といった面々がやってきて、貧しい君に食事と酒を奢ってくれた。風元は当時の「新潮」編集長坂本忠雄が大江健三郎の原稿を取りにニューヨークに出張したという前例を踏襲したがり、君の短編を取りに来る名目でやってきたが、その原稿をゲイバーに置き忘れ、親切なバーテンダーに追いかけられるという一幕があった。高橋源一郎はアケダクト競馬場で勝ったというので、ミッドタウンの高級寿司店とストリップ・バーで大盤振る舞いしてくれた。ニューヨークで知り合った演劇プロデューサーの紹介で俳優の寺田農《みのり》もボロアパートを訪ねてくれた。ミンクのロングコートを着て、リトル・イタリーを歩いている無防備なジャパニーズ・ガールがいるなと思ったら、松田《まつだ》聖子だった。

同じ時期、ヒッピー世代を代表する放浪作家宮内勝典《みやうちかつすけ》が家族とイースト・ヴィレッジのアヴェニューA付近に暮らしていた。宮内氏のアパートにも何度かお邪魔したが、いい荒《すさ》み具合だった。宮内さんはドラム缶の焚き火にたむろするホームレスの輪に入り、世間話をするのが好きだったが、君は「オレは日本人が嫌いだ」と呟くホームレスに「ぼくも嫌いだ」と応じるのがせいぜいだった。グリニッジ・ヴィレッジのフェンスで囲まれた小学校に通う息子の悠介《ゆうすけ》がミニカーで一人遊びをしていて、壁にぶつかるたびに「あ痛っ」と叫ぶのが面白かった。「君はミニカーの痛みがわかるんだね」というと、「うん」といった。その悠介が成人すると、ハッカーになり、プロ雀士になり、さらに

SF小説に新風を吹き込むことになるなどと誰が予想できただろうか。

イースト・ヴィレッジには美術家の荒川修作《あらかわしゆうさく》もアトリエを構えていて、何度かお邪魔し、奥さんのマドリン・ギンズも交え、夜更けまで美術談義、文学談義をしたが、二人ともかなりのイカれ具合で、ニューヨークで美術家として目立つためにはよほど人を食ったこと、絶望的なことをやらかさなければならないのだと思い知った。それにしても、荒川さんはなぜ君のようにまだ学校教育の影響を引きずっているスイート・ボーイに親しく接してくれたのか、わからないが、「死なないために」というサバイバルの知恵の集積を目指していた彼の脳みそにそよ風を吹き込むくらいの貢献はできたと思う。

秋にはメトロポリタン・オペラのニュー・シーズンが始まり、早速、シーズン・チケットを二種類買ったが、倹約生活の身ゆえ、四階席しか取れなかった。月のクレーターもよく見える高倍率の双眼鏡を持参し、要所要所で歌手をアップにしたが、手ぶれのせいで気分が悪くなることもあった。世界最高ギャラを払うメトロポリタンだけに、超一流歌手の揃い踏みで、君は円熟期のルチアーノ・パヴァロッティ、プラシド・ドミンゴ、ミレッラ・フレーニ、ギネス・ジョーンズ、タティアーナ・トロヤノス、ジェシー・ノーマン、シェリル・ミルンズ、ジェームス・モリス、レオ・ヌッチの生声を堪能した。君が見た十二演目には、ドミンゴ、ヌッチの『仮面舞踏会』、トロヤノスがヴェヌスを歌った『タンホイザー』など歴史的名演も含まれていた。後に君はオペラ台本作者になるが、その基礎は「メット」で仕込んだ。

中上襲来

ある日、同じアパートの友人が引っ越すことになり、その手伝いをしていると、エントランスにスーツ姿の見紛《みまが》いようのない人物が立っているのに気づいた。中には管理人もいるのだが、顔を合わせたくない様子だった。君は露骨に嫌な顔をし、ほとんど職務質問口調でこう訊ねた。

——中上さん、ここで一体何をしているんですか?

——ちょっとロスに用事があって、ついでに立ち寄った。

ロスに行ったついでにわざわざ六時間も飛行機に乗って、ニューヨークに立ち寄るなんて、地理感覚のなさにもほどがある。君は呆れて笑いながら、「殴りに来たんじゃないなら、お茶でも飲んでいきますか?」と社交辞令で誘ったが、中上は「いや、ここは鬼門だからやめとく。それより、おまえちょっと顔貸せよ」といった。

チェルスモア・アパートは中上の古巣でもあるが、どうやらかなりの狼藉を働き、オーナーと揉め、家賃も踏み倒して出ていった「前科」があるらしかった。君は部屋にジャケットを取りに戻り、ATMで四十ドルだけ引き出し、ダウンタウンに同行することになった。中上が一緒ならボディガードをつけているようなものだから、なるべく治安の悪い界隈に案内してやろうと企んだ。最初のビールを飲みながら、中上はこう切り出した。

——おまえ、拗《す》ねてるだろ。

——当たり前じゃないですか。芥川賞落とされまくった挙げ句、誰かさんが「島田には絶対に賞をやらない」とか意地悪するんですから。

——わかるよ。

拗ねさせた張本人のくせに何が「わかるよ」だ、と君は音を出さずに舌打ちした。中上は自分で突き落とした相手を慰めて恩を売る迷惑な先輩であることは、すでに学習済みだった。

ゲイの聖地、クリストファー・ストリート、ノーホー、イースト・ヴィレッジのバーをハシゴして回り、時々、自分でもカネを出したが、ほとんど中上が奢ってくれた。酔いが深まってくると、中上は突然、「マリファナ買ってこいよ」と君をパシリに使い始めた。マリファナを吸わせれば大人しくなると思い、路上の売人から三、四回分のスモール・パックを買った。中上も近づいてきて、その売人に「コカインあるか？」と訊ねると、「今は持ってないが、アパートにあるから取ってくる」という。中上は二十ドル紙幣を前金で渡そうとするので、君は「この男、約束は破るためにあるみたいな顔をしてるから、前金なんて渡しちゃダメです」と制したが、「こいつがちゃんと持ってくるかどうか賭けよう」と悠長なことをいい出した。三十分後に戻ってくるといった男を待つあいだ、中上が常宿にしていたワシントン・スクエア・ホテルの部屋で小休止がてら一服することになり、聖書の詩篇のページを破って巻いたものを先輩に差し出した。狭い部屋はたちまち煙で充満した。「あまり効かねえな」と中上がいい、「そろそろ戻ってくる頃だ」と約束の場所に行ってみたが、売人の姿はなく、賭けは君が勝ち、さらに五軒目、六軒目のバーへと流れていった。

二人ともかなり酩酊していたが、突然、「腹減った」と中上がいい出し、通りがかりのカフェに入った。もうキッチンを閉めるところだというのにチップを弾み、中上はコック・オー・ヴァンとハンバーガーとターキー・サンドイッチを注文し、それをほとんど一人で平らげ、追加のビールを頼もうとしたところで、店主に「いい加減にしてくれ」と店を追い出された。すでに条例で閉店しなければならない午前四時を回り、五時近くになっていた。どうやってアパートに戻ったのか覚えていないし、どうして脛《すね》に痣ができているのかもわからなかった。

ひどい二日酔いで寝込んでいたが、午後二時頃、電話が鳴り、出ると、中上だった。

――昨日は悪かったな。カニ食わしてやるから、奥さん連れて今夜も来い。

せっかく日本文壇から逃げてきたのに、二晩連続で天敵というべき男の太鼓持ちを務めている自分に嫌気が差したが、中上は本気で君を潰す気がないことは確かめられ、少しだけ安堵した。「これはオレ流の愛だ」と中上はいい張るに違いないが、実に疲れる愛だった。

昭和終焉

その頃、日本は昭和天皇の病態が悪化し、バブル経済に水を差すような停滞ムードに覆われており、崩御は秒読み段階に入っていた。天皇の病態に対し、「おいたわしい」といった元皇軍兵士大岡昇平は昭和の終わりを見届けることなく、クリスマスの日に脳梗塞で他界していた。君はニューヨークのアパートで一人先生に献盃《けんぱい》し、冥福を祈った。

日本史上最も長いピリオドが終わった日、君は共同通信の記者から侍医団が病室に入った段階で電話をもらい、すぐにパーティの準備を始めた。日本時間の明け方、十四時間遅いニューヨークでは午後四時頃、崩御を知った。「平成」の元号の発表を受け、それをノートに書いて中国人に見せると、「ピンチョン」と発音した。日本の停滞と君のスランプは何の関係もないが、新たな時代の始まりをきっかけに自らの心機一転も図りたかった。もし、この時期、日本に暮らしていたら、さらに半年以上、周囲の顔色を窺いながらの「自粛」に付き合わされていただろう。浅田彰はそんな日本を「土人の国」

と吐き捨てていたが、こちらはタイミングよく国外逃亡し、楽しく非国民をやっていられた。

ニューヨーク滞在もちょうど半年になり、ここまでの成果として、カナヅチだった君は二十七歳にしてようやく五十メートル泳げるようになっていた。コロンビア大学のプールは公式プールで、足が底につかないので、泳ぎだしたら、必死に水を掻かないと溺れる。時々、平泳ぎする女性の後ろを泳いでいると、股間で海藻のようなものが揺れているのが見えたが、それは水着からはみ出したアンダーヘアだった。ぜひ、大江さんにここのプールで泳いでもらいたいと思った。

運転免許も取得した。こちらでは筆記試験に受かれば、仮免が与えられ、マンハッタンの何処でも勝手に練習ができる。友人に車を持っている人がいなかったので、近所の教習所に行き、アフリカ系やアラブ系のインストラクターの無謀な指導で、初めてハンドルを握ったというのに、いきなり五番街やハイウエーを走らされ、冷や汗をかいたが、五回の路上教習であっさり免許が取れた。

英語には苦労していたが、不思議なことにある日、突然、ホームレスの罵詈雑言《ばりぞうごん》やアイリッシュ・パブの酔っ払いが口にするアイリッシュ・ジョークが全て聞き取れるようになっていた。小銭を恵んでくれない相手にはこんなひどい呪詛のコトバを投げつけていたのかと遅まきながら腹が立ち、またアイリッシュ・ジョークは意味が一〇〇パーセント理解できても、依然笑えないことがわかった。

残りの滞在は半年しかないのだと思うと、生活を切り詰めるのもバカらしくなった。明日のことは思い煩わず、もう少し優雅に暮らすため、君は一週間だけ日本に出稼ぎに出ることにした。担当編集者に頼んで、講演や対談の仕事を仕込んでもらい、効率よくそれをこなし、五十万円ほどの現金を手に入れて戻ってきた。それを原資にして、マイアミやニューオリンズに旅行したり、是枝の案内でフィラデルフィアで遊んだり、レザーのロングコートを買ったりした。

ひとみもフラワー・デリバリーの電話番のアルバイトを始め、家賃を賄えるようになったし、君も大学や財団主催のイベントに呼ばれ、多少の謝金をもらえるようになっていた。七番街を挟んで向かいのアパートにはアメリカ俳句協会の佐藤紘彰《さとうひろあき》さんがいて、彼の引き合わせでアメリカの詩人とも薄く交流し、その招待でノースキャロライナの大学に出かけ、いわゆるバイブルベルトと呼ばれるキリスト教保守主義の地盤を見て回る機会が得られた。バーボン・ウイスキーの産地なのに、レストランで酒を出さないのには閉口した。土産に地元のウイスキーを三本買って、飛行機に乗る時、手荷物検査でカバンを開けられたが、係員が呆れ顔で「Small Big Drinker（小さな大酒飲み）」と笑った。

イサカの一夜

コロンビアのセミナーで知り合ったブレット・ド・バリー先生と酒井《さかい》直樹《なおき》先生の招待でニューヨーク州の北西、ナイアガラにほど近いイサカにあるコーネル大学にも出かけた。講演とコーヒーを飲みながらのセッションを行ったが、日本文壇でポストモダンの旗手に祭り上げられていた君はほぼ同年代の院生たちに囲まれ、答えるのが面倒な質問ばかり投げかけられ、消耗した。セッションが終わったら、何処かで呑んだくれることばかり考えていた。帰り際、セッションに参加していた院生の一人と廊下で会ったので、「何もいいことはないと思うけど、一緒に飲みに行こう」と誘うと、応じてくれた。しかし、夜の大学町のダウンタウンは閑散としており、雪まで降り出し、数少ないバーも早仕舞いしてしまった。酒屋を兼ねたグローサリーでワインを買い、モーテルの君の部屋で飲むことになった。

自己紹介を交わすうちに、ニーナというブロンドの青い目の美女は母方にイタリア系、父方にポーランド系のルーツを持つカリフォルニア出身の子だとわかった。コーネル大学はナボコフが文学講義をし、トマス・ピンチョンが学んだ大学だから、ここに呼んでもらえて光栄だとか、酒井先生から聞いたが、キャンパスの中にある吊り橋は飛び降り自殺の名所らしいね、とコーネルに来た人なら誰もがしそうな話から始めて、互いのハイスクール時代の愚行を自慢し合ったり、安部公房や大江健三郎の個人的印象、好きな映画についての話、初体験の告白などを重ねるうちに、君の内なるナンパ魂が疼き始めた。キラキラした眼差しを彼女に向け、「聖母の絵を見ているみたいだな」などと囁き、ロシア人がイコンにするように、彼女の頬にキスをした。すると、彼女はお返しに君の唇にキスをした。

——ぼくは異教徒だから、聖母を誘惑しても、しなくても、どのみち地獄に堕《お》ちる。そんな独り言を呟くと、ニーナは微笑み、「Welcome to Inferno（ようこそ地獄へ）」と洒落たことをいった。そして、次の彼女のコトバに君は一瞬、耳を疑った。

——Do you wanna fuck with me?

こちらの劣情を無造作にピンセットでつまみ上げるような物言いに対し、君は素直に「Yes, indeed」と答えてしまった。彼女は君に体を預けて来たので、相撲の寄り倒しのようにそのままベッドに倒れ込んだ。カリフォルニア・ガールの迷いのなさにたじろぎながらも、君は彼女の服を脱がせ、自分の服を脱ぎ、無我夢中になって互いの肌を合わせた。

雪の降る夜は静かだ。外の音は降り積もる雪に吸収され、ベッドが軋《きし》む乾いた音と互いの荒い息づかいだけが部屋に響いた。

ふと我に返ると、ベッドサイドの時計が秒を刻む音が聞こえた。今しがたの行為を反芻しながら、君は明日の朝、イサカを去らなければならないことを思い出した。このまま大雪になって、ニューヨークに戻る便が欠航になればいい、と願ったものの、そうなったら、バスに五時間半揺られるだけだと冷静に考えた。このまま一期一会に終わってしまうにはあまりに惜しいクール・ビューティだった。彼女がこの部屋を出て行ったら、目覚めるそばから忘れてしまう夢のように、あるいは『スパイ大作戦』の指令が吹き込まれたテープのように、この夜の出来事も儚《はかな》く記憶から消え失《う》せていただろう。

だが、君は忘れなかった。今までこの夜の出来事は誰にも話したことがなかったが、雪が降るたびに密かに思い出していた。その後、君はモーテルの部屋を訪ねてくれた返礼にニーナをアパートまで送っていった。アパートに向かう下り坂は踏み跡もなく、ゲレンデと化していた。彼女が滑って転ばないようにその脇を支えながら、慎重に坂を下ったが、途中で面倒になり、転ばないようにうまく滑る方法に切り替え、結局、二人で転んだ。雪を払ってやりながら、誰もいない坂で君たちは再びキスを交わした。別れ際、なぜか三島の『春の雪』の最後の場面で、松枝清顕《まつがえきよあき》が熱に浮かされて呟いた遺言を思い出した。

——See you again. I'm sure to see you. Under the waterfall（また、会うぜ。きっと会う。滝の下で）

君がそのコトバを囁いたのは一種の願掛けだった。

翌朝、イサカを去る時、キャンパスの背後に連なる山々がすっかり雪で覆われ、水墨画そのものの光景が広がっていた。ニューヨーク州の北西の田舎町に突如、出現した日本の蜃気楼《しんきろう》に懐かしさを感じながら、デジャ・ヴュはまたここに戻ってくるという願望に由来すると、『野火』に書いてあったことを思い出した。

二人のニーナ

それから一月後、不意に電報が届き、そこには「あなたが絶望的に恋しい。本日午後五時チェルシー・ホテルで待つ」とあった。差出人がニーナとわかった瞬間、目に映るものの色が急に鮮やかになるのを感じた。もし君が不在だったら、もし妻が電報を受け取っていたら、彼女との再会は実現しなかったが、ニーナは会える方に賭け、バスに乗ったのだ。午後五時は一時間後に迫っていた。チェルシー・ホテルは二十三丁目、アパートからはたったの八ブロックだった。君は途中でワインを買い、ホテルに向かった。ロビーにいないので、フロントに訊ねると、「ハニーは部屋で待っている」といわれた。

部屋の鍵は開いていて、彼女はちょこんとベッドに座っていた。君は取り澄ました表情をしているつもりだったが、自然と笑みがこぼれた。君は彼女の隣に腰掛け、「強引だな」というつもりで「You are pushy」というコトバを使ったが、「Pussy（あそこ）」と聞こえたらしく、「Fucking rude man（無礼な男）」といわれた。

――再会に乾杯しよう。

君はワインの栓抜きを忘れたので、コルクを瓶に押し込み、乾杯をした。「バスで五時間半もかかった」と疲れた顔を見せるので、「利子をつけて返す（I'll return with interest）」と答え、ワインを飲み干し、ニーナを外に連れ出した。イタリアン・レストランでディナーをし、最近できたばかりの青い海の底にいるような雰囲気のラウンジに行き、互いにどんな気持ちで再会の時を待ったかを話した。君は「長編小説が停滞していたが、君と出会って、スランプを脱出できた」ともいった。ニーナは「自分の部屋に連れ込んでファックして消えるなんて最低」というので、「そういう最低の男を追いかける女は何ていうのか」と訊ねた。彼女は「Bitch」と答え、最低の男を今度は自分の部屋に連れ込み、リベンジを図るのだった。

カリフォルニアの英語はニューヨーカーのそれとは違って、メリハリの利いた喜怒哀楽をストレートに投げ込んでくる。ハリウッド映画の発色がいいように、そのコトバも色鮮やかだった。ニーナはメランコリーに落ち込みやすい気質を自覚していて、それを避けるために常に陶酔を求めていた。陶酔をドラッグなしで得ようとすれば、ナチュラルに自分を盛り上げるしかなく、時々、君には聞き取れない早口でスラングを多用し、ポルノ用語も好んで口にした。明日を思い煩わず、蓄えも持たず、運と勢いに任せて疾走する気迫は、新天地を求めてアメリカに渡った先祖由来のものか？　彼女と付き合えば、優柔不断な文学青年から脱皮し、「新しい心」が開かれるかもしれないと漠然と期するところがあった。君は西海岸もアメリカのハイスクールもボーイスカウトも知らないし、アメリカ人の幼馴染みもいないが、彼女を通じて、アメリカ文学やアメリカの青春に忍び込み、異端の登場人物として存在感を発揮できるような気もした。少なくとも、彼女に振り回されることで大きな遠心力を得て、自分を何処かに飛ばすことはできるはずだった。

妻がある身で、ブロンド美女にちょっかいを出す時点で、君は最低の男の資格充分だったが、実はコーネルのニーナに出会う前に、コロンビア大学の院生で同じニーナという名の女子のアパートに招かれて、なりゆきで性的関係を結んでいたのだった。せめて別の名前、アンナとか、ニコラだったら、多少は精神的な負担も軽減されたかもしれない。同じ名前だと、電話がかかってきた時、慎重にその声を聞き分けなければならず、一方のニーナにした話の続きを別のニーナにしてしまったり、ある約束をどちらのニーナと交わしたかを忘れてしまったりする危険が増す。実際、コロンビアのニーナからの電話でうっかり「このあいだはニューヨークに来てくれて本当に嬉しかった」といって、訝《いぶか》られたことがあった。バーや通りで二人が鉢合わせするといった修羅場は辛くも避けられたが、そのうち酔っ払って、ニーナは実は一人の女の表と裏だなどと勘違いするような事態もあり得た。

二人のニーナはもちろんお互いのことを知らないので、仮に同じ地下鉄の車両に乗り合わせ、同じ駅で降りたとしても、互い違いの方向に去ってゆくだろうし、同じ本を読んでも、別の解釈をするだろう。二人のあいだには憎しみも嫉妬もなく、互いに相手を裏切ることも、愛し合うこともない。おそらく最も上品かつ謙虚に無視し合える理想の他者同士の関係を結べる。だが、二人を知っている君はどちらにもいい顔をしながら、二人と理想的関係を維持することに腐心し、いつかこの二人が共謀し、それに妻も加わって、君を断罪する日が来ることに怯《おび》えなければならなかった。そもそも、容貌も年齢も性格も異なる二人のニーナと自堕落な関係を持ったのは、小説を書くのに必要な感情の起伏をもたらしてくれると期待したからだ。確かに二人は君に鞭打つミューズとなったが、彼女たちの機嫌を取るのに忙しくて、執筆に集中するどころではなかった。

翌日、ポートオーソリティからイサカに戻るコーネルのニーナを見送る時、今度は自分が五時間半の移動に耐えることを約束した。

雪解けの季節、君は約束通り、バスでイサカに向かったが、自分をオデュッセウスになぞらえはしなかった。今回は何のオブリゲーションもなく、ただニーナに会うことだけが目的だった。モーテルの予約もせず、彼女のアパートに転がり込んだ。自分がタンホイザーなら、この殺風景なアパートの一室がヴェヌスベルクになるのだろう。つい先日、二十八歳になったばかりの君はその気になれば、セックス・マシーンにでも愛の奴隷にでもなることができ、時間を忘れ、ニーナのスリムでしなやかなボディに溺れていられた。

翌日はワインと中華のテイクアウトを携えて、キャンパス近くの滝までピクニックに出かけ、「滝の下で会う」という自分の予言を成就させ、その記念にまた愛し合った。ナボコフもこの滝を見上げ、性的妄想に浸ったり、水遊びする女子学生のヒップラインに見惚れたりしていたに違いない。

ニーナは再度、マンハッタンを訪れたが、その時はワシントン・スクエア・ホテルに部屋を取ってやり、そこで昼下がりの密会を楽しみ、夜は是枝とその彼女のアヴィヴァと合流し、クラブ遊びをし、レイトショーの映画を見たりした。その頃、君はイースト・ヴィレッジの「アンソロジー・フィルム・アーカイヴス」に足繁く通っていて、ジョナス・メカス自らが切符のもぎりをするアットホームな映画館でロベール・ブレッソンやシュトロハイムの回顧上映を見ていた。客がほとんどいない「アンソロジー・フィルム・アーカイヴス」にしけこむと、君たちはすぐに唇を求めあい、互いの肌を弄《まさぐ》り合う。暗い場所、他人がいない隙間を見つけたら、反射的にそこに身を寄せ、肉の感触を確かめ合った。「おまえ、そのベイビーと全然釣り合ってねえぜ」とほざいたホームレスには「No problem. Just fitting（大丈夫、ぴったり合っている）」とやり返した。君たちは正真正銘のバカップルだった。

タンホイザーの憂鬱

中上はもう一度、君を襲撃しにきた。ちょうど、その日、君はささやかなホームパーティを開いていた。アパートの住人や是枝とその野蛮な友人たち、毛利蔵人とその繊細な友人たち、さらには同じアパートに住んでいたユダヤ系ハンガリー人の数学者ピーター・フランクルもやってきて、君にジャグリングを教えてくれた。そんな和気藹々の場に、予告なしに中上が現れ、座の中心に居座った。ここには中上を知らない人ばかりが集まっていて、酒が入るとどうなるか心配だった。中上は知り合いの結婚式に出席した帰りで、タキシードを着ていた。同行の女性は出版プロデューサーと自己紹介した。

人あしらいの上手い是枝が中上の相手を務めていたが、「殴られちゃいました」と逃げてきた。そのうち同行の女性が酔っ払って「この人を誰だと思ってるんだ」と客に絡み出すわ、中上は勝手に国際電話をかけまくり、「都《みやこ》はるみと話させてやる」と恩着せがましく君に受話器を渡すわ、パーティを荒らし出した。彼がニューヨークにいた頃、夜毎こんな調子だったとすれば、どんなに寛容なホストでも切れるな、と思った。同行の女は「天下の文豪中上先生が島田ごときのアパートを訪問してやっているのに、シャンパンも出さないのか」と君を責め始めた。もうやってられないとばかり、君が寝室に引っ込んで、本を読んでいると、寝室に押し入り、本棚の本を手当たり次第、投げつけてきた。ひとみが「中上さん、助けてください」というと、ヒステリー女の腕を掴み、連れ帰ってくれた。この時の印象一つで、ひとみは「中上さんは紳士」と思い込んだ。

翌日、中上からは詫びの電話が入り、君はコロンビア大学の人々も交えて一緒に一杯飲んだが、女の姿はなかった。ヒステリー女はあの後も暴れ、「島田を抹殺しろ」などと叫ぶので、「いい加減にしろ」と平手打ちすると、ハンドバッグを振り回して応戦してきたという。そこに警官が近づいてきたので、中上は女を宥《なだ》めたが、女は警官の顔を見るや、「あらいい男ね」と抱きついたらしい。こうまで乱れるとはよほど嫌なことがあったか、不純物だらけのドラッグでもやったのだろう。

治安が悪いニューヨークに一年暮らし、麻薬中毒者に絡まれたことは一度あったが、強盗は素通りしてくれた。一番、危ない目に遭ったのは日本人の女性に自宅で襲われた、この時だった。しかも、中上に助けられるというおまけ付きだった。

帰国の日は近づいていた。君はひとみとはメキシコシティ、オアハカに、ニーナとはモントリオール、ケベックに旅行した。メキシコシティのスモッグは渡り鳥を墜落させるほど酷《ひど》いというが、それに加え、酸素も薄く、すぐに疲れてしまうが、過剰装飾のメキシカン・バロックの教会には圧倒された。とりわけオアハカのサント・ドミンゴ教会の生命の樹《き》を見上げながら、雑多な文化や人の影響が交錯している自分の意識とそっくりだと思った。先住民の歴史に触れるべく、博物館を丹念に見て回り、テオティワカンのピラミッドにも登り、滅亡が予定に書き込まれているアステカの暦に興味をそそられた。夜はダウンタウンを歩き回り、テキーラを飲みまくった。代書屋通りやウェディングドレス通りを二往復し、マリアッチの楽団に気つけの一曲をリクエストし、カクテルに入っていた氷で下痢をした。

その一週間後、君はシラキュースでイサカから飛んできたニーナと落ち合い、モントリオールに向かった。こちらの目的はただ一つ、ニーナとアメリカの青春を謳歌することだった。初めて車を運転したが、いきなりスピード違反で切符を切られたり、ケベックの瀟洒《しょうしゃ》な街の家庭的なレストランでフランス料理を奮発したりしたが、じきに一年の逃亡生活にも終止符を打たなければならない憂鬱につい、ため息をついてしまうのだった。その度に「あなたはどうしたいの？」とニーナに詰問され、君は沈黙に逃げるしかなかった。彼女は「今を楽しめ」と何処かで聞いたことのあるコトバを囁くが、君は脳裏に浮かぶ零落したタンホイザーのイメージを拭い去ることができない。ヴェヌスとの享楽の日々に倦《う》んだタンホイザーは故郷に逃げ帰るものの、ひとたび愛欲の虜になった者は道徳規範を守る共同体に受け容れてもらえない。巡礼と苦行によって、再起を図ろうとするも、救いはなく、疲れ果て、絶望の底に沈んでゆくだけ。メトロポリタン・オペラで見たワーグナーの『タンホイザー』がこれほど切実に、我が身にオーヴァーラップするとは思いもしなかった。

君はあの時、どうしたかったのか？　ひとみと別れ、日本に帰ることもやめ、ニーナともうしばらく今を楽しみたかったのか？　答えはイエスだが、彼女との生活は長くはもたないだろうと予感もしていた。ニューヨークに留まったところで、君にはアメリカで小説家として自活する術もなく、ほかの食い扶持《ぶち》もない。ヴィザが失効すれば、君はその瞬間から不法滞在者である。

ニーナと別れ、何事もなかったように、出版社との契約を履行し、書き下ろし長編『夢使い』の完成原稿とともに日本に凱旋《がいせん》したかったのか？　その答えもイエスなのだが、執筆は遅れに遅れ、原稿はまだ半分と少ししか書けていなかったし、ニーナへの未練を引きずり、完成はさらに遅れたに違いない。日本は昭和天皇崩御後の喪中にあり、経済文化活動は依然、麻痺《まひ》状態で、帰ってもろくなことはない。しかし、君が何もアクションを起こさなければ、この選択をするしかないこともわかっていた。

アメリカと日本に引き裂かれても、太平洋を挟んだ遠距離恋愛を継続したかったのか？　その答えもイエスであり、ノーでもある。同じニューヨーク州にいれば、バスで五時間半の距離など障壁にはならない。だが、太平洋を間に挟むとなると、話は別だ。最初のうちは互いに恋い焦がれ、国際電話料金もかさむに違いない。だが、時の経過とともに青春も恋愛もラブレターに沁み込ませたコロンの香りのように薄れてゆく。実質、遠距離恋愛は関係を安楽死させることを意味する。

実は二人の近未来の選択肢はもう一つあった。ニーナが日本に暮らすことである。君はそれを望んでいたか？　もちろん、イエス。もしそれが実現すれば、とりあえず二人の関係を延命させ、妻との関係は棚上げし、『夢使い』の完成に集中することができるから。そして、その可能性は非常に高いことがこのカナダ旅行で明らかになった。ニーナは日本への派遣留学の試験を受けようか迷っていて、君にその背中を押されるのを期待していたのだ。この恋はまだ終わりではなかった。「To be continued」という字幕が見えた気がした。

帰還

ニューヨーク滞在中に読んだ本や買った冬服、思い出の品々を船便で日本に送るために郵便局を四往復くらいし、二つのスーツケースに身の周りの品を詰め込み、君はひとみとニューヨークを去った。ポール・アンドラが奥さんのミアと一緒に別れのハグをしにきてくれた。滞在中に二つの短編小説の英語訳が出版され、また執筆中の『夢使い』のアメリカでの出版が実現しそうで、いい土産もできた。是枝や美樹ちゃん、コロンビアのニーナを含む院生たちとも再会を誓った。ニューヨークに来た頃から、時間の経過を示す目安として一房だけ伸ばしていた後ろ髪も随分長くなっていたが、その分だけ引かれる思いは強くなっていた。

君たちが乗った便は西ではなく、東に向かった。ヨーロッパ経由で寄り道しながら帰国することにしたのはひとみの希望を叶えるためだった。最初にウィーンに降り立ち、そこからザルツブルク、インスブルックを電車で回り、国境を越えてヴェネチアへ、さらにミラノ、ジェノヴァ、ナポリまで足を延ばし、ローマから香港《ホンコン》経由で帰国する予定だった。新婚旅行当時とは比較にならないほど旅慣れた君たちはユーレイルパスを駆使し、気ままに途中下車し、飛び込みでゲストハウスや安ホテルに泊まり、一日三杯のビールと一本のワインを燃料にして、疲れを知らず各地を転々とした。まだ日本人の旅の主役は若者で、バックパッカーがあらゆる場所に出没していた時代である。どの国にも極右はいたが、さほど支持は集まらず、テロリストも目立った活動をしていなかった。

君たちがニューヨークを離れる直前、ペレストロイカの余波で、東欧諸国で自由への渇望が高まっていた。ハンガリーはオーストリアとの国境線の鉄条網を撤去し、ポーランドで自由選挙が行われ、共産党政権が倒れた。両国の民主化の動きはすぐに東ドイツやルーマニアにも波及し、ゴルバチョフがホーネッカーもチャウシェスクも見限ったことで一気に体制崩壊へとなだれ込む。ベルリンの壁の崩壊は時間の問題となっていた。その一方で、中国では改革開放の行き過ぎを押さえつける天安門《てんあんもん》事件が起きた。君が「新しい心」を宿すより、世界秩序が改まる方が早かった。五ヶ月後にはチェコでもビロード革命が起き、その翌月、ルーマニアのチャウシェスクが死に、鉄のカーテンは完全に溶けた。ソ連はすでにアフガニスタンから撤退していたが、この侵攻は高くつき、連邦の存続さえ危ぶまれていた。

帰国したら、『夢使い』の完成原稿を渡す約束が破られ、講談社の温厚な担当者川端さんから笑顔が消えた。君は二十日で三百枚書いてみせると、中上みたいに豪語したが、そんな安請け合いを信じない川端さんは君を静岡と長野の県境の山奥に連れて行った。新幹線の掛川《かけがわ》駅からタクシーで二時間もかけて向かった先は、林業を営む彼の知り合いのお宅で、君はその離れに軟禁されることになった。書き上げるまで、山を下りることはできないという厳しい条件がつけられた。ニューヨークで遊び惚《ほう》け、ブロンド美女に心を奪われたツケを全部払えということだと理解した。看守役の主人と世話係の奥さんに挨拶をすると、川端さんは東京に戻り、早速その夜から君は鉛筆を走らせた。毎日十五枚ずつ書けば、二十日間でちょうど三百枚になる計算だが、合間に気分転換の休みも入れないと、拘禁反応が出ることも考慮すると、一日のノルマは十八枚。そこまでの執筆マシーンになった経験はない。しかし、頭の中では細部の設計図ができていた。ドストエフスキーはかつて、一ヶ月で中編『賭博者』を書き上げる契約を出版社と結び、履行できたら、賭博の借金は帳消し、できなかったら、破産という土壇場に立たされた。速記者を雇い、口述も行いながら、何とかこの綱渡りを成功させた。君には速記者はついていなかったが、条件は似ていた。

最初のうちは調子が上がらず、ノルマをこなせなかったが、三日目くらいから執筆エンジンがトップギアに入り、憑依状態になった。長い時は一日十五時間、原稿用紙に向かっていた。息抜きは近所の河原での石投げと流木での石打ち、婦人用自転車での散歩だった。毎度の食事は奥さんが離れに運んでくれる。時々、主人と夕食を共にしたが、御隠居さんが気を利かせて、庭でバーベキューをしてくれ、勧められるまま鮎《あゆ》の塩焼を六尾平らげるということもあった。一番の楽しみは国際電話でニーナと話すことだった。彼女は夏休みにカリフォルニアに戻り、家族や友人たちと過ごしており、九月から日本に留学することが決まっていた。

完成の目処《めど》が立つと、ひとみが迎えに来た。ニューヨークで一年かけて書いた原稿枚数を軟禁の二十日間で書いたという事実を前にして、完成の解放感より怠惰な日々を過ごしたことへの悔悟の念が勝った。ニューヨークでは一ブロックごとに何かしらのサプライズ、闘い、出会いが生じているので、それをただ傍観しているだけで自分もクリエーティブなことをやっていると、つい錯覚してしまう。いや、あの一年間は今後生き延びるために必要不可欠なリハビリ、「自分への投資」だったのだといくら正当化しようとも、実際、君は時を忘れて享楽に耽《ふけ》っていただけなのだ。

リハビリの成果を世に問うべく『夢使い』を出版し、レンタルチャイルドの発想は一部では大きな評判を呼び、巷には早速、そのパクリとしてのレンタル家族が登場した。メディアはこぞってその怪しい会社の方へ取材に行き、本家本元の君は無視された。想定通り、『夢使い』は三島賞の候補になったが、やはり無視された。本当に新しいものを前にした時、大抵の人は見て見ぬふりをする。ライト兄弟が実際に空を飛んでいるのを見ていた人でさえ「人が空を飛べるわけがない」との思い込みを改めるまで時間を要したのだ、などと自分を慰めることにも君は飽きていた。まだ日本には自分の生息域は用意されていなかったと諦めるしかなかった。

股旅

『夢使い』脱稿後の君の生活は旅の連続となる。多動の君が落ち着いていられるのは「日々旅にして旅を栖《すみか》」にしているあいだだけと悟った。九〇年から九二年にかけての三年間、君はほぼ二ヶ月に一度のペースで国外に出て、毎月、日本の何処かの島にいた。旅先は多方面に渡る。壁崩壊に沸き立つベルリンを皮切りに、ブダペスト、モスクワ、ローマ、フィレンツェ、ヴェネチア、内戦の予感が濃厚に漂うユーゴスラビア各都市、パリ、ロンドン。アフリカにも足を延ばし、ナイロビ、マサイマラ、アパルトヘイト政策末期の南アフリカ、ジンバブエ、ボツワナ、ザンビアを回り、その帰り道にドバイ、ムンバイ、台北《タイペイ》に立ち寄ったりしている。さらにバリ、チベット、ジャマイカ、そして、サハリン、択捉島《えとろふ》と、「旅は続くよ、何処までも」といった具合だった。ほとんど客死願望を抱えていたとしか思えない。めまぐるしい移動によって、朝目覚めると、自宅で寝ているのに、出発の準備を始めたり、ドナウ川とテムズ川を混同したり、自分が何処にいるのかすぐにはわからないといった事態も生じた。ひとみから見れば、君は船乗りの夫みたいなものだった。彼女は日中、やることがないので、再び働き始めた。

ニーナが東京でアパート暮らしを始めたので、君はそこに足繁く通うようになったが、外国旅行の合間に、彼女の眼差しを借りて見る東京もまた異国の訪問先のようだった。同様に一年ぶりに戻った自宅もアジアの片隅にある他人の家のように感じられ、少年時代の記憶が宿る遊園地城下町も不気味で謎めいた異境に変質していた。「旅を栖」としているうちに、見慣れた東京もその郊外の町も、そこに暮らす人々もいつの間にか見慣れないものに異化されていたのだ。

　この感覚は新鮮だったので、改めて自分が暮らす町をつぶさに観察して回り、郊外のありふれた町を謀略逆巻くダーク・シティに作り変えるような小説を構想した。それが『ロココ町』というSFだった。それは、世界放浪で目の当たりにした各都市のユニークな生態と好奇心をそそる細部を架空の都市の設計に投入することでもあった。放浪の元を取るための仕事として、君は『ユラリウム』に次ぐ『ルナ　輪廻《りんね》転生の物語』という戯曲も書いた。『ユラリウム』は後に両国《りょうごく》のシアターX《カイ》の支配人になる上田美佐子《うえだみさこ》さんのプロデュース、君自身の演出で港《みなと》区海岸《かいがん》のスタジオで上演された。帰国した是枝に美術を、毛利蔵人に音楽を依頼し、役者陣は状況劇場を脱退し、新たに「新宿梁山《りょうざん》泊《ぱく》」という劇団を立ち上げた金守珍、その看板女優金久美子《クミジャ》に演じてもらった。この芝居にはニーナもキャスティングし、グルーピー役を演じてもらった。彼女はその後、ヴィム・ヴェンダースの映画『夢の涯《はて》までも』の東京ロケに協力し、カメラ・リハーサルでヒロイン役のカバーを務めた。

　君は以前にも増してニーナに溺れ、彼女は日本の生活に馴染むために君のサポートを求めた。ギブ・アンド・テイクは成り立っていたが、離婚に踏み切ろうとしない君の優柔不断に対して、彼女は定期的にヒステリーを起こした。その度に君は彼女を国内旅行に誘い、機嫌を取った。もしかすると、君がこの時期、空港や成層圏に暮らしていたのは、無意識にひとみとニーナの両方から逃避したかったからかもしれない。

九一年一月、遂に湾岸戦争が勃発し、日本も憲法にトリッキーな解釈を施し、莫大な戦費負担をし、実質この戦争に加担しようとしていた。君は懐かしい面々が顔を揃える新宿のバーに再び出没し、後藤さんの長広舌や古井さんの禅問答に付き合い、中上のお供をするようになっていたが、この状況に危機感を抱き、中上や川村湊《みなと》に「何か声を上げないとまずいんじゃないですか」といった。ちょうど、韓国から文学者が来日していて、日韓の文学交流ができないか打診された後のことだった。日本が戦争できる国になってゆくのをみすみす静観したら、後世の人間に恨まれるとの思いは皆、共有していた。

有志を募ろうということになり、知り合いの作家、批評家たちに連絡を取った。柄谷行人、高橋源一郎、田中康夫《たなかやすお》、いとうせいこうといった面々が賛同し、声明を出すことになった。元来、群れるのが嫌いな人々だけに、会議をオーガナイズするのは一苦労で、君がポカをやらかすたびにクレームがついたが、何とか「湾岸戦争をめぐる文学者の討論集会」と外国特派員協会での記者会見を開き、『湾岸戦争に反対する文学者声明』を出すまでに漕ぎ着けた。物書きが戦争反対を唱えたところで政府決定が覆ることはなかったが、異論がメディアで報道され、世論に多少の影響を及ぼせば、次の選挙で政権批判票が増やせる。できるのはそれくらいだった。

その翌月、不機嫌な青二才も三十歳になった。ここ二年間に及ぶ優柔不断にもいよいよ決着をつける時が迫っていた。

ニーナは君が憲法に忠実な平和主義者であろうとすることに違和感を抱いていて、「おカネは出すが、血は流さない日本は一体何がしたいのかよくわからない」といった。「戦えない軍隊なんて何の役にも立たないのだから、自衛隊なんて廃止すべきだし、戦争を放棄するなら、戦費も出すべきじゃない」と至極真っ当なこともいった。「アメリカにはっきり日本の立場を告げたらいいのに、それができないのはなぜ?」と訊かれ、君は苦し紛れに「まだ占領状態だからだ」としか答えようがなかった。

——戦争やアメリカから逃げようとする日本と私から逃げようとするあなたはそっくり。

君は痛いところを突かれ、「オレもアメリカの奴隷の一人だ」と逆ギレするしかなかった。

ある日、自宅にニーナから電話があり、「雑誌の記事を見た」という。「夫婦で過ごす時間」がテーマのインタビューで、君がひとみと鴛鴦《おしどり》夫婦を演じているのを見たニーナは逆上し、「嘘つき。結局、あなたは家庭に帰ってゆくのね」と君をなじった。電話の応対に異変を感じたひとみが階下の受話器を取り、二人のやり取りを聞いているのがわかったが、君は電話を切らなかった。自分からは何も切り出せなかった君は、妻やニーナに往生際へと追い込んでもらうのを密かに待っていたのだ。

——オレは家を出る。

その宣言を受話器を通して、二人は同時に聞いた。ひとみは階段を上り、書斎に駆け込んでくると、電話線を抜き、二人の会話を遮断する。今度はひとみになじられる番だった。二年ものあいだスパイのように潜伏し、他の女と愛を育んでいた罪はそう簡単には許されまいと覚悟した。「相手は誰？」と訊かれ、「コーネルのニーナ」と答える。「本気なの？」には「本気になってしまった」と、「出て行く気？」には「迷っている」と返事をした。

——ひどい人！　怪しいとは思っていたけど、こっそり家を出る相談をしていたのね。行けばいいわ。とっとと出て行け、裏切り者！　あんたの顔を見てると、何をするかわからない。

ひとみはそういい放ち、自分の部屋のベッドに顔を埋《うず》め、泣き出した。君は何一つ弁明できないまま、当座の着替えと執筆中の『彼岸先生』の原稿を急ぎ鞄に詰め込んだ。翌日からホテルに缶詰になり、原稿を完成させなければならず、どのみち、三日ほど留守にするつもりだった。そして、その後は旅行が控えていた。荷造りができ、階下に下りると、ひとみが追いかけてきて、君の腕を摑んだ。

——偽善者！　恥知らず！　放さないわよ！　行かせるものですか！

──出て行けといったじゃないか。

──全部、人のせいにして、何処まで姑息《こそく》なの。残りなさい。出て行ったら償いができないでしょ。

──償いはする。

──どんな償いができるっていうの？

──それは原稿を書き終えたら、考える。

ひとみは抑えていた感情を爆発させ、その細い腕を振り回し、君を滅多打ちにした。君はアルマジロのように身を丸め、彼女が疲れるのを待っていた。息を荒らげ、泣きじゃくるひとみに「今夜は残る。それでいいか？」と訊ね、頷くのを見て、また書斎に戻った。

一晩中、隣の部屋からはすすり泣きが聞こえたが、君は耳栓をし、原稿を書いていた。ベッドに入っても、明け方まで悶々《もんもん》としていた。

翌朝、ひとみは仕事には行かず、何本も電話をかけ、会社に欠勤の連絡をしたり、航空券を予約したり、ニューヨークの友達と話したりしていた。いつの間にか旅支度を整えているので「何処か行くのか？」と訊ねると、「あなたは缶詰だし、私は心の整理をしたいから、ニューヨークに行く」といった。彼女の逃げ場はニューヨークしかないのだなと理解し、黙って送り出すことにしたが、続く一言に君は動揺した。

——私は二度とあなたと一緒に見たり聞いたりできないの？

今までひとみと一緒に行った旅行やコンサートの記憶がフラッシュした。

——二人の思い出を捨てるのは辛い。だから、残って欲しい。

目を潤ませて訴えるひとみにNOとはいえなかった。

——全てを捨てる覚悟があるなら、好きにすればいい。今はいい思いをしているでしょうけど、最後は踏みつけられ、ボロボロにされて、捨てられるのよ。あなたにはもう帰るところもなくなっている。小説を書き終えたら、小笠原《おがさわら》に行くんでしょ。ちょうどその頃、私はニューヨークから戻る。もし、あなたもこの家に戻ってくるなら、またやり直しましょう。

君は何も反論できず、黙って頷くしかなかった。その日の午後、二人は同時に家を出て、都内の別々のホテルに向かった。君が缶詰に入った山の上ホテルにはニーナが現れた。

——一晩じっくり考えた。妻とは別れられない。

そう告げると、彼女は君の髪を摑んで引きずり回した。

——私を愛してるくせになぜワイフの元に逃げるの。

——逃げるんじゃない。彼女を裏切れないんだ。

——私は裏切ってもいいの？　あんなにあなたを愛したのに、その報いがこれなの？

――イサカで君と出会わなければ、何も得るものはなかった。それは本当だ。ぼくは心から君を欲した。君はぼくに新しいハートを移植してくれたし、快楽も活力も吹き込んでくれた。

――私と日本、どっちか選べといわれたら、私を選ぶといったじゃない。

――日本なんて見限ってもいいと一度は思った。でもこの国を捨てて向かう先のことを考えたら、暗澹《あんたん》たる気持ちになった。

涙でマスカラが落ち、目尻から頬に一筋の黒い線が流れた。しばらく黙っていたが、ニーナは気を取り直したように微笑みを浮かべると、やおら服を脱ぎ捨て、裸になり、トカゲのような冷たい眼差しで君を見据え、ベッドに突き倒した。

――私の体が大好きなくせに。ほら、勃《た》ってるじゃない。あなたは私なしには生きていけないのよ。

不覚にも半勃起した棒を握られ、君は脱力してしまい、煮るなり焼くなりするがいいと無抵抗を決め込んだ。

――たぶん、君なしには生きていけなくなるだろう。それが怖いから、別れるしかないんだよ。

苦し紛れにそういいながら、彼女に恥をかかすまいと、愛撫を始めたが、乳頭を口に含んだ途端、平手打ちされた。キーンという耳鳴りがニーナの叫び声のように聞こえた。

行為は中断され、ニーナは何度もため息をつき、呪文のように「It hurts so much（心が痛い）」を繰り返していた。君は無様に土下座し、「I'm sorry. I'm sorry. I'm sorry」と繰り返し、「原稿を書かなければならない。三日待ってくれ」といい、彼女に引き取ってもらった。気分を切り替えるためにビールを一本飲み干し、原稿用紙に向かった。君には小説以外の逃げ場所はなかった。

それが償いになるとは思わなかったが、ニーナを小笠原への旅に誘うと、彼女はこれが最後のデートになることを悟ってか、応じてくれた。君は原稿を書き上げると、その翌日、竹芝《たけしば》桟橋から父島《ちちじま》行きの船に乗った。片道二十四時間、君たちは一等船室でずっと一緒だったが、彼女は船酔いがひどく、ずっと寝ていた。君は九〇年から始めた連載長編小説『彼岸先生』の最後の展開を考えながら、創作ノートに思いつきを書き記していた。十年前の自分を語り手にし、五年後、中年期を迎える未来の自画像を描く試みだったが、ニューヨーク体験もふんだんに盛り込まれていた。ニーナと出会わなければ、生まれ得ないメモワールであり、完結すれば、ニーナとの恋を葬る墓碑になるはずだった。

父島に着いてからも彼女の顔色は悪く、口数は少なく、目は虚《うつ》ろだったが、ホテルから歩いていけるビーチに連れて行くと、いい「気」を浴びたせいか、機嫌がよくなり、しばし海水浴に興じた。翌日は遠出をし、町から一番遠いビーチまで山越えのハイキングに出かけた。道中、誰にも出会わず、ビーチには蟹と波と風にそよぐ灌木以外に動くものはなく、さながら無人島に漂着した気分だった。ニーナは何もいわずに裸になった。ボッティチェリの『ヴィーナスの誕生』の顕現に息遣いを荒くしながら、その裸身に向けて夢中でカメラのシャッターを切った。

スーツやドレスを着て、食事をするような場所はなかったが、島でしか味わえないウミガメの内臓煮込みや甘い小笠原トマトのサラダを肴《さかな》にワインを飲んだ。レンタカーを借り、街灯ひとつない沿岸道路を無灯火で走り、誰もいない港で数えきれない星を見上げた。ニーナは「今を楽しむ」方針に切り替え、本土に帰る船が来るまで、欧米人とハワイ人が最初に入植した楽園を満喫していた。

帰りの船のキャビンで、君たちは最後の愛欲を貪っていた。船の規則的な揺れを利用し、緩やかに交わり、抱き慣れたニーナの体の感触、匂いを記憶に焼き付けようとした。この船が港に着いたら、互いに別々の方向に去っていかなければならないと思うと、肺が潰れそうなほど息苦しくなり、何度もため息をついてしまうのだった。

船を下りる間際、ニーナは目を赤くして、君にこういった。

――私といれば、もっと自由になれたのに。奥さんの奴隷になりたいなら、どうぞ。日本の仲間たちと一緒に退屈に暮らせばいいわ。あなたはもう誰からも愛されなくなる。決して報われない愛を無駄に探し求めなさい。バカな人！

この鞭打つコトバにはこれ以上君に迷う余地を与えない配慮が含まれていた。君はニーナと握手を交わし、もう決断を覆すまいと埠頭から立ち去ろうとした。だが、背後から「マサヒコ」と呼びかけられ、振り返ると、ニーナが駆け寄ってきた。これが本当に最後の別れだと君は自分に念を押し、ハグとキスに応じた。彼女の呪いはしかと受け止めた。その呪いが効力を保っている限り、君はニーナに愛されていると思い込むことができる。

青春の終焉

父島から帰った次の日、ひとみも傷心旅行から戻った。女友達に夫の浮気を報告し、愚痴を聞いてもらい、多少は癒《いや》された様子だった。彼女は君が家に戻って来たことにひとまず安心したようだが、これから長い償いの日々が始まるのだなと思い、君は島尾敏《しまおとし》雄《お》の『死の棘《とげ》』をじっくり読み、彼女の怒りを鎮める具体的な方法を研究することにした。

未練は苦甘い。離別の後、様々なものが触媒になって、蜜月の記憶が蘇り、その残り味を嚙み締めることができる。父島のビーチで撮影した『ヴィーナスの誕生』はベルリンの文具店で現像とプリントをしてもらい、いつでも彼女の裸身を拝めるよう『タンホイザー』のプログラムに挟んで本棚にしまったが、一度もそれを眺めていない。

旅はまだ継続中で、君は夏に那覇に二週間滞在し、沖縄国際大学で集中講義を行った後、チベットに出かけた。高山病への用心として、前もって富士山《ふじさん》に登り、高地馴化《じゅんか》を図っておいた。北京から四川《しせん》省成都《せいと》経由で早朝にラサに入り、そこからカイラス山の峠を越えてギャンツェ、シガツェを回るというコースだったが、ポタラ宮殿や寺院を訪れるたびに五体投地をする巡礼者たちと出会い、生活に根付いた信仰の様態と直に接し、思うところがあった。デビュー以来、八年間君は無我夢中で突っ走るあまり、じっくり内省する機会がなかったことに遅まきながら気がついた。ダンテが暗い森に迷った人生の道半ばは三十を少し過ぎた頃だったが、自分も気づかないまま暗い森に足を踏み入れていたかもしれないと、薄い空気のもと、一本のビールに酩酊しながら、ぼんやりと考えていた。もう不貞腐れることにも飽きたし、長過ぎた青春にピリオドを打つべき時が来たことを察した。

チベットから戻ると、ひとみへの償いのつもりで一緒にジャマイカに旅行したが、その直前に彼女の妊娠が判明した。青春の終わりを予感したとたん、君は父親になるよう導かれていたのだった。『彼岸先生』を脱稿すると、間髪を容れず『預言者の名前』を岩波書店の「世界」に連載し、同時進行でスティーヴ・エリクソンの『ルビコン・ビーチ』の翻訳を手がけ、『ルナ　輪廻転生の物語』を銀座セゾン劇場で自らの演出により上演した。この時期、遮二無二働いたのは、ひとみと生まれてくる子どものために新しい家を用意しておこうと思ったからだった。私的な縄文時代を過ごした多摩丘陵を一望できる高台の家を買った。「旅を栖」としてきた反動もあったのだろう、自分の原点というべき場所に小さな城を構えることにした。

　中上がガンで闘病中と聞いたのはこの頃だった。久しぶりに新宿で会った時、痩せて、一回り小さくなった中上を見て、心配になったが、本人はガンなんて酒で治すと無茶なことをいっていた。まだ四十代半ばの若さがガンの進行を速めた。抗ガン剤治療のため慶應病院に入院したと聞いて、見舞いに行こうとしたが、家を出る直前、朝日の丹野さんから電話があり、慶應病院の医者と喧嘩して、紀州に帰ってしまったと知らされた。抗ガン剤の副作用で髪が抜けてしまったと聞き、帽子をプレゼントしようと思っていたのだが、果たせなかった。

　九二年七月、息子が生まれた。逆算すると、チベットで心境の変化があった直後に着床したことになる。チベットでは弥勒菩薩《みろくぼさつ》信仰が篤《あつ》い。それにちなんで、彌六と命名した。残念ながら、「勒」の字が人名には使えなかった。ひとみの実家のある桐生の病院に駆けつけ、生まれたばかりの息子の迷惑そうな顔を見、産みの苦しみを耐え抜いたひとみを労った。

それから一ヶ月後、ほとんど彌六と入れ替わるように、中上健次が故郷で身罷《みまか》った。享年四十六。暑い盛りに東京でお別れの会があった。若い読者が千円の香典を持参して会場に駆けつけ、「アニキ」に別れを告げる光景が見られた。君は滴り落ちる汗を拭いながら、遠くに見える遺影に向かって、「路地の荒くれ男たちの短命にして波瀾《はらん》万丈の物語をなぞらず、自己申告ではない、正真正銘の文豪になる手もあったじゃないですか」と虚しく呼びかけた。

これでようやくあの男の抑圧から解放されるのだと、君は考えようとしたが、何一つ恩返しできなかった負い目と置いてけぼりを食った寂しさの方が大きかった。中上のいない世界はどれだけ虚しく、退屈か、を想像すると、いたたまれなかった。谷崎賞を渇望しながら、落とされ続けた無念に「風花」のカウンターでうなだれる中上、佐伯に買ったばかりの革ジャンを気前よくやったくせに、惜しくなり、ずっとつきまとっていた中上、手持ちのカネがなくなり、紀伊國屋書店に借りに行った中上、無頼だが、ナイーブな中上を思い出しては、微笑と涙を誘われた。

四十九日が過ぎた頃、慶應病院に付き添っていた文春の担当吉安が君にこんな話を報告してきた。大江健三郎が朝日新聞の文芸時評で君の『彼岸先生』を否定的に評したのを読んで、中上は自分のことのように憤り、こういったのだそうだ。

——島田を守れ。オレが死んだら、誰もあいつを守ってやれない。

君はその時初めて、弟分に惜しみなく注がれた中上の慈しみを痛感した。涙腺の鈍さには自信があったのに、涙が溢れるのを止められなかった。君を殴ると宣言したり、パシリ扱いしたりしながらも、誰よりも君のことを気にかけ、守ってくれていたのが中上だったのだ。おのが不運を嘆くあまり、中上の慈愛を信じられなかった自分が情けない。君は中上の墓前に立つ度にこんな誓いをする。あなたから受けた恩恵の分け前を必ず後輩たちに施すようにします、と。

「風花」には今も中上のボトルがある。中身が少なくなると、誰かがウイスキーを注ぎ足すのだ。君は時々、「風花」で自分の限界を越えた深酒をすることがある。そんな夜は中上が、あるいは後藤さん、もしかすると埴谷さんがこっそり君の隣に座り、君の肝臓を借りて飲んでいるのである。死者に肝臓はないので、彼らの分のアルコールも君が引き受けなければならない。

君が出会ったのは全て偉大な異端者たちばかりだ。君は幸か不幸かその系譜に連なるよう仕向けられた。君は疲れを知らずにナンパにかまける体力はあったが、まだ偉大な先輩たちの屈折や情熱、思想を表面的にしか理解できないバカだった。そんな未熟な君を「おまえはオレで、オレがおまえだ」と認めてくれた彼らの名誉のために、死ぬまで、いや死後も君は異端のままでいるしかない。

　どんな秘密もいつかは公開される。常時、隠蔽の圧力はかかるが、二十五年から三十年の歳月が経過したら、いかなる公文書も個人情報も明かされるのが原則だ。だが、個人の脳にだけ保存された記憶、記録は死後に遺体と一緒に焼かれてしまう。そうやってどれだけ多くの秘密があの世に持ち去られてしまったことか。そう遠くない未来、自分の記憶も取り出せなくなってしまうので、その前にすでに時効を迎えた若かった頃の愚行、恥辱、過失の数々を文書化しておくことにした。それにうってつけの形式は私小説をおいてほかにない。正直者がバカを見るこの国で本当のことをいえば、異端扱いされるだろうが、それを恐れる者は小説家とはいえない。小説、とりわけ私小説は嘘つきが正直者になれる、ほとんど唯一のジャンルなのである。ただ、一人称で書く恥ずかしさには耐えられず、私事を他人事と突き放した。いうまでもなく、君は私で、私が君だ。恥を上塗りする人生はこの後もしばらく続くが、時効が来たら、書き継ぐかもしれない。

引用・参考文献

『時計じかけのオレンジ　完全版』
アントニイ・バージェス、乾信一郎訳、ハヤカワepi文庫、二〇〇八年

『二つの同時代史』
大岡昇平・埴谷雄高、岩波現代文庫、二〇〇九年

「演出／出演　俳優SHIMADAのこと」
川村毅、「ユリイカ」一九九四年六月号所収

『死霊』全三巻
埴谷雄高、講談社文芸文庫、二〇〇三年

「作家による作家　二十一世紀作家」
埴谷雄高、「ユリイカ」一九九四年六月号所収

解　説――カウンター越しに見た〝異端〟の君

滝澤紀久子

『君が異端だった頃』のなかで島田雅彦さんは、新宿の「文壇バー」についてつぶさにお書きになっています。そこに当店「風花《かざはな》」も加えていただき、戸惑いつつも光栄に思っております。「風花」は、当時二店舗を構えていた「風紋《ふうもん》」――井伏鱒二《いぶせますじ》さんや檀一《だんかず》雄《お》さんもいらっしゃった有名なバーでした――の一店を、ひょんなことから私の夫・滝《たき》澤《ざわ》森《しげる》が買い取らせていただくかたちでスタートしました。一九八〇年五月のことです。夫は小さな出版社をしていて、飲食業はまったく未経験。アルバイトさんをお願いしましたが、お休みをされることもあり、会社勤めしていた私が代わりで週に何度か店に入ることに。夫は店のことは私にほとんどまかせっきりで、他所《よそ》で飲み歩いていました。始めた頃はお客様ゼロの日が続きましたが、「風紋」さんが紹介してくださったこともあり、作家や編集者のかたがたに、少しずついらしてもらえるようになりました。水割りひとつつくれなかった私なのに、やがて会社を辞め、日曜・祝日以外は毎晩カウンターに立つようになって、四十年余り。「ここにいれば、自分が会社勤めしてる限りは絶対に出会えないような面白いひとたちに出会える。それに、定年もないし」という思いで会社を辞めたのですが、実際、たくさんの面白い、素敵なかたがたに「風花」でお目にかかってきました。たとえば、武田百合子《たけだゆりこ》さん……本当にかっこよかった。会話にも気取りがなくて。文章と同じ。埴谷雄高《はにやゆたか》さんも背が高くスラッとして、粋な着流し姿で。いつもトカイワインを持っていらっしゃいました。

島田雅彦さんが初めて「風花」にいらしたのは、一九八三年の春頃です。前評判《まえひょうばん》は「海燕《かいえん》」編集長の寺田博《てらだひろし》さんからよくお聞きしていて、「大学生でかっこよくて頭がよくて、すごいやつが出てきたぞ」と。そしてその島田さんが、寺田さんに連れられて夜遅くにお見えになった。それはもう……美男子でしたね。ほっそりして、グリーンのコートがよくお似合いで。当時あんなコートを着こなせるのは、島田さんくらいだったのではないでしょうか。華があって、ぱーっと店じゅうが明るくなっちゃう。そのときほかにも作家のかたがいらしたのだけど、記憶が曖昧です。なにせ島田さんが自然に放つオーラに、つい意識が行ってしまうので。

寺田さんは島田さんをあらゆるところにお連れになり、そこで島田さんは、大岡昇平《おおおかしょうへい》さんや埴谷さん、野間宏《のまひろし》さん……たくさんの大先輩にお会いになった。先輩作家たちから愛されるというか、好感を持たれて、「きみ、頑張んなさい」みたいに応援もされて。そんな出会いを経験した作家はいまや稀有《けう》でしょうし、あの時代、あのタイミングで若くしてデビューされた島田さんならでは、と思います。

でも、『優しいサヨクのための嬉遊曲』で華々しく登場され、何度も芥川賞候補になりメディアからも注目されて、おまけにあのルックス。風圧もそれなりにあったと思います。中上健次《なかがみけんじ》さんは島田さんをすごく応援しているのに、愛情の裏返しなのか、ずいぶんといじめて……。八五、六年頃だったでしょうか、「風花」で中上さんが飲まれていて、そこにたまたま島田さんがいらっしゃった。もう見知った間柄のはずなのに、中上さんは黙って知らん顔。無視。島田さんも素知らぬ風で。そのうち中上さんが突然、「おい島田。何しに来たんだ、おまえは。帰れ」みたいにおっしゃって。でも島田さんはびくともしない。話の脈絡は忘れましたが、中上さんが今度は「島田、おまえなんか便所コオロギだ」と……。私、きゅうに何を言いだすのかと驚いていたら、島田さんは平然とした顔で、即座にこう返したんです。

「僕が便所コオロギなら、中上さんはさしずめ、フンコロガシですね」

私、「やった！」と思いましたよ。島田さん勝った！　と。その場にいるみながそう思ったはずです。だって、フンコロガシって「スカラベ」でしょう？　再生の象徴にして、聖なる甲虫。揶揄《やゆ》でありながら「便所コオロギ」よりずっと文学的。それを中上さんという大先輩にぱっと返す島田さんの、頭のよさと瞬発力。私は、やっぱり島田さんはただ者ではない、将来すごい作家になるなと思って、ますます楽しみになりました。

中上さんは負けたとは言えないから、憤然としてましたね。よせばいいのにお客様のひとりが「おお島田、よくやった!」とか言って。中上さんはギロリとにらみつけてましたが、もう黙って飲んでいるしかなくて……。

いまも変わらずそうですが、島田さんの当意即妙さと〝酒品〟のよさ、お酒の飲み方は、本当に素敵です。自ら考案された、泡盛にカンパリを足してレモンを搾ったカクテルを、この頃は愛飲されて。乱れたりは一切せず、いつもスマートに飲まれています。かなりの度数のはずなんですけど……。『君が異端だった頃』に書かれているように、中上さんや後藤明生《ごとうめいせい》さん、埴谷さんが、島田さんの肝臓を借りて飲んでいるのかも。もしかしたら寺田さんもいらっしゃるのかしら……。

島田さんたちの「三十六時間耐久ハシゴ酒」のことも、よく覚えていますよ。佐伯一《さえきかず》麦《み》さんがたしか野間文芸新人賞を受賞されたときのこと。そのお祝いに駆け付けた島田さんと、川西蘭《かわにしらん》さんの三人で、「風花」においでになった。みなさん黒の正装で、蝶《ちょう》ネクタイをして、賞のお祝いのお花も抱えて。みなさん、すごくかっこよかった。そして翌朝まで飲まれたのかな。それで、そのままおうちへ帰られたと思っていたら、サウナに行ったり鍋料理を食べたりなさってたんですね……その日の夕方に、またみなさん蝶ネクタイに花束の姿でいらっしゃって。「どうしたんですか」と聞いたら、「帰ってないんだよ」って。「あらま」と言ってお迎えして、それからまた朝まで……。

かつて「風花」では、お恥ずかしい話ですが、お客様同士の喧嘩《けんか》も少なくありませんでした。議論が白熱するうち、言葉が追いつかず、つい手が出てしまう、という。島田さんはなぜかそういうとき必ず居合わせて、事態を収拾する役になってしまうんです。こちらが茫然《ぼうぜん》となってるときに「紀久子さん、救急車呼んで！」とか、殴ったひとに「何があっても暴力はダメだ」とか。あるとき、AさんがBさんに腹を立て、人違いでまったく無関係なCさんを殴ってしまったことがありました。Cさんは「なんでオレが殴られなきゃならないんだ！」と怒り、Aさんは猛省。水をくれと私に頼み、グーッと飲み干して、コップをカウンターにバンとぶつけて割った。その割れたコップの切っ先で、自分の額のあたりをザッ、と切りつけ、そしてCさんに向かって「すまない、これで勘弁してくれ」と。みんなが腰を抜かすなか、島田さんがAさんに駆け寄って、オキシドールや絆創膏《ばんそうこう》、包帯で手当てを始めたんです。その手際のあざやかなこと！　このかたは看護師さん？　と思いました。頭に包帯を巻かれたAさんは店を出ましたが、去り際、お客さんの海が割れて花道ができ、なんだか「状況劇場」の舞台でも観《み》ているようでした。騒ぎが収まって店内を見ると、島田さんの姿がない。そういうとき島田さんはいつも、サッとひとり立ち去るんです。

二〇一六年に夫が亡くなってしばらくした頃、「風花」で島田さんが立ち上がり、スピーチをして「献杯しましょう」とおっしゃって、みなさん献杯くださいました。すごくさりげないんだけど、うれしかったですね。大変だったりつらかったりで、ちょっと声かけてほしいとひとが思うときに、島田さんはそれを見逃さない。「紀久子さん頑張ったね」とか。コロナが始まってからも、制限の範囲内で島田さんはよく足を運んで、応援してくださっています。

かつての華やかさに加え、いまではいぶし銀のような魅力も備わった島田さんの、若い作家のかたへの接し方も素敵です。さりげなくお手洗いに行くついでのようにして、カウンターに座る相手の肩をポンとたたき、「おう、一人？　元気？」って。たったそれだけでも、すごく大きいのではないでしょうか。若手作家は、自分からは近寄り難い、でも何かお話をしたい……そういうときにきっかけをちょっとつくってあげる。そこが絶妙だと思います。

なんだか褒めちぎってばかりいるようですが……島田さんから辛口なことを言われて、それがまた高度な言い回しだから、ずっとあとになって真意に気づき腹が立つ、ということもごくたまにあるんです。あのときのひとことにお返ししたいと考えても、うまい言葉が思いつかない。そんなときは島田さんのいたずらっ子じみた「ヘッヘッヘッ」という得意顔が目に浮かんで、もう悔しくて。「フンコロガシ」に切り返せなかった中上さんも、きっと悔しかっただろうなあ……なんて。それで中上さんからは、ことあるごとに「おい島田」「島田、おまえは」とやられて。中上さんは本当は応援していたんだけど、ちょっといじめみたいな感じになってしまい、島田さんは何年かつらい時代を過ごしてきたと思います。

でも島田さんがすごいのは、当時から、いまの自分はこの役割をすべきなんだ、とわかっていらっしゃった点。何かを、大所高所からちゃんと見据えている。いま自分はこれをすべきだ、こういう発言をすべきだ、これを引き受けるべきだ……それを一番よくわかっているかただと思います。加えて、これから出てくるかたたちのことも考えながら、発言をされている気がします。『優しいサヨクのための嬉遊曲』でのデビュー以来、ずっと第一線を島田さんは走っていらっしゃる。小説のなかでタブーにも踏み込み、ツイッターなどで時の政権や国家に対する批判もして、そうした行動をも作品に昇華させたり……つねに先頭を歩いて逆風を引き受けながら、「異端」の領域を切り拓《ひら》かれてきたのではないでしょうか。島田さんが矢面に立つことで、伸び伸び、というのもヘンですが、自分なりの「異端」の道を進むことができた作家のかたは、少なからずいらっしゃるのではないか。一読者として、私はそんなふうにも感じています。

なんだかまた、褒めちぎり状態……お喋《しゃべ》りが過ぎました。

近ごろの「風花」では喧嘩をするひともすっかり減って、とても平和です。でも、私としてはちょっとだけ、さみしいような気がしなくもないのですが。

そろそろこのあたりにして、開店の準備にかかりますね。

今夜あたり、島田さんがおいでになりそうな気がします……。

（たきざわ・きくこ　「風花」経営者）

（談／二〇二二年四月二十八日、新宿「風花」にて。構成／編集部）

本書は、二〇一九年八月、集英社より刊行されました。

初出一覧
第一部 「すばる」二〇一八年六月号
第二部 「すばる」二〇一八年九月号
第三部 「すばる」二〇一八年一二月号
第四部 「すばる」二〇一九年三月号

本書はフィクションです。

集英社文庫　目録（日本文学）

集英社文庫 目録（日本文学）

小路幸也 オブ・ラ・ディ オブ・ラ・ダ 東京バンドワゴン
小路幸也 レディ・マドンナ 東京バンドワゴン
小路幸也 フロム・ミー・トゥ・ユー 東京バンドワゴン
小路幸也 オール・ユー・ニード・イズ・ラブ 東京バンドワゴン
小路幸也 ヒア・カムズ・ザ・サン 東京バンドワゴン
小路幸也 ザ・ロング・アンド・ワインディング・ロード 東京バンドワゴン
小路幸也 ラブ・ミー・テンダー 東京バンドワゴン
小路幸也 ヘイ・ジュード 東京バンドワゴン
小路幸也 アンド・アイ・ラブ・ハー 東京バンドワゴン
小路幸也 隠れの子 東京バンドワゴン零
小路幸也 イエロー・サブマリン 東京バンドワゴン
白石一文 彼が通る不思議なコースを私も
白石一文 光のない海
白岩玄 たてがみを捨てたライオンたち
白河三兎 私を知らないで
白河三兎 もしもし、還る。
白河三兎 十五歳の課外授業
白澤卓二 100歳までずっと若く生きる食べ方
城山三郎 臨3311に乗れ
辛永清 安閑園の食卓 私の台南物語
辛酸なめ子 消費セラピー
新庄耕 狭小邸宅
新庄耕 ニューカルマ
新庄耕 地面師たち
真堂樹 帝都妖怪ロマンチカ ～猫又にマタタビ～
真堂樹 帝都妖怪ロマンチカ ～狐火の火遊び～
新堂冬樹 ASK トップタレントの「値段」(上)(下)
新堂冬樹 虹の橋からきた犬
眞並恭介 牛と土 福島、3.11その後。
神埜明美 相棒はドM刑事《デカ》 ～女刑事・海月の受難～
神埜明美 相棒はドM刑事《デカ》2 ～事件はいつもアブノーマル～
神埜明美 相棒はドM刑事《デカ》3 ～横浜誘拐紀行～
真保裕一 ボーダーライン
真保裕一 誘拐の果実(上)(下)
真保裕一 エーゲ海の頂に立つ
真保裕一 猫背の虎 大江戸動乱始末
真保裕一 ダブル・フォールト
真保裕一 脇坂副署長の長い一日
周防柳 八月の青い蝶
周防柳 逢坂の六人
周防柳 虹
周防柳 高天原──厩戸皇子の神話
周防正行 シコふんじゃった。
杉本苑子 春日局
杉森久英 天皇の料理番(上)(下)
杉山俊彦 競馬の終わり
鈴木遥 ミドリさんとカラクリ屋敷
鈴木美潮 昭和特撮文化概論 ヒーローたちの戦いは報われたか

集英社文庫

君《きみ》が異端《いたん》だった頃《ころ》

2022年 8 月25日　第 1 刷　　定価はカバーに表示してあります。

著　者　島田雅彦《しまだまさひこ》
発行者　徳永　真
発行所　株式会社 集英社
東京都千代田区一ツ橋2-5-10　〒101-8050
電話　【編集部】03-3230-6095
【読者係】03-3230-6080
【販売部】03-3230-6393（書店専用）

印　刷　大日本印刷株式会社
製　本　ナショナル製本協同組合

フォーマットデザイン　アリヤマデザインストア　　マークデザイン　居山浩二

ISBN978-4-08-744422-3 C0193